압구정 소년들

압구정 소년들

이재익 장편소설

황소북스

contents

차례

쇼는 계속되어야 해.
가슴이 찢어지고 분장이 지워져도 내 미소는 남아 있을 거야.
나는 주인공이 될 거야. 나는 찬사를 받을 거야.
쇼는 계속되어야 해.

- 그룹 퀸의 'The Show Must Go on' 중에서

· 이 소설은 실존하는 특정 인물, 단체, 사건들과 연관이 없음을 밝힙니다.

수정 눈동자

Crystal Eyes—LA Guns

―연희가 죽었대.

전화를 타고 들려오는 윤우의 목소리는 건조했다. 그는 인사도 안부도 전하지 않고 대뜸 그렇게 말했다.

"뭐라고? 그게 무슨 소리야? 연희가 왜 죽어?"

"자살했대. 아니, 자살이란 얘기도 있고 아니란 말도 있어. 나도 잘 모르겠다. 이따 보자."

그리고 뚝 전화가 끊겼다.

도시 남성을 위한 패션과 트렌드 솔루션을 지향하는 잡지 〈블루 브랜드〉. 나는 그중에서 대중문화 챕터를 책임진 에디터였다. 마감 기사를 이메일로 막 넘기고 세르지우 멘데스의 나른한 보사노바 음률을 즐기고 있을 때 걸려온 전화였다.

연.희.가.죽.었.대.

치명적인 바이러스가 귀를 통해 몸에 퍼지는 것 같았다. 사무실 천장에 늘어선 형광등 불빛이 불규칙적으로 점멸하는 착시 현상이 일어났다. 잠시 어지러웠다. 손에 힘이 빠졌다. 들고 있던 핸드폰을 내려놓았다.

네이버 홈페이지를 열었다. 그녀의 죽음을 전하는 기사가 여러 개 떠 있었다.

[속보] 서연희 시체로 발견, 투신자살로 추정

[속보] 국민 요정 서연희 자살

[속보] 크리스털 아이즈, 눈을 감다

[속보] 서연희의 죽음, 과연 자살인가?

그중에서 첫 번째 기사 제목을 클릭했다. 사건의 경위는 간단했다.

인기 가수이자 영화배우인 서연희의 시체가 오늘 오전 한강에서 발견되었다. 최초 발견자는 수상 택시 기사였다. 전날 늦은 밤 한강 다리에서 몸을 던진 것으로 추정되었다.

그녀가? 몸을 던졌다고? 그럴 리가 없다.

다른 기사도 몇 개 더 확인했다. 아직 특별히 다른 내용은 없었다. 그녀의 시체는 강남성모병원으로 옮겨졌다고 했다.

노트북 전원을 끄고 편집장의 데스크로 향했다.

나보다 다섯 살 많은 편집장은 스스로가 세상에서 제일 멋진 마흔한 살 남자라고 믿는 인간이다. 외모나 입성을 보면 다들 동의할지 모른다.

10년째 꾸준히 관리해온 탄탄한 몸과 피부, 무성하고 윤이 나는 머리 숱, 아르마니와 보스를 좋아하는 패션 감각, 고의적으로 적당히 낡도록 내버려둔 CP 컴퍼니 가죽 가방에서 느껴지는 최소한의 무게감, 3년 전에 질러버린 남자의 로망 포르쉐 박스터까지.

그야말로 근사한 아이콘들로 중무장한 도시인이었다. 동시에 경제적인 어려움을 호소하는 생활인이기도 했다. 전세금이 올랐다는 이유로 정부를 맹비난하는가 하면 아이 사교육비 때문에 고민하기도 했다. 그러면서도 자신만의 아이템을 고집하는 근성은 허영심보다는 자존심이라고 해두겠다. 그러나 한 가지 때문에 그는 멋지지 않았다. 스스로를 실제보다 더 멋지다고 착각하는 태도. 안타깝게도 그것 때문에 그를 둘러싼 아이콘들이 시시해 보였다.

"먼저 들어가겠습니다."

내가 인사했을 때 편집장은 액세서리 파트 담당 에디터의 기사를 읽는 중이었다. 그는 우묵한 눈을 깜박거리며 물었다.

"기사는 넘겼어?"

"네. 금방요."

"쏘고 나서 바로 도망가는 건 뭐냐? 읽어보고 맘에 안 들면 다시 불러도 될까요, 에디터님?"

그는 칼자루를 쥔 쪽은 자기라는 식의 재수 없고 느긋한 표정을 지으며 농담을 건넸다. 내가 대답했다.

"마음에 드실 거예요."

대답이 좀 까칠했나? 뭐, 난 마냥 순종적인 부하는 아니니까.

차를 몰고 달렸다. 초겨울 짧은 낮은 벌써 저물었다. 밖은 깜깜했다. 사무실이 있는 신촌에서 빠져나와 마포대교를 탔다.

한강의 야경은 오늘도 화려하게 반짝였다. 마포대교 양쪽에 있는 서강대교와 원효대교에 늘어선 가로등 불빛이 횃불처럼 수면 위로 타올랐다. 여느 때엔 들뜬 분위기로 비치던 빛들이 오늘 따라 우울하게 번져 보였다.

어젯밤 일이 생생하게 떠올랐다. 홍대의 미니 바 '럭키 스트라이크'. 술을 많이 마셨다. 올해 들어 처음으로 필름이 끊긴 날이었다. 여자 친구와 둘이 마셨는데, 사소한 대화 꼬투리가 감정싸움으로 크게 번졌다. 그녀는 알 수 없는 말을 남기고 먼저 가버렸다. 나는 그녀를 잡지 않았다. 기분이 엿 같아져 혼자 남은 자리에서 과음을 했다.

그리고 무작정 걸었다. 마포대교를 건너다 연희를 만났다. 그녀는 난간 앞에 서 있었다. 무슨 말을 나누었는지는 기억나지 않는다. 돌연 그녀는 내 눈앞에서 한강으로 떨어졌다. 그녀가 떨어진 건지 내가 밀친 건지 아니면 뛰어내리는 그녀를 방관한 건지 구분이 안 간다. 왜냐하면 정신을 차렸을 때는 아침이었고, 내 방 침대에서 일어났으니까.

악몽이었다. 연희는 그전에도 가끔 꿈에 등장하곤 했다. 물론 내용은 잘 기억나지 않는 경우가 대부분이었다.

생생한 악몽의 찜찜함을 떨치고 출근했는데, 하필이면 그녀가 죽었다는 소식을 들은 것이다.

왜일까? 왜 그녀가?

답을 낼 수 없었다. 혹시 어젯밤 그녀와 만난 일이 꿈이 아니라 현실일 수도 있다는 바보 같은 생각마저 들 정도로, 나는 아직 그녀가 죽었다는 사실을 받아들이지 못했다. 병원에 도착해서야 실감이 났다.

복도는 넓고 길었다. 전국에 있는 방송·신문·잡지의 연예 담당 기자들은 전부 와 있는 것 같았다. TV에서 다른 연예인들의 빈소 풍경을 몇 번 봤지만 이 정도로 난리인 적은 없었다. 연예인 조문객이 들어설 때마다 카메라 플래시가 터지고 기자들이 바쁘게 움직였다. 그런 취재진들의 모습이 먹다 버린 과일에 잔뜩 달라붙은 초파리 떼를 닮은 듯했다.

맙소사. 남의 빈소에서 조문객 사진을 찍어야 한다니. 내가 연예 담당 기자가 아니라는 사실이 고마울 뿐이었다.

빈소 앞에서 망설였다. 영정 사진을 대하기가 두려웠다. 내 인생의 가장 큰 충격이었던, 작년에 아버지가 돌아가셨을 때와는 또 다른 기분이었다. 앞으로도 뒤로도 못 가고 빈소 입구에 어정쩡하게 서 있는데 누군가가 어깨를 툭 쳤다.

"왔냐?"

특유의 높고 발랄한 음성. 원석이었다.

"뭐해? 같이 인사하고 나오자."

원석이 내 손을 잡아끌었다.

그와 함께 헌화하고 영정 사진 앞에 섰다. 사각 틀 안에 갇힌 연희는 환하게 웃고 있었다. 수백만 팬들의 가슴을 설레게 하던 미소다.

시댁 식구로 추정되는 사람들이 빈소에 서 있었다. 상주와 맞절을 하고 빈소를 빠져나왔다. 빈소 복도에 몰려 있는 취재진이 영 거슬렸다.

우리는 카메라로 이뤄진 터널을 지나 실외 주차장 흡연 구역으로 도망치듯 나왔다. 그제야 조금 정신이 맑아졌다.

"대웅이는?"

"지금 미국에서 오는 중이래."

그렇구나. 한국에 없었구나. 하긴 1년에 300일은 외국에서 사는 녀석이니까. 결국 연희의 마지막도 지키지 못했군. 분노에 주먹이 떨렸다.

"아까 윤우랑 통화했는데, 타살일지도 모른다면서?"

"곧 밝혀지겠지 뭐."

원석의 표정에도 찜찜한 구석이 보였다.

정말 곧 밝혀질까? 어떻게 밝혀질까?

서연희. 그녀는 내 고등학교 시절 친구이자 국민적 사랑을 받은 스타였다. 스무 살 때 가수로 데뷔했다. 대한민국 국민이라면 누구나 들어봤을 가요 차트 1위곡만 다섯 곡을 발표했고, 그 외에도 많은 노래로 인기를 끌었다. 발라드와 댄스, 때로는 힙합 가수들과 함께한 클럽 넘버까지 다양한 장르를 편안하게 소화하는 천부적인 능력이 있었다. 20대 초반 데뷔 시절에는 청순한 이미지를 전면에 내세웠다 나이가 들면서 섹시한 여성미로 갈아탔다. 성공적인 변신을 통해 10년 가까운 인기를 누렸다.

영화배우로도 데뷔했다. 커리어 우먼인 여주인공이 진짜 사랑을 찾아가는 과정을 그린 진부한 로맨틱 코미디 영화였는데, 단번에 주연으로 캐스팅되었다. 영화는 500만 명 이상의 관객을 끌어 모았다.

나도 시사회에 다녀왔다. 여기저기 다른 영화와 드라마에서 짜깁기한 것 같은 시나리오에 영상미라고는 싸구려 전복죽에 들어 있는 전복 살점만큼도 찾기 힘든 영화였다. 오직 여주인공의 매력만이 짜증을 재미로 승화시켰다는 평을 받았다. 우리 잡지 〈블루 브랜드〉에서 매긴 영화 별점은 다섯 개 만점에 세 개였다. 그녀가 아니었으면 별 한 개를 매길 뻔했다.

두 번째 영화를 찍으며 영화배우로서 입지를 확실하게 다졌다. 이번에는 출소한 뒤 사회의 편견과 싸워나가는 여전사 스타일의 여주인공 역할이었다. 감정 연기와 액션 연기 모두 일품이었다. 특히 영화 속에서 직접 부른 노래가 초유의 히트를 치면서 싱글 음원 수익으로는 가요 사상 최고 기록을 세우기도 했다. 영화계에서도 캐스팅 1순위가 되었다.

이른바 대중문화 평론가라는 직업을 가진 내가 냉정하게 평가하자면 그녀는 최근 10년간 활동한 여자 연예인 중 가장 스타다운 스타였다. 스타가 가져야 할 덕목 중 하나인 신비감에서는 더더욱. 오랜 기간 활동하면서도 예능 프로그램에는 단 한 번도 출연하지 않았다. CF도 이미지를 동반 상승시킬 수 있는 품목만 철저하게 가려서 했다.

끝나지 않을 것 같은 전성기를 이어가던 그녀가 돌연 결혼을 발표했다. 5년 전이었다. 남편은 고등학교 동창 때 친구인 박대웅.

박대웅은 서울대 법대를 졸업하고 사법고시에 합격한 뒤 로펌에 들어가는 전형적인 코스를 밟았다. 2년 남짓 로펌 생활을 한 그는 회사를 그만두고 몇 달 동안 미국을 여행했다. 그리고 귀국해서 한 연예 기획사의 이사로 들어갔을 때만 해도 그는 수면 아래의 인물이었다.

그러다가 붐! 회사를 나와 독립했다. 그는 공격적으로 연예인을 끌어들었다. 신인은 물론이고 기존에 다른 소속사와 계약한 연예인들도 데려왔다. 유능한 변호사들을 전면에 내세워 최소한의 위약금을 물며 기존의 계약을 해지시켰다. 대부분은 기존 계약을 불공정 계약으로 몰아가서 아예 위약금도 없이 데리고 나온 케이스였다. 모든 과정이 순식간에 착착 진행되었다. 그렇게 만든 회사가 ESP엔터테인먼트였다.

그 뒤로는 거칠 게 없었다. ESP는 연기자 쪽에도 손을 뻗었다. 기존 연예 기획사의 비합리적인 시스템에 회의를 느끼던 배우들도 ESP 쪽으로 발길을 돌렸다. ESP는 곧 국내 2위 규모의 엔터테인먼트 회사로 자리를 굳혔다.

그리고 연희와의 결혼이 있었다. 그야말로 가장 핫(Hot)한 이슈 메이커들의 결혼. 게다가 고등학교 친구 사이면서 둘 다 첫사랑이라는 드라마틱한 러브 스토리가 부각되면서 '세기의 결혼식'이라는 제목을 단 기사들이 결혼 소식을 전했다.

연희는 결혼 소식을 알리는 기자 회견장에서 연예계 은퇴를 선언했다. 다들 반신반의했지만 정말 그 뒤로 연희의 연예 활동 소식은 들리지 않았다. 가끔 연말 시상식장에 남편과 함께 모습을 드러낼 뿐이었다. 그 모습이 꼭 다이애나 왕세자비 같다는 생각을 했다.

반대로 대웅은 차원이 다른 행보를 시작하며 회사를 확장했다. 그는 자신의 가수들을 해외로 내보내는 계획을 차근차근 실행했다. 미국, 일본, 중국으로 진출한 그의 가수들은 칭기즈칸의 기병들처럼 발 빠른 승전보와 막대한 부를 챙겨주었다. 언론에서는 그런 가수를 'ESP 전사들'이라고 일컬었다. 박대웅은 주로 미국에 머물렀고 대한민국 연예계의 황제가 아니라 세계를 누비는 CEO 이미지를 구축해왔다. 겨우 서른여섯 살이라는 나이에 말이다.

그의 제국은 로마처럼 번영만을 거듭했다. 그런데 최근 들어서 이상 징후가 속속 새어나왔다. ESP의 대표적인 남녀 아이돌 그룹 사이에서 이상한 루머가 돌았다. 멤버들 간의 열애설 또는 성관계를 찍은 동영상과 관련한 소문이었다. 그리고 몇 달 전에는 박대웅과 아내 연희와의 불화설도 나왔다. 이혼 소송이 진행 중이라는 말도 돌았다.

그전까지 ESP는 단 한 번도 좋지 않은 일로 언론에 오르내린 적이 없었다. 소속 연예인 관리는 물론 언론 플레이까지 철저하게 하는 회사라는 이미지도 ESP가 갖고 있는 매력 중 하나였다. 기다렸다는 듯 쏟아지는 스캔들에 사람들은 의외라는 반응을 보였다.

그 와중에 연희가 죽었다. 그리고 그녀의 남편이자 제국의 황제 박대웅은 비행기를 타고 곧 도착할 예정이었다.

끝이 아니라 폭풍의 시작 같은 죽음이었다. 굶주린 늑대 같은 기자들이 그녀의 죽음을 둘러싼 기삿거리를 큰 덩어리, 작은 부스러기 할 것 없이 샅샅이 찾아낼 터였다.

5년째 끊은 담배를 다시 피우고픈 욕망이 맹렬히 솟구쳤다. 아마 원석이 담배를 피웠다면 나도 한 대 달라고 부탁했을지 모른다. 다행인지 불행인지 그는 담배를 끊은 지 나보다 더 오래되었다. 먼 곳에 시선을 던지며 원석이 한숨을 턱 내려놓았다.

"니들 왔구나."

윤우의 목소리가 들렸다. 돌아보니 녀석이 불붙지 않은 담배를 문 채 우리 쪽으로 걸어오고 있었다.

"지금 왔냐?"

원석이 윤우에게 물었다.

"방금 전에. 조문하고 오는 길이야."

윤우가 담배에 불을 붙이고 한 모금 길게 빨았다 내뱉었다. 오랜만에 본 그는 와이셔츠 위로 배가 도드라지게 튀어나왔다. 어릴 때는 마른 체형이었는데 지금은 얼굴에도 살이 꽤 붙었다.

우린 별말 없이 주차장에 잠시 서 있었다. 사람들로 북적이는 접객실로 들어가기 싫은 기분은 나뿐만이 아닌 듯했다.

"이렇게 셋이 모인 것도 오랜만이다 야. 다들 뭐하느라 그렇게 바쁜지. 잘들 지내고 있는 거냐?"

원석이 화제를 돌렸다.

그래. 매일 봐도 아쉬울 만큼 붙어 다니던 시절이 있었지. 우리가 '압구정 소년들'이었던 그때 말이다. 다시 돌아올 수 없는 시절. 이제는 기억조차 희미해진.

"어이! 이게 누구야?" 하면서 누군가가 나를 툭 쳤다. 대학교 과 친구 정식이었다. 졸업하고 계속 연락 없이 지내다가 작년 영화 〈아바타〉의 제임스 카메룬 감독의 한국 방문 기자 회견장에서 우연히 만나 명함을 주고받았다. 그는 중앙일보 문화부 기자였다.

"어, 정식아, 여긴 무슨 일이야? 취재?"

"응. 나 사회부로 옮겼거든."

"그랬구나."

그렇게 친하지 않은 사이여서 딱히 더 할 말이 없었다.

"너도 취재?"

"아니. 연희가 내 고등학교 때 친구야."

"아하, 조문을 오신 거로구만. 하여튼 또 연락하자. 바로 들어가야 돼."

그는 바쁘게 병원으로 사라졌다.

"우리도 들어가자. 소원이랑 연락이 됐는데, 지금 막 도착한 모양이야."

원석이 핸드폰 문자를 확인하며 말했다.

소원. 그 이름을 듣자 특별한 향기가 생각났다. 그녀가 아주 오랫동안 써온 향수가 있는데, 이름이 뭐였더라? 여전히 그 향수를 쓰고 있을까?

접객실의 손님은 대부분 업계 관계자들이었다. 연희의 친구는 우리가 전부인 듯했다. 나, 원석, 윤우 그리고 소원이 함께 앉았다. 오랜만이었다. 2년쯤 전인가. 원석, 윤우와 함께 연말에 만난 뒤 처음 보는 것이었다. 가끔 안부 문자도 오가곤 했는데 작년에 내가 핸드폰을 분실하는 바람에 연락이 끊겼다. 검은색 치마 정장을 입은 소원에게선 예상했던 바로 그 향이 은은하게 풍겼다.

우리 넷은 조용히 자리를 지켰다. 남자치고는 무척 수다스러운 편인 원석조차도 말이 없었다. 다들 알고 있었다. 연희의 죽음이 남은 우리의 삶도 변화시킬 거라는 사실을. 조PD와 인순이가 이 세상의 모든 어른 친구들에게 힘주어 노래한 것처럼 말이다.

—이젠 뭘 하더라도 예전과 같을 순 없으리오.

"미진이는?"

윤우가 종이컵의 소주를 비우고 소원에게 물었다.

"지금 거의 다 왔다고 문자 왔어요."

소원이 핸드폰을 확인하고 대답했다.

윤우와 원석은 술을 꽤 마셨다. 맥주와 소주를 섞어서 연신 비워댔다. 나는 전날 밤의 과음 때문에 속도 불편하고 신경도 날카로워서 술을 거절했다. 눈앞에서 벌어지고 있는 믿을 수 없는 상황을 맨 정신으로, 똑바로 바라보고 싶었다.

마케팅 회사에 다니는 원석과 회계사인 윤우는 이른바 절친 사이였다. 둘이서 술을 마시다 가끔 나를 불러내곤 했는데, 나는 잘 끼지 않았다. 뭐랄까. 사회 한복판에서 치열하게 뛰고 있는 그들과 이질감을 느낀다고 할까?

둘은 공통점이 많았다. 공부도 무척 잘했고 좋은 대학을 갔다. 원석은 일찍 MBA를 마치고 와서 마케팅 회사의 젊은 임원으로 고속 승진을 했고 윤우는 삼일 회계법인의 10년차 회계사였다. 둘 다 일찍 결혼해서 아이가 둘이나 있었다. 사는 동네도 원석은 반포, 윤우는 압구정동. 둘 다 강남에서 제일 비싸다는 아파트에 살았다. 말하자면 이 사회의 룰을 제대로 지키며 차곡차곡 올라온 케이스였다. 흔히 성공했다고 부를 수 있는.

나는 그들과 달랐다. 겉으로 보기엔 같은 부류로 생각할 수도 있겠지만, 많이 달랐다. 언젠가부터 그렇게 되었다.

"얘들아! 어머, 이게 무슨 일이니."

오랜만에 듣는 미진의 호들갑스러운 목소리였다. 우리는 그녀의 손을 한 번씩 잡으면서 인사를 건넸다. 그녀는 원석 옆에 자리를 잡고 앉았다.

많이 울었나보다. 미진의 눈이 벌겋게 부어 있었다. 하긴 그녀는 어릴 때부터 감성적이었다. 모두가 천생 여자라고들 했다.

그렇게 옛 친구 다섯 명이 모두 모였다. 아니, 모두라는 말은 틀리다. 오래전 우리는 일곱 명이었다. 압구정 소년 네 명과 반포 소녀 세 명. 그중에서 두 명이 없다. 한 명은 영원히 떠났고, 한 명은 곧 도착한다.

문득 어린 시절의 한 장면이 떠올랐다. 열여덟 살. 고등학교 2학년 때였다. 저녁에 우리 일곱 명이 모두 모인 자리였다. 누군가의 생일이었던 걸로 기억한다.

원석의 제안으로 현대아파트 단지 맞은편 코끼리 상가의 멕시칸 치킨에서 통닭 세 마리를 샀다. 제일 나이 들어 보이는 윤우가 슈퍼마켓에서 캔 맥주를 왕창 샀다. 그 당시만 해도 미성년자에게 술과 담배 판매하는 걸 별로 단속하지 않던 시절이었다.

우린 대웅네 집이 있던 현대아파트 10동 옥상으로 올라갔다. 지금만큼 화려하진 않아도 꽤 그럴듯한 한강변의 야경이 시원한 바람과 함께 우리를 휩쌌다. 발아래 올림픽대로로 쭉쭉 달리는 차들과 맞은편에 우뚝 선 남산타워도 까만 밤 속에서 반짝반짝 빛을 발했다.

연희가 이상했다. 넓게 펼쳐놓은 신문지에 앉은 연희는 교복 치마에 얼굴을 묻다시피 몸을 구부리고 있었다. 왜 그러냐는 우리 질문에 돌아온 대답을 기억한다.

—나, 고소공포증이 심해.

맞다. 분명히 그랬다. 그래서 결혼하고 처음 얻은 집도 펜트하우스가 아니라 18층 건물의 2층이었다. 둘의 재력이라면 대한민국 어떤 곳에서도 펜트하우스를 살 수 있었을 텐데.

아파트 옥상에서도 바들바들 떨던 그녀가 어떻게 한강 다리에서 투신자살을 할 수 있지? 말이 되나?

"난 이렇게 될 줄 알았어. 그 나쁜 자식이 연희를 이렇게 만들 줄 알았다고."

맥주를 한 잔 마신 미진이 감정을 주체 못하고 다소 높은 목소리로 흐느꼈다. 접객실에 앉아 있던 사람 몇몇이 우리를 돌아보았다. 원석이 그녀의 어깨를 감싸고 달랬다.

"진정해. 그런 생각 하지 말고. 대웅이도 곧 도착할 거야."

"어떡하니, 원석아! 우리 연희 불쌍해서 어떡해."

그녀는 좀처럼 진정하지 못했다.

"언니, 우리 잠깐 나갔다 와요."

결국 소원이 그녀를 데리고 밖으로 나갔다. 윤우와 원석은 쌍둥이처럼 동시에 한숨을 쉬고 거의 비슷한 타이밍으로 폭탄주가 든 종이컵을 비웠다. 갑갑해졌다. 나도 자리에서 일어났다.

"바람 좀 쐬고 올게."

둘은 별로 신경 쓰지도 않고 다음 잔을 만들었다.

접객실을 나갔다. 취재진의 수는 더 늘어나 있었다. 부담스러운 복도를 빠른 걸음으로 걸어 건물을 빠져나갔다. 소원 혼자 입구 근처에 서 있었다.

"미진이는?"

그녀 곁에 서면서 물었다.

"혼자 있고 싶다면서 잠깐 차에 가 있겠대요."

나는 고개를 끄덕이며 밤하늘을 봤다. 날이 워낙 흐려서 시선을 둘 만한 달도 별도 없었다.

"잘 지냈어요, 오빠?"

사람을 감싸는 것 같은 목소리. 날카롭게 날 서 있던 마음이 누그러졌다. 형식적인 인사였을 뿐인데.

"나야 뭐. 넌 잘 지내지? 병원 일은 잘되고?"

"병원이야 늘 똑같죠 뭐."

"같은 병원이지? 드림?"

"네. 그럼요."

그녀는 성형외과 전문의였다. 압구정역 사거리에 있는 드림 성형외과에 근무했다. 잠시 침묵이 흘렀다. 내가 물었다.

"연희는 가끔 보고 그랬어?"

그녀는 쓸쓸한 표정으로 고개를 가로저었다. 그러다 내 쪽으로 손을 뻗었다.

"왜?"

"폰 좀 줘봐요."

핸드폰을 건네자 자기 번호로 전화를 걸었다. 그런 식으로 내 번호를 저장했다.

"우리도 참. 어쩌다 보니 바뀐 전화번호도 모르고 살았네요."

그녀가 핸드폰을 돌려주었다.

"딱히 바쁠 것도 없었는데."

나는 약간 죄책감을 느끼며 중얼거렸다.

"사실 난 오빠가 쓴 글 많이 봤어요."

"어, 진짜? 그럴 줄은 몰랐어. 우린 남자 잡진데."

"제가 아저씨 취향이 있나보죠."

내가 소리 내어 웃었다.

"병원 대기실에 잡지를 많이 갖다 놓거든요. 오빠네 잡지는 정기 구독해요. 매달 오빠 글만 찾아 읽죠."

"고맙습니다, 애독자님."

우리의 시선이 마주쳤다. 나도 모르게 바보 같은 소릴 해버렸다.

"넌 나이가 하나도 안 들었구나."

그녀는 친구의 장례식장이라는 장소와 전혀 어울리지 않게 밝은 웃음을 터뜨렸다. 그러다가 점점 웃음이 잦아들었다. 결국은 깊은 눈에 눈물이 고였다.

"언니가 왜 그랬을까요?"

목소리가 떨렸다. 내가 그녀를 안았는지 그녀가 나에게 안겼는지 모르겠다. 그녀는 내 품에서 편안히 눈물을 흘렸다.

그러다 그녀가 고개를 들고 손목시계를 확인했다.

"9시다. 뉴스 좀 봐요."

우리는 머리를 맞대고 핸드폰 화면으로 뉴스를 봤다. 광고가 나간 뒤 메인 앵커 두 명이 등장했다. 짐작했던 대로 연희의 사건이 헤드라인 첫 뉴스였다.

"톱스타 서연희 씨가 오늘 오전 한강에서 숨진 채 발견되었습니다. 경찰은 일단 자살로 추정하고, 자세한 경위를 조사하고 있습니다. 현장 취재 기자 연결합니다. 최인제 기자?"

앵커가 부르자 긴장한 얼굴의 남자가 마이크를 잡고 등장했다.

"네. 이곳은 서울 잠원동 고 서연희 씨 자택 앞입니다."

"참으로 충격적인데, 우선 사망 소식부터 전해주시죠."

"네. 톱 가수이자 영화배우인 서연희 씨가 숨진 채 발견된 시각은 오늘 오전 7시 15분쯤입니다. 서 씨의 시신은 수상 택시 기사 정 모 씨에 의해 발견됐는데요, 정 씨는 곧바로 경찰에 신고했습니다. 이때가 7시

34분입니다. 서울 서초경찰서는 신고를 받고 현장에 출동해 사망 경위를 조사했습니다."

"지금 서연희 씨 자택에서도 경찰이 수사를 하고 있죠?"

"그렇습니다. 이곳은 서연희 씨와 박대웅 씨 부부가 살던 잠원동의 빌라 앞입니다. 외부인의 출입이 엄격하게 통제되는 초호화 빌라인데요, 경찰 관계자와 취재진들이 빌라 전체를 에워싸고 있는 상황입니다."

"그렇군요. 서연희 씨 사망 원인은 무엇으로 보이나요?"

"경찰은 일단 서 씨가 자살한 것으로 추정하고 있습니다. 연예 기획사 ESP 대표인 남편 박대웅 씨가 미국에 장기 체류하면서 서연희 씨는 오랜 기간 이곳에서 혼자 산 것으로 알려졌습니다. 청소를 돕는 도우미가 매일 오긴 했지만 저녁에는 퇴근을 했다고 합니다. 서 씨가 쓰던 침실에서 메모지가 발견되었는데요, 남편인 박 씨에게 남기는 편지를 쓰려고 했던 것으로 추측됩니다. 이 메모지에는 한 줄의 말만 적혀 있었는데요, 다음과 같습니다. '우리 어쩌다 여기까지 왔을까.' 경찰은 빌라 주차장의 CCTV를 입수해 판독 중이며 빠른 시일 내에 수사 결과를 발표할 것이라고 밝혔습니다."

"잘 알겠습니다. 최인제 기자, 수고하셨습니다."

—우리 어쩌다 여기까지 왔을까.

기자가 딱딱하게 옮긴 연희의 마지막 말이 그녀의 사뿐한 음성으로 오랫동안 공명했다. 가슴 깊은 곳에 통증이 일었다. 연희야, 미안해. 그녀에게 사과했다. 친구로서 지켜주지 못한 죄책감이 날 아프게 했다. 그리고 대웅에 대한 분노가 다시 치밀어 올랐다. 앞에 서 있다면 턱을 한 대 갈겨주고 싶은 강렬한 감정이었다. 진짜로 그랬다가는 녀석 수하에 있는 덩치 좋은 매니저들에게 끌려 나가 열 배로 더 얻어터지겠지.

앵커가 다음 멘트를 전했다.

"서 씨의 빈소는 서울 반포의 강남성모병원에 차려져 있는데요, 수많은 취재진이 몰려 있다고 합니다. 반포 강남성모병원 현장에 나가 있는 취재 기자 연결합니다. 유지혜 기자?"

"네, 이곳은 고 서연희 씨 빈소가 마련된 반포 강남성모병원입니다."

단정하게 생긴 여기자가 앵커의 말을 받았다. 기자가 서 있는 배경 화면에 내가 지나다녔던 병원 복도가 나왔다.

"그곳 분위기는 어떤가요?"

앵커가 물었다.

"지금 이곳에는 고인의 생전 인기를 증명하듯 수백 명의 취재진이 진을 치고 있습니다. 서 씨의 동료 연예인들 발길이 속속 이어지는 가운데 일반 시민들도 빈소를 찾으면서 그야말로 발 디딜 틈조차 없는 조문 풍경이 연출되고 있습니다. 생전에 크리스털 아이즈라는 애칭으로 불렸던 그녀는 이제 수정 같은 눈동자를 영원히 감고 이 세상을 떠났습니다."

"서연희 씨의 남편 박대웅 씨가 빈소에 도착했나요?"

"아닙니다. 박 씨는 미국에서 비행기를 탄 것으로 확인되었고요, 귀국하는 대로 곧장 빈소로 올 예정입니다. 박 씨의 기획사인 ESP 관계자에 따르면 병원 도착 예정 시간은 내일 오전이 될 거라고 합니다. 따라서 취재 경쟁도 더욱 뜨거워질 전망입니다."

"이제 들어가요."

소원이 내 어깨에 가볍게 손을 올렸다. 손바닥보다 작은 화면을 계속 둘이서 지켜볼 수도 없는 노릇이었다. 어차피 내일 아침이 되면 TV, 신문, 인터넷 전부 그녀의 죽음에 관한 기사를 쏟아낼 테니까, 그때 봐도 늦진 않다.

우린 다시 접객실로 돌아갔다. 계속 자리를 차지하고 있기 민망할 정도로 많은 조문객이 북적거렸다. 나는 마음 한구석을 괴롭히던 의문점을 털어놓았다.

"얘들아, 이상하지 않아?"

내 얼굴로 모두의 시선이 집중되었다.

"연희는 고소공포증이 있었잖아. 기억 안 나?"

다들 저마다의 기억을 더듬는 모양이었다. 내가 팁을 주었다.

"그때 대웅네 아파트 옥상에서 통닭 먹을 때. 누구 생일이었지? 옥상에서 내려올 때까지 연희가 고개를 제대로 못 들었잖아. 그래서 담부터 옥상에 갈 때 연희는 안 따라왔잖아."

모두 내 말에 고개를 끄덕였다. 소원만 빼고. 그녀는 어딘가 모르게 불편한 표정이었다.

"맞아. 내 생일이었다. 연희가 그날 좀 그랬던 것 같아."

윤우가 말했다.

"죽으려고 결심하면 무슨 용기를 못 내겠냐? 자해하는 사람이 좋아서 손목을 긋겠어? 차 안에서 연탄불 피워놓고 죽는 사람들은 연탄 냄새가 좋아서 그러겠냐고?"

원석의 특기였다. 항상 허를 찌르는 말을 하곤 했다. 그런 논리로 보자면 그럴 수도 있지만 고소공포증은 좀 다른 것 아닌가? 나도 혼란스러워졌다.

윤우가 원석에게 잔을 건넸다. 둘은 다시 빠른 속도로 잔을 주고받다 결국 술에 잔뜩 취해 먼저 집으로 돌아갔다. 그리고 얼마 안 있어 미진이 돌아왔다. 차에서 뉴스를 다 봤다고 했다. 그러면서 금방이라도 또 눈물을 흘릴 것 같았다. 소원이 그녀의 손을 꼭 잡아주었다.

여자들끼리만 할 이야기가 따로 있을지도 몰랐다. 나는 자리에서 일어났다.

"나도 들어갔다가 내일 나와야겠다."

"그래. 조심해서 들어가고"

미진이 일어서서 나와 가볍게 포옹을 나누었다.

소원은 작별 인사 대신 두 손으로 문자를 주고받자는 동작을 취해 보였다. 어떤 곳에서도 상대의 기분을 한 뼘쯤 더 좋게 해주는 밝은 눈웃음과 함께.

돌이켜보면 그랬다. 연희에게 가려져서 그렇지 소원도 무척이나 예쁜 아이였다. 좀 억울했을까? 여자들은 그런 감정을 느끼기도 한다는데.

주차장에 세워둔 차에 들어가 앉자 묘한 해방감이 느껴졌다. 군중 틈에 있기 싫어하는 성격에 빈소의 엄청난 인파가 스트레스였던 모양이다. 혼자가 된 공간에서 나도 모르게 길게 한숨을 쉬었다. 시동을 걸지 않고 잠시 앉아 있었다. 연희의 목소리가 들렸다.

―우리 어쩌다 여기까지 왔을까.

이마를 핸들에 쿵 찧었다. 경적이 울렸다. 깜짝 놀라 고개를 들었다. 룸미러에 두 남자의 얼굴이 겹쳐 보였다. 철없는 소년과 중년 초입에 접어든 서른여섯 남자.

정말 우린 어쩌다 여기까지 왔을까? 나는 어쩌다 여기까지 왔을까?

시동을 걸었다. 카스테레오에서 며칠 전 꽂아둔 노르웨이 그룹 디 사운드(D Sound)의 싱글 컬렉션 CD가 돌아가고 있었다. 차를 출발하기 전에 CD 북에서 엘에이 메탈(LA METAL) 음악을 모아놓은 MP3 CD를 찾아 음악을 바꿨다. 200여 곡이 조금 넘는 1980년대 엘에이 메탈 노래 중에서 엘에이 건즈(LA GUNS)의 '크리스털 아이즈'를 찾았다.

―그녀는 수정 같은 눈으로 나를 쳐다보았지. 비에 젖은 사막의 꽃처럼.

필립 루이스(Philip Lewis)의 전성기 시절 목소리는 맑고 깨끗하고 또 높았다. 설정을 무한 반복에 맞춰놓고 차를 출발시켰다.

―그녀는 말을 많이 하지 않았어. 수정 같은 눈동자로 가식의 껍질을 뚫어볼 뿐이야. 그녀를 사랑해. 그녀의 손길 없이는 살 수 없어.

한 열 번쯤 반복해서 들었을까. 집에 도착했다. 지하 주차장이 없는 청담동 삼익아파트 주차장은 내 기대를 저버리지 않고 꽉 차 있었다.

그럼 그렇지. 주차선 안쪽은 퇴근 시간 직후 도착한 부지런한 차들에 점령당한다. 그 앞과 옆의 이중 주차할 자리도 밤 9시면 끝. 나처럼 자정 넘어서 들어오면 아파트 단지에서 경기고등학교로 나가는 도로 옆에 줄지어 주차하는 수밖에 없었다. 원래는 불법이지만 암묵적으로 심야 시간 단속은 없고 아침 8시부터 단속을 시작했다. 바꿔 말하면 아침 8시 전에 출근하거나 차를 옮겨야 했다. 그런 수고로움이 싫다면 4만 원짜리 주차 딱지를 끊으면 된다.

삼익아파트는 지은 지 30년이 넘었다. 주차 외에도 불편한 점이 많았다. 노인의 몸 곳곳이 아프듯 모든 면에서 다 낡았다. 바닥 공사를 하지 않으면 겨울엔 추워서 견딜 수 없을 지경이었다. 여름철에는 모기, 파리, 바퀴벌레를 비롯해 이름 모를 벌레들이 들끓어 《파브르 곤충기》의 현장이 되었다. 수압이 낮아서 샤워를 해도 개운치 않고 낡은 배관 때문에 가끔 녹물이 섞여 나올 때도 있었다.

그런데도 35평형이 12억을 훌쩍 넘었다. 한강변인 데다 재건축 대상이니까. 언제 재건축이 될지는 아무도 몰랐다. 사실 난 재건축에는 별 관심이 없었다. 이대로도 나쁘지 않다. 장점도 많다. 새 아파트 단지에서는 도저히 느낄 수 없는, 마치 오래된 공원에 온 것 같은 느낌을 주는 나무들이 좋았다. 그리고 걸어서 한강과 바로 연결되는 산책길도 훌륭하고 가까운 거리에 청담동-압구정으로 이어지는 번화가가 있어 술자리나 약속 장소를 잡을 때도 부담이 적었다.

가장 큰 단점은 비싼 가격. 뻔뻔하고 재수 없는 소리처럼 들리겠지만 부모님께 증여받은 것이라 나에겐 해당 사항 없는 단점이었다.

집에 들어왔다. 정적과 어둠이 반겨준다. 불을 켜고 제일 먼저 하는 일은 뱅 앤드 올루프센(Bang & Olufsen) 오디오 전원을 올리는 것이다. 일종의 의식 비슷한 습관이랄까. 퇴근하면 음악을 켜놓고 옷을 벗은 다음 곧바로 샤워를 한다. 욕실 문은 꼭 열어놓고.

보통은 가벼운 RNB 장르의 앨범을 거는데, 오늘은 CD 진열장 앞에서 오래 망설였다. 손이 가는 CD가 없었다. 연희의 노래를 들을까 하다 문득 TV로 눈이 갔다.

소파에 앉아서 리모컨으로 TV 전원을 켰다. 심야 뉴스에서 연희의 죽음과 관련한 소식을 전하고 있었다. 아까 잠깐 본 저녁 뉴스에서 업데이트된 소식은 없었다. 옷도 벗지 않고 방으로 들어가 컴퓨터 앞에 앉았다. 네이버에서 실시간 속보를 확인했다. 새로운 뉴스는 없고 기획 기사들이 잔뜩 떠 있었다.

—크리스털 아이즈, 영원히 눈을 감다

—한국 연예계를 풍미한 서연희의 일생

이런 식의 기사가 대부분이었다. 그중에서 호기심을 자극하는 제목도 눈에 띄었다.

—故 서연희의 죽음을 둘러싼 3대 의혹

—故 서연희, 죽기 직전 이혼설과 폭행설의 전말은?

몇 개의 기사를 클릭해보았다.

하이에나 같은 기자들이 어떻게 냄새를 맡았는지 사사로운 자료를 들이대며 한 부부의 결혼 생활을 까발리고 있었다.

연희의 병원 치료 기록이 공개되었다. 기사는 몇 달 전 그녀를 직접 치료했다는 한 의사의 인터뷰를 익명으로 인용했다. 얼굴과 목, 어깨 등에 타박상이 심했다고 했다. 교통사고로는 보이지 않았다고. 기자는 그 당시 박대웅이 케이블 TV 채널 인수 건으로 한국에 열흘 정도 체류 중이었던 것으로 밝혀졌다는 설명을 친절하게 덧붙였다.

—연예인의 생활은 나체로 사는 것하고 비슷해. 나도 모르고 있던 내 몸의 흉터를 사람들이 알고 있다니까.

연희의 결혼식 피로연 자리였다. 결혼식 1부 순서가 끝나고 식사하는 하객들에게 인사를 다니던 그녀가 우리 테이블에 잠시 앉았다. 연예 활동 중단과 관련해 우리가 물어보자 자신의 심정을 털어놓은 것이다.

—정말 마음이 편해. 제대로 옷을 입고 사는 기분이랄까? 그렇다고 이제 와서 다른 사람하고 똑같아질 수는 없겠지. 그래도 세월이 조금 흐르면 지금보다는 더 편하고 자유롭게 다닐 수 있을 거야.

이제 편하고 자유롭니, 연희야?

방에서 나와 거실 페어글라스를 마주보고 섰다. 한강을 사이에 놓고 맞은편 뚝섬을 연결하는 청담대교가 과장된 조명을 뽐내고 있다. 우스꽝스러운 음악에 맞춰 분수까지 쏴대는 반포대교만큼은 아니어도 청담대교의 형광빛 조명도 만만치 않게 오버라고 생각한다. 오세훈 시장님이 만들어놓은 화려한 한강 다리의 조명을 몰래 떼어낼 수는 없겠지. 그런 계획을 실행할 대인배가 있다면 활동비 명목으로 성금을 보낼 의향도 있는데 말이지. 차분하고 담담한 예전 조명이 그립다.

연희야, 정말 그랬니? 네가 저렇게 높은 다리에 올라가서 뛰어내렸단 말이야?

아니라고 대답했다. 내가. 강한 확신이었다. 여자들이 말하는 촉?

거실 진열장에서 잭 대니얼을 꺼냈다. 버번위스키와 제로 콜라를 반 반씩 섞고 각 얼음을 세 개 띄웠다. 그녀를 집어삼킨 한강을 보며 한 호흡에 잔을 비웠다.

음악도 켜지 않고 샤워를 했다. 몸과 머리카락을 말리고 곧장 방에 들어가 잠을 청했다. 피곤과 우울함에 잠겨서 한껏 몸을 웅크린 채.

꿈은 전날 밤과 똑같은 장소로 나를 인도했다.

한강 다리 위. 연희와 마주보고 서 있었다. 구해줘. 그녀가 말했다. 손을 뻗었지만 바로 앞에 있는 줄 알았던 그녀는 훌쩍 난간 쪽으로 멀어졌다. 다가갈수록 그만큼 멀어졌다. 어느새 그녀는 외줄타기를 하듯 난간 위에 섰다. 안 돼. 나는 뭔가에 옥죄인 듯 손발을 움직일 수 없었다. 다만 애절하게 부르짖었다. 연희야, 안 돼. 그녀는 정확히 내 눈을 보고 있었다. 구해줘. 그리고 몸을 던졌다. 달려가서 난간 아래를 내려다보았을 때는 검은 강물 위로 작은 물보라만 일 뿐이었다. 악몽은 그렇게 끝났다.

굿모닝, 미스터 현. 다시 아침이야.

침대에서 몸을 일으키고 두 손으로 마른세수를 했다. 길게 숨을 들이마셨다. 죽은 날도 그다음 날도 내 꿈에 그녀가 등장한 이유는 무얼까?

단순히 깊은 무의식의 발현인가? 프로이트의 선언처럼 억압된 소원의 위장된 성취인 걸까?

그동안 하고 싶은 일만 하고 불편한 과정은 회피하면서 살아온 인생이었다. 타인의 삶에는 철저하게 무심했다. 그런 내가 그녀의 죽음 앞에서 발을 못 떼고 있었다.

교복을 입고 생활하던 그 시절, 연희는 나의 첫사랑이었다. 그 애도 나에게 각별한 감정을 갖고 있으리라 짐작하기도 했다. 원석의 말처럼 나만의 착각이겠지만. 원석이 이런 말을 한 적이 있다.

―시선을 마주하기만 해도 착각을 하게 만드는 사람들이 있지. 마치 특별한 감정이 생긴 것처럼 두근거리게 만드는 눈동자. 연희의 눈도 그래. 조심해야 된다고.

그래서 그녀의 별명이 '크리스털 아이즈'였겠지.

첫사랑이든 짝사랑이든 상관없다. 이미 단단하게 싹을 틔웠다.

―우린 어쩌다 여기까지 왔을까.

그녀가 남긴 슬픈 질문에 대답하기 위해 알아봐야겠다는 결심이 섰다.

이현도와 故 김성재. 듀스가 노래했다.

―난 누군가 또 여긴 어딘가? 지금 저 멀리서 누가 날 부르고 있어.

듀스와 함께 나도 부름을 들었다. 미결로 묻힌 사건을 다시 파헤치는 형사처럼 오랜 기억 속으로 의식의 발을 내딛었다.

열여덟 살 그리고 인생

18 & Life – Skid Row

압구정고등학교는 성수대교 남단 현대아파트 단지 내에 있다. 내가 다닐 때만 해도 '구정고등학교'였다. 몇 년 전 학교 앞을 지날 일이 있었는데 '압구정고등학교'라는 글자가 건물 벽에 큼직하게 적혀 있는 걸 보고 이름이 바뀌었다는 걸 알았다.

청담초등학교와 청담중학교를 나와서 고등학교도 청담고등학교로 갈 줄 알았는데 의외로 구정고등학교로 배정을 받았다. 붉은 벽돌로 지어진 건물에 운동장은 고작 아파트 놀이터 몇 개를 합쳐놓은 크기에 불과했다. 옆에 있는 현대고등학교 학생들이 우스갯소리로 '구정고등학교에서 100미터 달리기를 하려면 운동장을 대각선으로 뛰어야 한다.'고 말할 정도였으니까.

교복은 한마디로 촌스러웠다. 수식어를 붙이자면 '진짜' 촌스러웠다. 옅은 핑크빛 블라우스에 짙은 체크무늬 치마였던 여자애들은 그래도 조금 나았다. 남학생 교복은 그야말로 입고 다니기 민망할 지경이었다. 아무리 모델 필 나는 애들도 교복만 입혀놓으면 머저리로 보였다. 하복은 하늘색 반팔 남방, 동복은 1980년대 아저씨 양복 스타일의 남색 재킷이었다. 바지가 압권이었는데 회색과 자주색, 검은색이 촘촘히 섞여 멀리서 보면 칙칙한 시멘트 색처럼 보이는 직물이었다.

대체 누가 이따위 디자인을 했을까? 입학식을 앞두고 교복을 받자마자 암담한 심정이 들어 입어보지도 않았다. 청담고등학교나 현대고등학교로 배정받은 친구들이 눈물 나게 부러웠다.

그 당시 현대고등학교 교복은 레전드급으로 예뻤다. 그런데 청담고등학교가 생기면서 전세가 바뀌었다. 앙드레 김이 교복을 디자인했다는 소문이 돌았다. 아직도 그 소문의 진위는 확인해보지 못했지만. 지금은 143번으로 바뀐, 당시의 710번 버스 노선이 세 학교 앞을 모두 통과했다. 등교할 때는 주로 엄마가 학교까지 태워줬지만 가끔 710번 버스를 탈 때면 정말 극명하게 교복의 퀄리티가 엇갈렸다. 제기랄.

교복과 운동장은 창피했지만 자랑스러운 것들도 있었다. 무엇보다도 학생 한 명이 주변 학교까지 소문이 날 정도로 잘나갔다.

박대웅.

입학하자마자 대웅의 이야기를 들었다. 그는 (역시 지금은 압구정중학교로 이름이 바뀐) 구정중학교 최고의 킹카였다. 학생 절반이 구정중학교 출신이어서 그랬는지 우리 학교에서는 그를 모르는 애들이 없었다. 한마디로 공부도 잘하고 놀기도 잘하는 애였다. 그런데다 당시에는 드물던 춤꾼이라고 했다. 중학교 3학년 수학여행에서 춘 춤 때문에 여학생들이 100통이 넘는 러브레터를 보냈다는 이야기가 믿거나 말거나 전설처럼 전해졌다.

그 정도였으면 그냥 그런가보다 하고 넘어갔을 것이다. 나도 당시에는 웬만큼 공부를 했고 웬만큼 놀 줄도 알았으니까. 그런데 한 가지가 더 있었다. 팝 음악 마니아인 데다 드럼을 끝내주게 잘 친다는 정보였다. 헉. 졌다.

그때 나는 팝 음악, 정확히 말하면 헤비메탈에 미쳐 있었다. 레드 제플린(Led Zeppelin)과 AC/DC를 종교처럼 숭배했고 메탈리카(Metallica)와 메가데스(Megadeth), 슬레이어(Slayer)의 살벌한 스래시메탈(Thrash Metal)로 질풍노도의 에너지를 해소했다. 데프 레파드(Def Leppard)와 건즈 앤 로지즈(Guns N' Roses), 본 조비(Bon Jovi), 머틀리 크루(Motley Crue) 등등 흥겨운 헤비메탈도 소니 워크맨을 떠나지 않았다. LP나 CD를 사서 흰색 SK 공테이프에 녹음해 주구장창 들었다. 공부할 때도 엄마 차에서도 심지어 잘 때도 헤비메탈을 들었다.

엄마는 내 음악 취향을 조건부로 용인해주었다. 성적이 전교 10등 안에 머물 때만 음반 구입할 돈을 준 것이다. 성적표에 전교 석차가 두 자리로 찍히면 다음 시험 때까지 용돈이 줄었다. 그럴 때면 용돈을 아껴서 음반을 사야 했고 밥과 담배를 늘 친구들에게 구걸해야 했다. 결국 석차를 유지하기 위해 공부를 더 열심히 해야 하는 메커니즘이었던 셈이다.

고등학교에 올라오면서 몰래 기타를 샀다. 낙원상가 2층에서 산 짝퉁 크레이머(Kramer) 기타였다. 어린 시절 미치도록 좋아했던 록 그룹 반 헤일런(Van Halen)의 기타리스트 에드워드 반 헤일런(Edward van Halen)이 치던 기타 브랜드였기 때문이다. 진짜 크레이머 기타를 사려면 엄마 지갑을 들고 가출하는 방법밖에 없었고, 국내 기타 브랜드인 삼익악기나 콜트는 성에 차지 않았다.

열 장짜리 버스 회수권을 열두 장으로 잘라 쓰며 돈을 아끼고 명절 때 친척들한테 받은 돈을 모아서 기타를 질러버렸다. 기타 가게 점원을 조르고 졸라 흥정한 가격은 12만 원. 1991년에 12만 원이라는 돈은 고등학교 1학년생에게 결코 작은 액수가 아니었다. 그러나 새까맣게 윤이 나는 바디에 여섯 개의 금속 줄 그리고 더블 픽업이 분명하게 붙어 있는 기타를 손에 받아드는 순간, 고교생의 경제관념 따위는 순식간에 증발했다.

나는 엄마가 없는 틈을 타 기타를 집에 가져와 옷장 위에 올려놓았다. 그리고 엄마가 확실하게 잠드는 새벽 1시가 넘어서야 방문을 잠가놓고 기타 연습을 했다. 전자 기타여서 앰프와 연결하지 않으면 소리가 거의 들리지 않는다는 점이 절묘하리만큼 다행이었다.

해야 하는 공부와 하고 싶은 기타. 당시 내게 세상에는 딱 두 가지밖에 없었다. 돌이켜보면 그 시절, 하루에 다섯 시간 이상 잠을 잤던 날은 손에 꼽을 정도인 것 같다. 새벽 1시까지는 공부 그리고 매일 새벽 2시가 넘도록 기타 연습을 했으니까.

그렇게 록에 미쳐 있던 나에게 대웅이 드럼을 친다는 말은 충격이었다. 드럼은 엄마가 잠든 틈을 타서 몰래 연습할 수 있는 악기가 아니니까. 대체 어떻게 고등학교 1학년짜리가, 그것도 전교 1등이라는 놈이 드럼을 잘 칠 수 있단 말인가? 집에 드럼 세트가 있나? 호기심과 부러움을 넘어서 일종의 열패감마저 느꼈다.

단 한 가지 녀석에게 부족해 보이는 것은 외모였다. 병원장 집 아들답지 않게 대웅의 피부는 까맣게 그을려 있었다. 곧 알게 된 사실이지만 운동을 좋아해서 탄 피부였다. 일테면 만능 스포츠맨이기까지 했던 것이다. 당시엔 하얀 피부의 꽃미남보다 그을린 피부의 섹시한 남자 연예인이 인기를 끌던 시절이었다.

1학년 내내 대웅은 전교 석차 1등을 유지했다. 나는 10등 안팎을 왔다 갔다 했고, 그에 따라 용돈도 늘었다 줄었다를 반복했다. 20년 전 당시 돈으로 100만 원이 넘는 돈을 매달 과외비로 썼다. 물론 학원 스케줄은 별도였다. 구정고등학교 상위권 학생의 평균적인 생활에서 크게 벗어나지 않는 하루하루가 계속되었다. 원석이 말을 걸어오기 전까지는.

"너 음악 좋아하냐?"

2학년 1반으로 반 배치를 받은 첫날, 나에게 말을 걸어온 첫 친구가 원석이었다.

"그런데 왜?" 하고 대답했다. 원석은 턱짓으로 책상에 걸려 있는 내

가방을 가리켰다. 내가 메던 검은색 잔 스포츠 가방 한쪽에 수정액으로 'POISON'이라는 헤비메탈 그룹의 로고를 적어놓은 걸 본 모양이었다. 포이즌은 아주 좋아하는 그룹은 아니었다. 다만 그들의 3집 앨범에서 'Ride the Wind'라는 노래를 듣고, 이 노래야말로 상큼한 엘에이 메탈의 완성판이라는 감명을 받아 충동적으로 한 낙서였다. 덕분에 가방에 독약이라도 넣고 다니는 거냐며 엄마한테 핀잔을 들었지만.

"별로 좋아하는 그룹은 아냐."

나는 대수롭지 않게 말했다.

"난 이원석이야."

그 애가 인사를 건넸다.

"난 현우주."

"뭐? 이름이 뭐라고?"

그럴 줄 알았다.

"우주. 현우주."

"와 씨발, 이름 존나 유니버스하다. 짱인데?"

당연한 반응이었다. 아빠가 천문학과 교수라는 사실을 밝히기 전까지, 내 이름을 들은 사람은 모두 신기하게 생각했다. 우주를 너무도 사랑한 천문학자는 자신의 아들에게 우주라는 이름을 붙였다. 작명 스토리 끝.

"점심때 같이 피우러 갈래?"

원석이 물었다.

"어떻게 알았냐?"

"봤어."

"언제?"

"몇 번 봤는데? 야자(야간 자율 학습)할 때도 보고. 동호대교도 가끔 가지?"

그랬다. 동호대교 아래 으슥한 공간은 내가 애용하는 흡연 장소였다. 나도 거기서 원석을 몇 번 본 적이 있었다. 헤어스타일이 좀 튀는 아이였다. 거의 1대 9 가르마랄까? 앞머리만 길게, 정말 학생주임이 가까스로 허용할 만큼 최대한 길러서 한쪽으로 쓸어 넘긴 머리였다. 공부는 제법 하는 걸로 알고 있었다. 그때 구정고등학교에서는 시험 성적이 나올 때마다 교실 뒤쪽에 전교 1등에서 20등까지 명단을 붙여놓았다. 녀석은 나하고 성적이 비슷했다.

점심시간이 되자 우린 슬슬 교실을 나섰다. 나는 놈을 따라갔다. 좀 진부한 장소인 교내 쓰레기 소각장. 거기에 놀랍게도 대웅이 있었다. 의외의 만남이라 놀랐지만 티를 내지 않으려고 애썼다.

"원석아, 안녕!"

"어이, 박대웅!"

둘은 친한 사이인 듯 반갑게 인사를 나눴다.

"인사해. 이번에 같은 반 됐는데, 얘도 음악 좋아해."

원석이 나를 소개했다.

"반갑다. 박대웅이야."

"나도 반가워. 난 현우주."

내 이름을 들은 대웅이 폭소를 터뜨렸다. 그 옆에 서 있던 윤우도 웃겨 죽겠다며 박장대소를 했다. 아버지, 다시 한 번 감사해요.

"야, 이름 존나 유니버스하다."

윤우가 아까 원석이 했던 것과 똑같은 말을 읊었다.

"성까지 같이 붙으니까 더 짱인데? 현우주. 옛날 우주는 어디 갔냐?"

대웅도 거들었다.

1992년 3월 2일, 월요일, 날씨 존나 맑음. 압구정 소년 네 명이 모인 첫 순간이었다.

원석이 교복 주머니에서 담뱃갑을 턱 하니 꺼냈다. 대담한 놈이다. 감 탄했다. 담배를 피우는 학생은 교사들의 눈을 피해 한 개비씩 숨겨 다니 곤 했다. 그런데 자랑이라도 하듯 교복 주머니가 불룩해지도록 담뱃갑 을 통째로 넣고 다니다니. 녀석한테 또라이 기질이 있다는 걸 그때 간파 했어야 하는데.

"니들 말보로(Marlboro)가 무슨 뜻인 줄 아냐?"

원석이 붉은 테두리가 쳐진 직육면체 상자를 손가락으로 휙휙 돌리며 물었다.

"글쎄, 그냥 담배 이름 아냐?"

내가 대답했다.

"아, 물론 담배 이름이긴 하지. 그렇지만 영어 약자이기도 해."

원석의 말에 다들 관심이 쏠렸다.

"Man Always Remember Love Because Of Romantic Occasion."

그리고 해석을 덧붙였다.

"남자는 언제나 낭만적인 사건을 통해 사랑을 기억한다."

진위를 알 수 없는 이야기를 던지고 녀석이 철컥 소리 나게 지포 라이터 뚜껑을 열었다. 엄지손가락으로 경쾌하게 부싯돌을 튕겨 담배에 불을 붙였다. 클린트 이스트우드처럼 오만상을 찌푸리며 노란색 필터를 깊이 빨았다. 길게 늘어진 앞머리가 바람에 흔들리고 입에서 새어 나온 연기가 안개처럼 녀석의 하얀 얼굴을 가렸다.

"와 이 새끼, 존나 후까시다. 유니버스한 후까신데?"

윤우가 웃기지 않는 농담으로 나와 원석을 동시에 비웃었다. 원석은 아랑곳하지 않고 계속 폼을 잡으며 담배를 빨았다. 윤우와 대웅은 담배를 피우지 않았다. 나는 주머니에서 한 개비만 챙겨온 담배를 꺼냈다. 심을 뺀 형광펜에 숨겨온 담배를 꺼내는데 왠지 구차한 기분이 들었다.

"넌 뭐 피우냐?"

대웅이 물으면서 내 쪽을 보았다. 그러곤 대답을 듣기도 전에 담배 이름을 맞혔다.

"살렘 라이트네. 계집애처럼, 박하냐?"

"맛있어. 피워볼래?"

"No thank you."

짧은 대화를 통해 몇 가지 사실을 알아냈다. 대웅은 자기가 직접 경험하지 못한 세계에 대해서도 이해가 빨랐다. 담배도 안 피우는 녀석이 내가 피우는 담배 필터의 녹색 줄무늬만 보고도 브랜드가 살렘이라는 걸 알아냈다. 살렘 라이트의 맛이 박하향이라는 것도 알고, 여자들이 주로 박하 담배를 피운다는 경향도 알고 있었다. 그리고 분위기나 충동에 휩싸이지 않는 성격이었다. 담배를 권하는 내 말을 조금의 흔들림도 없이 거절했다.

뒤늦게 윤우와도 인사를 나눴다. 원석과 대웅은 구정초등학교와 구정중학교를 모두 함께 다닌 사이였고, 윤우는 미국에서 살다 중학교 2학년 때 한국으로 왔다. 윤우는 반포중학교를 나왔는데, 원석과 같은 학원을 다니면서 친해진 사이였다.

"참, 우주야, 너 포이즌 좋아한다며?"

원석이 또 아는 척을 했다.

"아니야. 포이즌은 그냥 책가방에 화이트로 적어놓은 거고."

나는 변명 아닌 변명을 했다. 뭐랄까. 좋아하는 그룹으로 꼽기에 포이즌은 좀 가벼운 느낌이 들었다고나 할까? 미안해, 브렛 마이클스(Bret Michaels).

"What's your top five?"

대웅이 영어로 물었다.

"음. 레드 제플린. AC/DC. 오지 오스본(Ozzy Osbourne). 슬레이어. 그리고 데프 레파드."

내가 대답했다. 그런 질문이야 메틀 키즈에게 식은 죽 먹기라고.

"오, 나랑 비슷한데?"

대웅이 급호감을 보였다.

"드럼 친다며?"

내가 물었다.

"응. 넌 악기 할 줄 아는 거 있어?"

"기타를 좀 쳐."

"그래?"

윤우의 눈이 번득였다.

"얼마나 됐는데?"

기다렸다는 듯이 원석도 나에게 질문을 던졌다.

"1년 좀 넘었는데."

"밴드 해본 적 있냐?"

대웅이 물었다.

"아니. 그냥 집에서 쳤어."

나를 제외한 세 명이 시선을 주고받았다. 다소 의미심장한 눈빛이었
다. 그리고 윤우가 가벼운 목소리로 제안했다.

"이따 수업 끝나고 노래방에나 같이 갈래?"

구정고등학교 학생들이 주로 가던 노래방은 압구정 한양아파트 맞은
편 상가 지하의 서당노래방이었다. 즉석 떡볶이로 유명했던 서당떡볶
이 사장이 바로 옆에 차린 가게였다. 그 옆에는 또 서당오락실과 서당만
화방도 있었다. 노래방, 만화방, 분식집, 오락실. '서당'치고는 아주 즐거
운 학문만 골라서 가르쳐주는 서당이었던 셈이다. 두 가지가 몹시 궁금

했다. 서당 시리즈 중 가장 먼저 생긴 가게는 무엇일까. 그리고 사장님은 왜 '서당'이라는 이름을 붙였을까. 지금도 궁금하다.

그때는 노래방이 등장한 지 얼마 안 된 시절이었다. 그야말로 대유행이었다. 아직 인터넷은 상용화되지 않았고, 당연히 PC방도 없을 때였다. 비디오방도 등장하기 전이라 노래방은 청소년들에게 유일한 놀이터였다. 서당노래방은 다른 곳과 차별화된 구색이 있었다. 팝 음악의 오리지널 반주 레이저 디스크를 일본에서 많이 들여와 갖춰놓았다. 요즘으로 치면 오리지널 MR를 많이 보유한 노래방이랄까.

우린 한 시간 동안 노래를 불렀다. 나는 건즈 앤 로지즈의 'Welcome to the Jungle'과 스키드 로(Skid Row)의 '18 & Life'를 불렀다. 다들 팝을 주로 불렀고, 김종서 1집과 현진영의 노래도 불렀다.

노래방에서 나온 우리는 맥도날드 햄버거 압구정점으로 향했다. 그곳은 우리나라 최초의 맥도날드, 즉 대한민국 1호점이었다.

아직도 생생히 기억한다. 올림픽을 앞두고 들뜬 분위기가 고조되던 1988년 봄이었다. 지금의 갤러리아백화점 자리에 있던 한양쇼핑센터 맞은편에 황금 아치가 세워졌다. 가게 앞으로 줄이 길게 늘어섰다. 당시 중학교 1학년이던 나도 친구들과 함께 맥도날드 햄버거의 탄생을 함께했다. 내가 선택한 메뉴는 맥치킨. 닭고기를 갈아 만든 패티에 마요네즈를 많이 섞은 소스를 얹어 만든 고소한 햄버거였다. 그전에 먹어본 아메리카나 햄버거나 롯데리아하고는 또 다른 맛이었다. 그 뒤로 매주 한 번씩은 그곳을 찾았다. 고등학교에 가서도 마찬가지였다.

각자 취향대로 햄버거를 고른 다음 2층으로 올라가 자리를 잡았다. 맞은편에 갤러리아백화점과 한양아파트가 보였다.

"꼭 창가 자리에 앉아야 되냐?"

한양아파트, 그것도 대로변에 붙은 동에 사는 윤우가 조금 불편해했다.

"창가 자리가 로열석이야. 여자들도 볼 수 있고."

원석이 그러면서 창 아래로 지나다니는 여대생 누나들을 힐금거렸다. 대웅은 말없이 햄버거를 먹었다. 그러다 나에게 고개를 돌리고 불쑥 물었다.

"우주야, 너 우리 그룹에 안 낄래?"

그 말에 원석과 윤우도 내 눈치를 살폈다.

"그룹?"

"밴드 말이야. 겨울 방학 때 시작했어. 내가 드럼. 윤우가 베이스. 원석이가 기타랑 보컬을 맡고 있지. 안 그래도 보컬을 따로 구해야 할 것 같아서 찾고 있던 중이야."

"원석이 노래 잘하던데?"

"뭐 이 몸께서 노래 잘하는 거야 유명하지만, 성대가 약해서 두세 곡만 부르면 맛이 가거든. 씨발 존나 짜증나게."

원석이 끼어들었다.

다들 내 대답을 기다리고 있었다. 그제야 왜 뜬금없이 노래방엘 가자고 제안했는지 알 수 있었다. 일종의 오디션인 셈이었다. 잠시 망설이다가 대답했다.

"좋아. 대신 나도 기타를 같이 칠게. 기타라도 치면서 노래하면 좀 낫겠지. 앞에 나서서 노래 부르는 건 쑥스러우니까."

"좋아. 메가데스의 데이브 머스테인(Dave Mustaine)처럼."

대웅이 말했다.

예를 들어도 어쩌면 그렇게 적절한지. 기타를 치면서 노래 부르는 데이브 머스테인은 메가데스라는 그룹의 리더였다. 메가데스는 그 시절 내가 가장 좋아하던 스래시 밴드 중 하나였다. 나는 'Rust in Peace' 앨범이 스래시메탈이 이룰 수 있는 최고의 경지를 구현했다고 평가했다. 지금도 그렇게 생각한다. 특히 그 시절, 'Tornado of Souls'나 'Hanger 18'처럼 베스트 트랙으로 꼽히는 노래의 기타 솔로를 듣고 있노라면 전율이 퍼지면서 팔뚝에 소름이 돋곤 했다. 가끔은 눈물샘마저 자극할 정도로 비장함을 느꼈다. '데이브 머스테인처럼'이라는 대웅의 비유를 듣자 선생님에게 '참 잘했어요' 도장을 받은 학생이 된 기분이었다. 동시에 부끄러웠다. 왠지 모르게 압도당하는, 내가 녀석 아래 있는 것 같은 기분 때문에.

"밴드 이름이 뭔데?"

내가 물었다. 대웅이 빙긋이 웃으며 대답했다.

"압구정 소년들."

일주일 뒤 첫 합주가 있었다. 기타를 엄마 몰래 집에서 갖고 나오는 게 고역이었다. 하지만 막상 기타를 어깨에 메고 710번 버스를 타는 순간,

나 자신이 실제보다 훨씬 더 멋진 놈인 것만 같았다.

합주실은 신사동 골목(지금은 '가로수길'이라는 예쁜 이름이 붙었다) 끄트머리에 있었다. 지금은 트렌디한 레스토랑과 카페가 대부분이지만 그때만 해도 단독 주택과 작은 화랑이 많았다. 합주실 이름은 '화이트'였다.

지하로 내려가는 좁은 계단에는 라우드니스(Loudness), 헬로윈(Helloween), 아이언 메이든(Iron Maiden) 등등 당시 고등학생들이 책 커버로 많이 쓰던 록 그룹 포스터가 양쪽 벽에 어지럽게 붙어 있었다. 두꺼운 방음문을 열고 들어가자 열 개 남짓한 방에서 새어나오는 소리가 웅웅대며 뒤섞여 들렸다. 카운터를 지키던 머리 긴 청년은 자장면을 건져 먹고 있었다.

합주실 대여료는 한 시간에 1만 5000원이었다. 우리는 돈을 내고 비어 있는 방으로 들어갔다. 떡 하니 자리 잡고 있는 마셜 앰프와 야마하 드럼 세트가 나를 설레게 했다. 벽과 천장에는 계란 박스처럼 울룩불룩한 진회색 방음 스펀지가 빈틈없이 덮여 있었다.

"빨리 세팅하자. 돈 아까워."

그룹의 재정을 맡은 윤우가 서둘렀다. 다들 튜닝을 하느라 바빴다. 대웅은 프로 드러머처럼 익숙한 동작으로 하이햇과 심벌을 세팅했고, 윤우는 일찌감치 튜닝을 마치고 베이스 앰프 위에 앉았다.

55잭을 기타에 꽂았다. 매일 집에서 숨죽이며 연습만 하다 처음으로 앰프와, 그것도 마셜 앰프와 잭을 연결하는 순간이었다. 손끝이 저릿저릿 감전이라도 된 양 잠시 멍하니 서 있었다. 손끝으로 기타 스위치를 밀어 올렸다. 징—. 말 그대로 전기 흐르는 소리가 앰프에서 흘러나왔다. 익숙한 코드 몇 개를 잡아가며 튜닝을 했다. 나보다 먼저 튜닝을 끝낸 원석이 자기 기타와 맞춰보면서 튜닝을 도와주었다. 녀석은 국산인 콜트 정품을 쓰고 있었다.

"짝퉁이라도 크레이머 기타가 뽀대 나네."

녀석이 내 기타를 보며 피식 웃었다.

합주 연습곡은 모두 세 곡이었다. 모두 대웅이 선정했다.

—일단 스래시메탈은 안 돼. 다들 메탈리카를 좋아하지만 우리 그룹이랑은 이미지가 안 맞아. 나도 테스터먼트(Testament) 광팬이야. 그렇지만 합주곡은 안 돼. 우린 엘에이 메탈을 주로 할 거야. 왜냐면 우리 그룹이랑 이미지가 가장 잘 맞거든. 이름이 '압구정 소년들'인데 칙칙한 음악을 하면 되겠냐? 우리가 무슨 대단한 반항아들도 아니고, 우린 압구정 소년들이야. 딱히 분노할 것도, 걱정할 것도 없는 운 좋은 놈들이라고. 대신 너바나(Nirvana) 노래는 꼭 들어가야 돼. 대세는 이미 너바나로 넘어갔으니까. 엘에이 메탈도 이제 한물갔다고 보면 돼.

지금 돌이켜봐도 녀석의 분석은 매우 영리하고 정확했다. 아직 본격적으로 도래하지도 않은 얼터너티브(Alternative) 록을 예견한 것이다.

그리고 또 하나 대단한 점. 놈은 자신을 정확히 보고 있었다. 자기가 누군지 안다는 것은 서른 나이에도 마흔 나이에도 쉽지 않은 일이다. 그런데 열여덟이라는 나이에 녀석은 냉정한 시선으로 적절한 거리에서 자신을 평가했다.

녀석의 말이 맞았다. 우린 별로 고민할 것 없는 속 편한 아이들이었다. 경제적 · 사회적으로 능력 있는 아버지와 교육에 열성적인 엄마가 있었다. 큰 사고만 치지 않으면 좋은 대학을 갈 만한 성적도 유지했다. 외모 역시 다들 말끔하고, 남녀공학에 다니면서 마음만 먹으면 여자 친구도 얼마든지 사귈 수 있었다.

고민이라고 해봤자 누구나 그 나이 때면 생물학적으로 생기는 호르몬의 불균형, 또 그로 인한 즉각적인 울분과 무조건적인 감상을 극복하는 것 정도였다. 그 또래 아이들이 가질 법한, 태생적인 결핍에 대한 불만과 불안은 우리가 져야 할 짐이 아니었다. 우린 하던 대로 비싼 과외를 소화하고 학원 스케줄에 맞춰 공부하다보면 좋은 대학에 갈 터였고, 좋은 대학을 졸업하면 좋은 직장을 갖게 되고 비슷한 조건의 배우자를 만나 부모의 경제적인 지원 아래 가정을 꾸리고 사회 기득권층으로 자연스럽게 편입될 터였다.

그런 면에서 인생을 성찰하는 가사를 담은 얼터너티브 록이나 사회 반항적인 메시지를 실은 스래시메탈 음악은 우리와 어울리지 않았다. 대웅의 말대로. 우린 싫든 좋든 태어나기를 그렇게 태어났다.

어쨌든 압구정 소년들의 1차 합주곡은 스키드 로의 '18 & Life', 어글리 키드 조(Ugly Kid Joe)의 'Everything about You', 너바나의 'Come as You Are.' 이렇게 세 곡이었다. 스키드 로의 노래가 좀 의외였다. 노래 가사가 미국 하층 계급에서 태어나 고된 노동을 하며 거칠게 살다 결국 친구를 쏴죽이게 된 리키(Ricky)라는 소년에 대한 이야기였기 때문이다.

—그래도 하이스쿨 밴드인데 한 곡 정도는 좀 반항적인, 질풍노도의 느낌이 있어야 되잖아. '18 & Life'는 그래서 레퍼토리에 넣은 거야.

누군가의 질문에 대웅이 똑 부러지게 설명했다.

앞에 놓인 마이크를 켰다. 텅—. 공명 심한 소리가 합주실 공기를 울렸다. 다들 나에게 시선을 모았다. 잠깐 마이크 테스트를 하고 멤버들에게 말했다.

"시작해볼까?"

그러자 드럼 세트에 앉아 있던 대웅이 영어로 소리쳤다.

"Let's Rock and Roll Baby!"

짜릿한 순간이었다. 늦은 새벽에 혼자 치는 기타가 아니라 짱짱한 스피커를 통해 터져 나오는 기타였다. 워크맨을 끼고 흥얼거리는 노래가 아니라 슈어 58마이크로 부르는 헤비메탈 보컬이었다. 진짜 로커라도 된 것 같은 착각에 몹시 흥분했다.

다들 내 목소리를 마음에 들어 했다. 기타는 원석이 나보다 월등하게 잘 쳤다. 자연스럽게 내가 리듬 기타, 원석이 리드 기타로 포지션이 정해졌다.

사실 첫 합주가 크게 흔들리지 않고 진행된 건 대웅 덕분이었다. 대부분의 스쿨 밴드에서 생기는 큰 문제는 드럼이 템포를 잡지 못하는 데서 비롯된다. 하지만 대웅은 정확하고 일관된 속도로 든든하게 리듬을 잡아주었다. 기타 파트가 틀리거나 흔들려도 안정된 리듬 위에서 금방 제

자리를 찾아 돌아올 수 있었다. 녀석에게는 천부적인 리듬감이 있었다. 게다가 힘도 좋았다. 하이햇을 경쾌하게 울리고 스네어를 쪼개질 듯 두들겼다. 탐을 묵직하게 쳤고 베이스 드럼 페달을 밟는 발끝에는 항상 적당한 무게가 실려 있었다. 첫 합주는 흡족하게 끝이 났다.

우리는 미지의 아프리카 부족 전사였다. 등에 멘 기타 케이스는 전사들의 창과 방패였고 손에 든 드럼 스틱은 칼이었다. 합주를 마친 우리 넷은 사냥을 마치고 돌아가는 무리처럼 신사동 골목을 걸어 내려왔다. 우쭐했다. 겁날 게 없었다.

"짱께나 먹고 갈까?"

대웅이 그 상황에서 가장 적절한 제안을 했다. 우리는 압구정역 사거리를 건너 학교 맞은편 코끼리 상가까지 걸었다. 꽤 긴 거리였지만 기타를 메고 걷는 기분이 너무 좋아서 청담동까지 걸어가도 상관없을 것 같았다.

우리는 당시 서울에서 수입 음반 주문으로는 최고 명소였던 상아레코드 지하에 있는 중국 음식점 '아서원'으로 들어갔다. 깐풍기에 자장면 네 그릇을 시켜 먹었다. 그리고 원석과 나는 느긋하게 담배를 피웠다.

"짱께 먹고 난 다음에 땡기는 담배만큼 맛있는 건 없을 거야."

원석이 니코틴과 타르를 음미하는 표정으로 중얼거렸다. 동감.

"다음엔 노래 두 개 더 해보자."

대웅이 말했다.

"에어로스미스(Aerosmith)의 'The Other Side', 애로스(The Arrows) 의 'I Love Rock and Roll.' 어때?"

이미 녀석이 모든 걸 결정해왔다. 반대할 이유가 없었다.

"우주는 목소리가 예뻐서 파티 록이 어울려."

대웅이 그렇게 말했다. 칭찬 80퍼센트에 비아냥 20퍼센트가 섞인 평가였다. 기분이 묘했다. 녀석은 분명 나보다 위에 있었다. 경쟁하거나 맞설 생각을 아예 하지 못할 만큼 분명히. 녀석이 압구정 소년들의 리더다운 멘트를 덧붙였다.

"몇 달 더 연습하면 공연도 할 수 있을 거야."

공연. 우리가 공연을 한다고? 사람들 앞에서 기타를 치고 노래를 부른다고? 빈스 닐(Vince Neil)처럼 스탠드 마이크를 휘어잡고 스크리밍을 한다고? 액슬 로즈(Axel Rose)처럼 스테이지를 휘저으며 포효할 수 있다고? 우리가? 갑자기 수천 명의 관객 앞에 서기라도 한 듯 짜릿한 기분이 되었다.

"공연을 어떻게 해?"

원석이 물었다.

"화이트 합주실 7번이 미니 공연까지 할 수 있는 방이거든. 방에 100명 정도 들어갈 수 있어. 백두산이나 블랙 신드롬 같은 그룹도 공연 리허설을 거기서 맞춰본다더라. 그 방이 대여료가 좀 비싸긴 해. 한 시간에 20만 원이거든. 기사비 5만 원은 따로 줘야 되고, 우리가 직접 티켓을 팔고 관객을 모아야지. 티켓은 장당 5000원 정도면 될 거야. 50장만 팔면 경비는 딱 떨어지는 셈이지. 그게 뭐 어렵겠냐, 공연 리스트 짜는 게 문제지. 반응 좋은 노래로 최소한 열 곡은 마스터해놔야 돼."

대웅은 이미 모든 계획을 세워놓고 있었다. 머지않은 미래의 엑스터시를 기대하며 압구정 소년들의 눈동자가 반짝였다. 불난 데 기름을 붓듯 대웅이 결정적인 말을 던졌다.

"여자애들도 좀 부를게."

"여자애들? 누구? 손서영? 영자신문반 애들?"

원석이 물었다.

"에이. 우리 학교 애들은 시시하잖아. 물론 걔들한테도 표는 팔아야지."

"그럼, 어디 학교 애들?"

윤우도 잔뜩 호기심을 보였다. 대웅은 뜸이라도 들이는 것처럼 물을 한 모금 마시고 말했다.

"다음번 합주할 때 데려와볼까?"

"아 그러니까 어떤 애들이냐고?"

답답해하던 원석이 소리를 높였다.

"세화여고 3총사라고 들어봤냐?"

연희, 미진, 소원. 세화여고 3총사.

연희와 미진은 우리하고 같은 2학년, 소원은 한 살 어린 1학년이었다. 그냥 평범한 여고생들이 아니었다. 연희는 이미 1학년 때 하이틴 잡지 모델로 데뷔했다. 전국 여고생 중 최고 얼짱으로 꼽히면서 연예계의 콜이 쇄도하는 상황이었다. 그런데 학교를 졸업하기 전까지는 연예 활동을 일체 하지 않겠다고 선을 그었다. 미진은 아버지가 국회의원이고 외가 쪽이 재벌가인 이른바 로열 패밀리였다. 소원은 세화여고에서 공부 잘하면서도 예쁜 아이로 소문이 났다. 얼마 전 치른 모의고사에서 전국 10등 안에 들었다는 말도 돌았다. 그 세 명이 항상 어울려 다녀 세화여고 3총사라는 별명을 얻게 된 것이었다.

당시 강남의 고등학생에게는 꽤 유명한 애들이었다. 우등생부터 날라리까지, 세화여고 3총사와 어떻게든 엮어보려는 남학생들이 줄을 섰다.

—얼마 전 우리 영자신문반에서 다른 학교 탐방을 간 적이 있거든. 세화여고로 갔는데, 그때 알게 됐어.

세화여고 3총사와 어떻게 알게 됐는지 궁금해하는 우리에게 대웅은 대수롭지 않게 말했다. 이 개자식, 넌 못하는 게 없구나. 너한텐 뭐든 다 쉬운 거냐? 하긴 세화여고 3인방이 유명한 것처럼 구정고등학교 박대웅도 유명하니까.

거짓말처럼 세화여고 3인방이 우리를 찾아왔다. 세팅을 마치고 막 연습을 시작했는데, 합주실 문이 열렸다. 소원, 연희, 미진이 차례로 들어왔다. 거지같은 구정고등학교 교복하고는 비교도 안 되게 예쁜 세화여고 교복을 입고.

연희는 어깨 정도 내려온 머리를 가볍게 묶고 흰색 게스 천가방을 메고 있었다. 긴 목에 유난히 작은 얼굴 그리고 그 속에서 빛나는 눈동자. 잠깐 시선이 스쳤을 뿐인데도 내 가슴은 마셜 앰프처럼 진동했다. 콧날은 얇고 오뚝했다. 미소를 지을 때마다 입술이 부드럽게 벌어지며 하얀 치아가 살짝 드러났다. 피부는 햇살이 스며들어 머무르는 것처럼 맑고 투명했다. 오, 하느님. 그때도 이미 그 애는 여신이었다.

솔직히 소원과 미진이 어떤 모습이었는지는 기억이 잘 나지 않는다. 아, 미진은 이마에 여드름이 꽤 많이 있었던 것 같다.

"안녕하세요? 대웅 오빠한테 이야기 많이 들었어요."

막내 소원이 셋을 대표해서 당차게 인사를 건넸다.

"방해 안 하고 그냥 지켜볼게요. 우리도 이런 건 처음이라서요. 초대해줘서 고맙습니다."

소원이 공손하게 덧붙였다. 여고생 세 명은 접이식 철제 의자에 앉아 우리의 합주를 지켜봤다.

제기랄. 떨려서 그런지 지난번처럼 매끄럽게 연습이 진행되질 않았다. 특히 내가 자꾸 틀렸다. 다른 노래도 아니고 지난번 연습 때는 아무 문제 없던 '18 & Life'의 백킹 기타 코드를 자꾸 틀렸다. 기타 솔로도 아닌데 말이다.

그랬다. 한눈에 반했다.

그전까지 내가 이성적으로 관심을 가진 아이는 한 명도 없었다. 물론 또래 친구들처럼 포르노도 보고 자위행위도 규칙적으로 했다. 성적인 발달 속도가 정상적이었다는 얘기다. 그런데 뭐랄까. 비슷한 나이의 여자애들은 시시해 보였다. 하지만 연희는 달랐다. 조숙해 보이는 인상이 아닌데도 100퍼센트 여자로 보였다.

연습이 끝나고 모두 서당떡볶이로 향했다. 정식으로 서로의 이름을 소개하고 즉석 떡볶이를 먹었다. 무슨 대화가 오갔는지는 하나도 기억 안 난다. 나는 시선을 연희 쪽으로 돌리지 않으려고 애쓰느라 정신이 없었다. 서로가 서로를 즐거워하는 그런 분위기였던 건 확실하다. 저녁을 다 먹고도 자리에서 일어나지 못하고 계속 수다를 떨었다.

"노래방 가서 딱 한 시간만 놀까?"

아쉬움 속에 앉아 있던 우리에게 원석이 제안했다. 모두들 기쁘게 찬성했다.

서당떡볶이 바로 옆에 있는 서당노래방으로 갔다. 누가 첫 곡을 부르고 누가 두 번째 노래를 불렀는지까지는 모르겠다. 연희가 계속 노래를 하지 않자 다들 한 곡 부르라며 졸라댔다. 이윽고 그 애가 책을 뒤지더니 번호를 찾아 눌렀다.

'Endless Love.' 라이오넬 리치와 다이애나 로스의 듀엣 곡이었다.

"우주야, 같이 불러줄래?"

마이크를 잡고 화면 앞에 나선 연희가 나를 보며 말했다. 다들 오오~ 놀리듯 박수를 쳤다. 난 떨리는 손으로 두 번째 마이크를 잡고 그 애 옆에 섰다. 그 애는 가사를 다 외우는 듯 나를 보며 서 있었다. 나도 가사를 알고 있어 화면을 볼 필요가 없었다. 남자가 먼저 시작해야 했다. 그 애를 마주보며 낮은 목소리로 노래를 불렀다.

"내 사랑. 내 인생에는 오직 그대밖에 없어요. 나에게 맞는 유일한 사람."

내 노래에 연희가 빙긋 웃었다. 그리고 자기 파트를 불렀다.

"내 첫사랑. 당신은 내가 숨 쉬는 모든 호흡에 깃들어 있고 내가 내딛는 모든 발걸음에 함께하지요."

연희는 목소리도 눈동자처럼 크리스털이었다. 소녀의 뺨에는 기분 좋은 보조개가 머물렀다. 우리는 함께 노래했다.

"그리고 나는 원해요. 내 인생을 당신과 함께하기를. 다른 누구도 원치 않아요. 그리고 당신의 눈동자는 말하지요. 당신도 나를 얼마나 좋아하는지. 앞으로도 오직 당신뿐일 거예요. 나의 끝없는 사랑."

학창 시절을 돌이켜볼 때 가장 숨 막히는 순간이었다. 그 뒤 노래방에서 어떤 일이 있었는지는 기억에 남아 있지 않다. 그때를 회상하면 우리가 함께 노래했던 4분의 시간만이 반짝반짝 빛날 뿐이다.

우리는 마지막으로 맥도날드에서 선데 아이스크림을 하나씩 먹는 걸로 그날의 만남을 정리했다. 노래방에서와는 다른 양상이 펼쳐졌다. 나를 보며 사랑에 빠진 듯 소녀의 수줍음을 발산하던 연희는 대웅과 나란히 앉아 웃고 대화하고 서로의 몸을 툭툭 쳤다.

그때 나는 알았다. 대웅이 그 애를 차지하게 되리라는 것을. 내가 빨리 마음을 정리하지 않으면 무척 괴로운 경험을 하게 되리라는 것을 또렷이 예감했다.

슬쩍슬쩍 대웅과 연희의 얼굴을 훔쳐보았다. 압구정 킹카와 반포 얼짱. 당장 사귀어도 될 만큼 잘 어울리는 커플이라고 인정하지 않을 수 없었다. 근성 없는 녀석. 나는 스스로를 자책했다. 나는 딱 그 정도의 아이였다. 위대한 개츠비처럼 일생을 걸고 한 여자를 갈구할 만큼 비극적인 영웅은 되지 못하는 놈이었다.

열등감에 마음이 무거워졌다. 주눅이 든 상태는 좀처럼 나아지지 않았고, 친구들이 무슨 일 있냐며 물어보는 상황에 이르렀다.

집으로 돌아가서도 마음이 편치 않았다.《수학의 정석》을 펴놓고 연습 문제를 풀면서 그렇게 오랜 시간이 걸린 건 처음이었다. 방정식은 답이 틀리게 나왔고, 함수 그래프는 엉뚱한 궤적을 그렸다. 문제를 푸는 펜 끝에 쓸데없이 힘이 실렸다. 평소 기타 연습을 하는 늦은 새벽이 되었는데, 그것조차 내키지 않았다.

워크맨을 들고 집을 나섰다. 공부하다 머리를 식힌다며 종종 늦은 산책을 하곤 했기에 현관문 소리에 신경 쓰는 식구는 없었다.

삼익아파트 테니스 연습장을 지나 공터로 향했다. 공터는 올림픽대로와 담장을 사이에 두고 맞닿아 있었다. 담장에 걸터앉아 발아래로 달리는 차들을 보며 멍하니 음악을 들었다. 이어폰으로 스키드 로의 '18 & Life'가 흘러나왔다.

열여덟 살에 인생에 대해 뭘 알 수 있을까? 정확히 그때보다 두 배로 나이를 먹은 지금, 서른여섯 살에도 인생에 대해 확신할 수가 없다. 아직도 잘 모르겠다. 어떻게 사는 게 잘사는 건지, 사랑은 어떻게 해야 하는 건지, 나와 주변과의 관계는 어떻게 맺고 어떻게 끊어야 하는 건지, 나는 아직도 알지 못한다.

연희의 얼굴이 마음을 가득 메웠다. 하얀 뺨에 머물던 보조개, 웃을 때마다 드러나던 가지런한 치아, 얇은 귓불과 흔들리는 귀밑머리. 사소한 모습들까지도 지워지지 않았다. 함께 노래하며 맞추었던 호흡과 눈짓, 하나로 녹아들던 목소리도 생생했다. 동시에 대웅과 친근하게 얘기하는 장면이 달콤한 회상을 가로막았다.

별 많은 밤하늘에 신비로운 초승달이 머물고 열여덟 살 소년이 사랑의 감정과 질투의 고통에 몸부림치던 그 순간, 깊은 어둠과 희뿌연 빛 속에서 소년의 인생은 분명하게 방향을 틀었다. 항로가 바뀐 배는 변경된 목적지를 향해 천천히 나아가기 시작했다. 그리고 아직도 항해 중이다. 목적지가 어딘지는 먼 훗날에 알게 되겠지.

사람들은 이상해

People Are Strange – The Doors

사무실의 페어글라스를 보며 머그잔에 담긴 커피를 천천히 비웠다. 마감 원고는 무사히 통과되었다. 적어도 일주일 정도는 편하게 기삿거리를 구상할 여유가 생긴 셈이다.

연희의 죽음 때문에 온 나라가 떠들썩했다. 모방 자살을 우려하는 기사들이 나올 정도였다. 한강에는 혹시 있을지도 모를 자살을 막기 위해 수상경비대가 평소보다 두 배로 인원을 늘려 감시 활동을 벌이는 소동이 벌어졌다.

제일 큰 이슈는 남편 박대웅의 귀국이었다. 오늘 오전에 귀국한 그는 점심때쯤 빈소를 찾았다. 그런데 빈소를 계속 지키지 못하고 경찰서로 향했다는 소식이 전해졌다. 도처에 깔린 기자들이 이번 사건과 관련한 아주 작은 소식이라도 낱낱이 속보로 올려주었다.

—오빠 이따 갈 거죠?

커피를 다 마시고 막 자리로 돌아가려는데 문자가 왔다. 소원이었다.

—응 퇴근하는 대로 가보려고

—이상한 소문이 도네요

—무슨 소문?

—대웅 오빠가 참고인이 아니라 용의자로 취조를 받고 있대요 그래
서 빈소에 다시 못 가고 있대요

헉. 나는 문자를 하려다 소원에게 전화를 걸었다.

"여보세요? 그게 무슨 소리야?"

"저랑 친한 기자 동생한테서 전화가 왔어요. 제가 연희 친구인 걸 알
거든요. 지금 대웅 오빠가 유력한 용의자로 조사를 받는 중이래요."

"뭐? 대웅이 미국에 있었던 거 아냐?"

"저도 그렇게 알고 있었는데. 잘 모르겠어요. 오빠, 저 이따 픽업해주
실래요? 어제 새벽에 들어가다 접촉 사고가 나서 차를 맡겼거든요."

"어 그래. 그럼 저녁에 퇴근하면서 연락할게."

전화를 끊고 인터넷으로 속보를 확인했다. 특별한 소식은 없었다. 분
명히 뭔가 있는 것 같은데. 장례식장에서 만난 중앙일보 기자 정식이 생
각났다. 핸드폰에 번호가 없어 책상 서랍을 한참 뒤졌다. 언제 만났는지
기억도 잘 나지 않는 사람들의 명함에 녀석의 명함이 뒤섞여 있었다. 전
화를 했다. 급한 일을 보는 중인지 잠시 후 연락하겠다고 해놓고선 30분

쯤 뒤에 전화가 왔다. 나는 용건을 바로 꺼냈다.

"대웅이가 용의자 신분으로 조사를 받는다고 들었거든. 어떻게 된 거냐?"

"안 그래도 지금 서초경찰서에 있어. 기사 쓰려고 그러는 거 아니지?"

"아냐. 패션 잡지에서 무슨 기사를 쓰겠니? 그것도 월간진데."

"하긴. 하여튼 이건 비공개니까 개인적으로만 알고 있어. 여긴 아주 난리다, 난리. 오늘 오전에 경찰이 서연희 씨 빌라 주차장하고 엘리베이터에 설치된 CCTV를 확인했어. 그런데 사건 당일 테이프에 박대웅이 찍혀 있었다는 거야. 집에서 와이프랑 같이 나오는 모습까지 말이야."

"뭐라고? 그게 말이 돼? 대웅이는 미국에 있었잖아. 오늘 낮에 도착한 것 아냐?"

"몰라. 다들 그렇게 알고 있었는데, 한국에 있었나봐. 그래서 경찰이 조사 중이야."

"그럴 리가 있냐. 그럼⋯."

나는 말을 잇지 못했다. 머릿속에 이런저런 추측이 싸구려 폭죽처럼 팡팡 터졌다.

"오늘 중으로 결과가 나오겠지. 그럼 나중에 또 통화하자."

정식은 급하게 전화를 끊었다.

자리에 앉은 채 한동안 아무 일도 하지 못했다. 사무실 구석에 있는 정수기에서 찬물을 한 컵 가득 따라 마셨다. 다시 책상에 앉았다. 손은 자연스럽게 마우스로 향했고, 나도 모르게 인터넷 포털 사이트의 속보를 클릭했다. 일단은 암묵적인 엠바고(보도 유예 합의) 상황인 듯 아직 대응과 관련한 기사는 뜨지 않았다.

그렇게 오후 시간이 지나갔다. 일찍 퇴근해서 소원에게 연락을 했다. 바로 나올 수 있다고 했다. 비가 와서 평소보다 조금 더 막히는 길을 뚫고 소원이 일하는 병원 앞에 도착했다. 그녀는 검은색 바지 정장을 입고 있었다. 늘씬한 키가 한층 돋보였다.

"고마워요, 오빠."

들고 있던 검은색 골프 우산을 접어 발아래 내려놓으며 소원이 말했다.

"뭘 이런 걸로. 일찍 나왔네?"

"원장님이 알아요, 연희가 제 친구인 거."

"그렇구나. 근데 어쩌지? 대웅이가 병원에 없으면 가봤자 볼 사람이 없잖아."

"하긴 그러네요. 조문도 어제 벌써 했고."

상황이 애매해졌다.

"경찰서에 한 번 가볼까?"

"거긴 왜요?"

"궁금하잖아. 상황이. 야, 오빠도 나름 기자라고."

"그래요. 한 번 가보죠."

액셀러레이터를 밟았다. 서초경찰서는 강남성모병원과 1킬로미터 정도밖에 떨어져 있지 않았다. 근처에 도착하자 입구에서부터 취재 차량이 바쁘게 드나드는 모습이 보였다.

내가 가봤자 취재는커녕 건물 안에 발도 들여놓기 힘들겠지. 그래도 무조건 들어가기로 마음먹은 순간, 경찰서 입구에서 차량 행렬이 쏟아져 나왔다.

선두에 선 차는 흰색 벤틀리 세단이었다. 워낙 비싸기도 하고 스타일도 독특해서 국내에서는 타는 사람이 거의 없는 차였다. 우리 잡지의 명차 화보에나 등장할 그 차는 일반 도로에서 눈에 확 띄었다. 경찰차 두 대가 뒤따르고 이어서 언론사 로고가 그려진 취재 차량이 늘어섰다. 상황을 잘 모르는 사람이 보면 카퍼레이드로 착각할 법한 그림.

"저기에 누가 타고 있는지 확인 안 해봐도 알겠다."

내가 말했다. 소원도 고개를 끄덕이며 덧붙였다.

"수사가 대충 끝났나봐요?"

나는 중앙선을 무단으로 넘었다. 차량 행렬 뒤에 따라붙었다. 카퍼레이드는 예상대로 강남성모병원으로 향했다.

"뭐가 어떻게 돌아가는 거지?"

내가 중얼거렸다.

"뭔가 우리가 알지 못하는 게 있나봐요."

연희가 죽던 날 녹화된 CCTV 테이프에 대웅이가 찍혀 있었대.

나도 모르게 그렇게 말할 뻔했다.

병원 주차장에 차를 대고 빈소로 향했다. 일찍 퇴근해서 와 있던 윤우와 미진도 합류했다. 원석은 일이 늦게 끝나 조금 있다 올 거라고 했다.

복도는 어제보다 더 많은 취재진으로 붐볐다. 저 복도를 지나면 대웅이 빈소에 서 있을 거라고 생각하니 비현실적인 기분에 몸이 굳었다. 다시 연희의 음성이 메아리쳤다.

　—우리 어쩌다 여기까지 왔을까?

　윤우, 나, 미진, 소원 순으로 함께 빈소에 들어갔다. 어제 조문을 했지만 대웅과 인사하러 또 들른 셈이었다. 영정 사진을 보며 절을 올렸다. 두 번째인데도 불구하고 낯설고 당혹스러운 슬픔의 양은 줄어들지 않았다.

　그리고 대웅을 마주했다. 검은 양복에 검은 넥타이를 맨 그는 단정하게 가르마를 탄 헤어스타일이었다.

　평소 대웅의 패션은 언제나 포인트가 있었다. 남자 패션 잡지에 근무하면서 생긴 노하우로 볼 때 그의 패션 감각은 모델 수준이었다. 그리 크지 않은 키에 탄탄한 몸. 근육의 윤곽이 슈트 표면으로 살짝 드러날 만큼, 딱 그만큼의 몸을 유지했다. 연예계 뉴스에도 종종 등장했다. 슈트 차림일 때는 과감한 넥타이와 헤어스타일, 또는 한국에 흔치 않은 구두나 시계로 스스로를 그저 그런 양복쟁이들과 차별했다. 캐주얼한 차림일 때는 상당히 파격적인 아이템을 잘 소화했다. 연희와 찍은 커플 사진을 보면 연예인 부부처럼 보일 정도다. 그래서인지 빈소에서 본 대웅의 수수한 입성은 적잖이 낯설었다.

　맞절을 했다. 그의 얼굴은 표정을 알 수 없을 만큼 차갑게 굳어 있었다. 마치 입고 있는, 개성 없는 검은색 양복처럼 무(無)로 수렴하는 느낌. 슬픔은 아니었다, 라고 감히 말해도 될까?

　"많이 힘들지?"

윤우가 대표로 위로의 말을 건넸다.

"와줘서 고맙다."

대웅은 짧게 답하며 우리의 손을 차례로 잡았다. 그의 손을 잡는 순간, 멱살을 확 끌어당기며 물어볼 뻔했다. 대체 무슨 일이 있었던 거야! 넌 대체 어디 있었던 거야? 진실을 털어놔!

우린 접객실로 자리를 옮겼다. 전날과 마찬가지로 자리를 쉬 잡기 힘들 만큼 조문객이 많았다.

"대웅이 접객실에 들를 여유가 있겠어? 얼굴 봤으니까 그냥 갈까?"

윤우가 반신반의했다. 그 말이 맞을 것이다.

"하긴 그래."

미진이 동조했다.

둘 다 대웅이 경찰서에서 용의자로 조사받은 사실을 모르는 듯했다. 소원과 슬쩍 눈이 마주쳤다. 무슨 뜻인지는 모르겠지만 그녀가 어깨를 으쓱했다. 윤우가 원석에게서 온 문자를 확인하고 말했다.

"원석이는 오늘 오기 힘들 것 같대. 대신 내일 발인에 오겠대."

더더욱 머무를 이유가 없어졌다. 그날 우리는 조금은 어색하게 헤어졌다.

발인은 토요일이었다. 압구정 소년 네 명이 모두 모였다. 그중 한 명은 고인의 남편으로. 세화여고 3총사 중 두 명이 오랜 친구의 마지막 길을 배웅했다. 화장장으로 향하는 내내 어제부터 내린 비가 이어졌다. 장마철도 아닌 11월에 말이다.

그녀의 팬 수백 명도 함께 운구 행렬을 따랐다. 취재진은 차가운 빗속에서도 임무를 다했다.

─하늘에서도 빛날 Crystal Eyes. 당신을 사랑합니다.

팬들이 준비한 플래카드를 키 큰 남자 팬 두 명이 들고 걸었다. 비에 젖은 플래카드가 조기(弔旗)처럼 엄숙하게 보였다.

꼬리를 무는 의문 때문에 마음이 불편했다. 대웅이 CCTV에 찍힌 건 뭐지? 미국에서 왔다는 말은 거짓이었나? 왜 금방 들통 날 거짓말을 했지? 경찰은 왜 대웅을 놔준 거지? 발인 때문에 수사를 잠시 중단한 걸까? 정말 그날 밤 녀석이 연희를 데리고 나간 걸까? 놈이 그녀를 죽였을까?

유족과 팬들의 격한 흐느낌 속에서 친구인 우리는 다들 별다른 말이 없었다. 소원과 미진은 친구의 육신이 화로로 들어가는 순간, 참았던 울음을 터뜨렸다. 대웅도 울었다. 눈물을 훔치지도 않고 그대로 흐르게 내버려뒀다. 황제의 날선 턱을 타고 떨어지는 눈물을 취재진들의 카메라가 부지런히 잡아냈다.

나도 모르게 그의 표정을 살폈다. 혹시라도 위선의 그림자가 묻어 있지는 않은지 지켜보았던 것 같다. 울고 있음에도 그의 얼굴에는 감정이 드러나 있지 않았다. 둘 중 하나라고 생각했다. 너무 복잡한 감정이어서 그렇게 보였거나 아예 심장이 없는 녀석이거나.

내 슬픔은 납골당에서 뒤늦게 터졌다. 그녀의 뼈를 담은 항아리를 보는 순간 나도 모르게 코끝이 아팠다. 순식간에 뺨이 젖고 울음소리가 입을 비집고 나왔다. 항아리는 평소에 그녀가 좋아하던 색, 핑크였다.

그래. 이제 영원히 핑크색 옷을 입게 되었구나. 연희야, 잘 가.

납골당에서 돌아왔을 때는 밤처럼 어두운 오후였다. 그냥 집에 들어가기 싫었다. 도시 안에서의 고독을 고디바 초콜릿처럼 달콤하게 즐기는 나였지만 그날만큼은 혼자 있기 싫었다. 완벽한 타인의 숲이라 할지라도 사람들 속에 있고 싶었다. 극장에 가서 햄버거로 저녁을 때웠다. 영화를 상영하기까지 남은 시간 동안 멍하니 앉아 있는데 문자가 왔다. 소원이었다.

─못 견디게 가슴 아프네요 견뎌야죠 이제 울지 않으려고요 오빠도 잘 견디세요

잠깐 망설였다. 만나자고 해볼까, 하다 오늘은 막상 만나도 우두커니 있다가 헤어지게 될 것 같았다. 답장을 보냈다.

─니가 더 힘들겠지 다음에 웃는 얼굴로 만나자

결국 별 흥미도 없는 영화를 다 보고 집으로 돌아왔다.

밤 11시. 주차장은 당연히 꽉 차 있었다. 비가 올 때면 더 짜증이 난다. 급한 대로 주차장만 해결해주면 10년쯤 재건축을 안 하고 살아도 될 것 같은데. 멀리 돌아가서 차를 대기 귀찮았다. 오기로 주차장을 계속 돌았다. 다행히 오래 걸리지 않아 아줌마 하나가 검은색 그랜저를 몰고 나갔다. 그 자리에 차를 댔다.

엘리베이터에서 내려 복도를 걸었다. 우리 집은 복도식 아파트의 제

일 끝이었다. 그런데 어둠 속에 누군가가 웅크리고 있는 것 같았다. 순간 등골이 서늘했다. 앞으로 나서지도 못하고 뒷걸음도 치지 못한 채 머뭇거렸다. 잠시 뒤 검은 그림자가 일어서며 모습을 드러냈다.

"늦었네."

여자 친구였다. 며칠 전에 싸우고 난 뒤로 첫 만남이다. 반가움보다는 불쾌한 감정이 앞섰다. 그렇다고 대놓고 여자한테 기분 나쁜 소리를 던지는 성격은 아니다.

"전화라도 하고 오지 그랬어?"

"오려고 한 게 아니었어."

"그런데 왜 왔어?"

"몰라."

그러면서 나에게 다가왔다. 술 냄새가 훅 끼쳤다.

"그럼 가든가."

"왜 그딴 식으로 말해?"

"그럼, 이 상황에서 내가 어떻게 얘기해야 되는데?"

"문이나 열어. 목말라."

나보다 일곱 살 어린 그녀는 사귄 지 한 달 뒤부터 꼬박꼬박 반말로 대거리를 했다. 그러기를 벌써 1년째다. 뭐 나이가 많다고 특별히 다른 대접을 받을 필요는 없다고 생각한다. 문제는 단순한 반말이 아니라 그게 그녀의 제멋대로인, 예의 없는 성격의 일부라는 것이다.

문을 열고 그녀를 안으로 들였다. 우리 집에 자주 들락거린 (그것 역시 내 초대와는 상관없이 자기 멋대로 들인 습관이다) 터라 그녀는 익숙하게 냉장고를 열고 물을 꺼내 마셨다. 이과수 정수기에서 얼음까지 받아 찬물을 들이켜더니 입고 있던 코트를 아무렇게나 벗어 던졌다.

"많이 마셨어?"

내가 물었다.

"자기, 같이 씻을까?"

그녀가 대답 대신 물었다.

"그래."

그녀와 함께 씻고 싶어서가 아니었다. 그녀 혼자 취한 상태에서 샤워를 하다 미끄러져서 다칠까봐 걱정이 되었다. 혹시 화장실 안에서 잠이라도 들어버려 나까지 샤워를 못하는 상황이 벌어지는 것도 원치 않았다.

그녀의 작은 손이 알코올 기운에 흔들렸다. 제대로 단추를 풀 수도 없을 만큼. 내가 옷을 벗겨주었다. 그녀는 군살이 조금 있는 편인데, 가슴은 더 바랄 것 없이 풍만한 C컵이었다. 먼저 청바지를 끌러 내리고 스웨터와 브래지어를 차례로 벗겨내자 출렁, 뽀얀 젖가슴이 흔들렸다. 나도 옷을 벗고 그녀를 욕실로 데려갔다.

우리는 더운물로 샤워를 했다. 머리를 감겨주자 그녀는 기분이 좋은 듯 내 몸 곳곳에 입을 맞췄다. 결국 샤워 부스 안에서 그녀를 엎드리게 했다. 그리고 섹스를 했다.

딱딱하게 솟은 페니스가 왕복할 때마다 그녀는 과장되게 느껴질 정도로 소리를 질렀다. 화장실 안에서 그녀의 신음 소리가 더 노골적으로 울렸다. 두 손바닥을 타일 벽에 대고 엎드려 있던 그녀가 탁탁 소리 나게 벽을 쳤다. 그러다 못 참겠다는 표정으로 몸을 돌렸다.

"앞으로 할래."

"힘들어. 그냥 있어."

내가 거절했다.

"씹새끼야. 앞으로 하겠다고. 빨리 돌려."

그녀가 욕을 하며 재촉했다.

내키지 않았지만 그녀를 마주보고 섰다. 한쪽 다리를 손으로 들어 올리고 삽입했다.

"여보야, 나 정말 죽을 거 같아. 너무 좋아서, 너무 끝내줘서."

그녀가 내 목을 꽉 껴안았다. 사랑을 나눌 때는 워낙 적극적으로 표현하는 그녀였다. 나는 여자들이 조금만 그래도 신경이 거슬리는 편인데 신기하게도 그녀의 표현과 교성은 아무리 거칠어도 오버하는 것 같지 않았다.

10분쯤 지났을까. 사정할 것 같은 예감이 들자마자 페니스를 뺐다. 그러자 그녀가 다급하게 페니스를 물고 정액을 삼켰다. 자주 그러지는 않는데, 자기가 내킬 때면 적극적으로 나섰다. 그것도 아주 남김없이 빨아먹곤 했다. 맹세코, 그런 행위를 단 한 번도 시키거나 부탁한 적은 없다.

쏟아지는 샤워기 물줄기 아래에서 그녀는 무릎 꿇은 채 눈을 깜박이며 나를 쳐다보았다. 왜 그러는 거야? 무슨 일 있어? 더 이상 날 놀라게 하지 마. 요즘은 머리가 엄청 복잡하다고. 하고 싶은 말을 참았다. 어차피 술에 취해 제대로 대답하지도 못할 테니까.

그냥 놔두면 몇 분이고 그렇게 있을 태세였다. 그녀의 겨드랑이에 손을 넣고 일으켰다. 화장실에서 데리고 나왔다. 마치 아빠가 아이에게 하듯 수건과 드라이기로 그녀의 몸을 구석구석 말려주었다. 그리고 침대로 데려갔다.

긴 하루였다. 예상치 못한 격렬한 섹스까지 하고 나니 졸음이 늪처럼 휘감아들었다. 나는 머리도 제대로 말리지 못한 채 그녀와 함께 침대로 쓰러졌다. 한 사람은 피로에, 한 사람은 술에 취해 잠이 들었다.

다음 날은 늦잠을 잤다. 정오가 넘어서 여자 친구가 나를 흔들어 깨웠다. 그녀는 옷장에서 내 체크무늬 남방을 찾아 입은 차림이었다. 가슴골이 다 보이도록 단추를 네 개나 푼 채로. 옷이 길어 잘 보이진 않았지만 필시 안에 아무것도 안 입었을 것이다.

"일어나. 기가 막힌 계란 프라이를 준비했어."

그녀의 장담이 맞았다. 제대로 잠도 안 깬 상태에서 먹었는데도 계란 프라이는 고소한 맛이 일품이었다. 게다가 햄과 브로콜리까지 살짝 구워 함께 내놓았다. 그녀는 무역 회사 대리라는 직업이 의심스러울 정도로 요리를 잘했다. 그녀와 연애하는 동안 잠깐이라도 결혼에 대해 생각했다면 아마도 요리 솜씨 때문이었을 것이다. 물론 그녀 본인이 결혼은 머저리들이나 하는, 빤하디빤한 구닥다리 마술쇼라고 폄하했기에 애당초 그런 생각은 싹 접었다.

"서연희는 정말 왜 자살한 걸까?"

그녀가 물었다. 나하고 연희의 관계를 모르고 하는 말이었다.

"자살이 아닐 수도 있지."

나도 모르게 중얼거렸다.

"에이, 한강에 떨어졌는데 자살이겠지. 아무튼 난 이해가 안 가. 물론 박대웅 그 새끼랑 결혼 생활이 좋았을 리 없지. 사업 땜에 1년에 300일을 외국에 있다는데, 제대로 된 결혼 생활이 가능할까? 그래도 그렇잖아. 그렇게 이쁜 얼굴에, 그 돈에. 마음만 먹으면 박대웅보다 젊고 자상한 남자랑 얼마든지 즐길 수 있을 텐데. 까놓고 말해서 박대웅은 안 그랬겠냐? 걔 스캔들 유명하잖아. 결혼 전부터 그랬잖아."

정말 그랬다. 대웅이 ESP를 만들고 난 후 가수나 영화배우와 염문설이 끊이지 않았다. 워낙 끼가 많은 놈이기도 했고, 사람들 역시 연예계는 다 그런 것 아닌가 하고 넘기는 분위기였다. 잠깐만. 연희하고 결혼한 뒤로는 스캔들이 없었던 것 같은데?

"왜 죽어. 즐거운 인생, 즐겨야지."

그녀는 이렇게 말하면서 접시에 남아 있던 브로콜리 조각을 콕 찍어 먹었다. 그리고 내 눈을 보며 불쑥 말했다.

"미안한 얘기를 좀 해야겠어."

"말해. 용서해줄게. 프라이가 너무 맛있어서 괜찮아."

"프라이 정도로 안 될 것 같은데?"

"브로콜리 구운 것도 맛있었어."

며칠 전에 술을 먹고 심하게 다투긴 했지만 어젯밤의 뜨거운 섹스로 화해했다고 생각했다. 사실 다툰 이유도 정확히 기억나지 않을 만큼 사소한 감정싸움이었다. 그 일에 대해 사과하려나보다 했다. 그런데 그녀는 상상도 못한 말을 꺼냈다.

"우리 헤어져."

왜냐고 물어보는 대신 그녀의 눈을 봤다. 사귄 지 1년이 넘으면서부터 가끔 그런 이야기를 내뱉곤 했다. 전부 술에 취해 있을 때였다. 이렇게 오후 1시에, 말짱한 정신으로 식사를 하면서 그런 얘길 한 건 처음이었다.

"진심이야?"

"진심이라기보다는, 어쩔 수 없어."

"남자라도 생겼냐?"

난 애써 농담처럼 들리도록 말하려고 애썼다. 돌아온 그녀의 목소리는 더없이 진지했다.

"남편이 돌아왔어."

남편? 돌아왔다?

두 단어 모두 그녀하고는 상관이 없는데.

일요일 오후에 들을 수 있는 말 중에서 가장 충격적인 이야기가 아닐까? 1년이 넘도록 사귄 연인에게 남자 친구도 아닌 남편이 있었고, 그 남편이 돌아왔다? 불시에 날아든 카운터펀치에 턱이 얼얼했다.

"말하지 않아서 미안해. 결혼한 지는 2년쯤 됐어. 작년에 오빠 만났을 때, 그 사람은 외국 지사에 나가 있었어. 사이도 별로 안 좋았고, 솔직히 결혼 1년 만에 이혼할까 생각하던 중이었어."

그녀와 나는 일 때문에 만났다. 우리 잡지에서 20대 직장인 남녀 패널을 모아 성에 대한 기획 대담 기사를 실었는데 그 담당 에디터와 내가 친한 사이였다. 잡지가 나온 뒤 기사 반응이 좋았다. 담당 에디터가 고마움의 표시로 대담에 참가했던 패널들에게 술을 샀다. 그 자리에 내가 불려갔고, 우연히 옆자리에 앉은 그녀와 이야기를 나누었다.

처음부터 말이 잘 통했다. 대기업에 다녀서 딱딱할 줄 알았는데 전혀 그렇지 않았다. 대중문화에 대한 이해도 다방면에 걸쳐 수준이 높았고, 어색하지 않은 애교도 넘쳐났다. 그녀는 매력적이고 미혼이었다(미혼이라고 자신을 소개했다). 내가 마음에 든다고 먼저 말하기도 했다. 몇 년째 솔로로 지내던 서른다섯 살 남자로선 거부할 이유가 10원어치도 없었다.

"진짜 미안해. 이렇게 오랫동안 속일 생각은 아니었어."

"그런 엄청난 말을 하는 사람치고는 너무 당당한 거 아냐?"

"그럼, 무릎이라도 꿇을까?"

"아니."

포크를 내려놓고 그녀에게 다가갔다. 그녀가 입고 있는 남방의 단추를 모두 풀었다. 거짓말쟁이 아줌마는 예상대로 아무것도 안 입었다.

우리는 거실 소파로 움직였다. 그 위에서 더럽고 거칠고 지긋지긋하게 이별 섹스를 나눴다. 욕을 거의 하지 않는 내 입에서 씨발년이라는 단어가 몇 번이나 나왔다. 그때마다 그녀는 더 흥분되는지 교성을 질러 댔다.

내가 우습게 보였던 거니? 응? 그랬던 거야?

화가 날 줄 알았는데 의외로 그렇지 않았다. 어쩌면 나도 그녀를 진심으로 사랑한 적은 없었나보다. 우린 그냥 서로를 적당히 외롭지 않게 해준 거야. 쓸쓸하게도.

짧은 엑스터시. 페니스를 그녀의 얼굴로 가져갔다. 누군지 모르는 한 남자의 아내를 향해 로켓을 발사했다. 눈 아래에서 콧등으로, 콧구멍 안으로, 입술 사이로, 살짝 벌어진 앞니 위로 희뿌연 정액이 흩어졌다.

이쯤 되면 일본 AV 영화 스토리인데. 또는 동물의 왕국, 수컷의 영역 표시 편일까?

나는 말없이 방으로 들어갔다. 잠시 후 샤워하는 소리가 들렸다. 머리를 말리고 어제 벗어놓은 옷을 챙겨 입는 소리도 났다.

"미안해, 오빠."

밖에서 마지막 작별 인사가 들렸다. 나는 대답하지 않았다. 끝.

1년 동안의 허무한 연애가 마무리되는 순간이었다. 하필이면 요즘 같은 때. 화불단행(禍不單行)이라고 했던가.

긴 낮잠을 잤다. 일어나서 거실로 나갔을 때는 밖이 어둑했다. 불을 켰다. 바닥에 내 체크무늬 남방이 반듯하게 접혀 있었다. 유부녀(아니 유부녀인 줄 상상도 못했던) 연인이 남기고 간 마지막 흔적이었다.

그래도 고맙다. 나를 만나 행복했다거나, 행운을 빌어준다거나, 좋은 여자 만나라는 등등 개 같은 헛소리를 남기지 않아서. 이렇게 안도하고 있는데, 옷 위에 놓인 작은 쪽지가 눈에 들어왔다. 손을 뻗어 쪽지를 펴보았다.

—오빠를 만나 행복했어. 앞으로 모든 일이 잘되길 빌어줄게. 좋은 여자 만나.

욕이라도 퍼붓지 않고는 미칠 것 같아서 전화를 걸었다. 다른 여자 목소리가 들렸다.

"지금 고객님의 전화기 전원이 꺼져 있습니다. 삐 소리와 함께…."

제기랄! Fuck!

떠나버린 여자 친구, 그것도 유부녀한테 차인 것도 모자라서 미련이 남아 전화까지 건 찌질남 타이틀까지 거머쥐게 된 순간이었다.

헐. 대박. 님좀짱. 지못미. 레알 짜증. 캐안습.

최악의 재수 없는 날이군. 뛰쳐나가고 싶은 마음을 겨우 억눌렀다. 이런 일진에 집 밖으로 나갔다간 교통사고가 나거나 미친 초딩이 옥상에서 심심풀이로 던진 벽돌에 머리가 쪼개지거나 할 것이다. 진정해. 이런 날엔 그냥 집에 있어야 해.

소파에 몸을 파묻고 TV를 켰다. 일요일 오후의 편성은 그야말로 토할 지경이었다. 각종 버라이어티 예능 프로그램 재방송, 불륜(이제는 나도 본의 아니게 그 문제에서 자유롭지 못하게 되었다) 드라마 재방송, 따분한 다큐멘터리 등등 매력 빵점의 콘텐츠가 공중파 방송을 점령하고 있었다.

케이블 채널을 이리저리 누볐다. 역시 예능이 대세. 아이돌 그룹 멤버들이 몸이 부서져라 구르고 떠들고 벗고 춤추고 노래한다. 그중에서도

ESP 출신이 진리였다. 모두 순정만화에서 튀어나온 것 같았다. 외모에 춤과 노래가 완벽했다. 남자 그룹으로는 B2B(Boys to Boys), 여자 그룹으로는 G2G(Girls to Girls)가 현존하는 국내 최고의 아이돌 그룹이다. 이름도 참 눈과 귀에 쏙 들어오게 지었다. 둘 다 다섯 명씩. 모두 10대 후반에서 20대 초반의 멤버들로 구성되었다.

최근에 두 그룹을 둘러싼 루머가 있었다. B2B 리더 남태범과 G2G 멤버 세희의 열애설. 그리고 둘이 성행위하는 장면을 찍은 동영상이 있다는 소문이 돌았다. ESP 측에서 의혹 기사를 낸 기자를 허위 사실 유포로 고소하고, 절대 사실 무근임을 강경하게 주장함으로써 일단락된 사건이었다. 얼마 전까지의 곤혹스러운 스캔들과 소속사 대표의 개인적인 불운에도 불구하고 그 애들은 TV 화면 안에서 반짝반짝 빛났다. 물론 연희가 죽기 전에 녹화한 것이다.

스타의 수명이 점점 짧아진다. 그중에서도 아이돌 스타의 수명은 21세기가 되면서 5년 이하로 줄어들었다. 21세기에 가장 성공한 아이돌 그룹 동방신기의 활동 기간이 5년이다. 그들이 21세기 들어 가장 장수한 아이돌 그룹에 꼽힌다. 점점 더 어린 아이들을 무대에 세우는 전략도 그런 조로화 현상 때문일지 모른다. 열다섯 살에 뽑아놓으면 5년이 지나도 스무 살밖에 안 되니까.

아이돌 그룹도 일종의 제품이다. 새로운 기종의 핸드폰이 나오면 이전 모델은 단숨에 구닥다리가 되어버리는 것과 같은 이치다. 더 트렌디하고 매력적인 아이돌 그룹이 속속 쏟아져 나온다. ESP에서도 이미

B2B와 G2G의 후속 제품을 준비하고 있을 것이다. 그 애들도 보름달처럼 차올랐으니까.

그런 의미에서 서연희의 존재감은 남다르다. 스무 살 아이돌 가수로 시작해 서른 살이 넘어서도 폭발적인 인기를 누렸으니까. 여기서 중요한 포인트, 과거의 영광을 뜯어먹고 사는 연예인이 아니라 현재의 이미지를 끊임없이 생산하는 방식으로 그녀는 존재했다. 예전의 팬들도 그녀를 꾸준히 사랑했고 새로운 팬 층도 계속 유입되었다. 그리고 결혼과 함께 활동 중단. 비극적인 최후. 그녀는 전설로 영원히 남게 되었다.

스타의 이미지는 다층적이며 상충적인 속성을 갖고 있다. 공존하기 힘든 가치를 교묘하게 엮어가야 한다. 예를 들면, 대중성과 신비감이 그렇다. 남녀노소 널리 사랑받을 만한 매력을 지니면서도 특별한 거리감을 잃지 말아야 한다. 지탄받을 만한 일을 멀리해야 하면서도 비현실적인 자유에 대한 대중의 욕망을 대리 만족시켜주어야 한다. 선행을 하면서도 방탕할 것 같은 여지를 둬야 하고 성실해 보이면서도 사치스러운 삶에 대한 일반인의 꿈을 대신 실현시켜줘야 한다.

그런 복잡하고 상호 모순적인 이미지 중에서 가장 강력한 것이 비극성이다. 특히 최후가 비극적일 경우 그 이미지는 더욱 강력해진다. 갑작스러운 죽음 뒤 생전의 스타성이 급속 냉동하는 방식으로 보존되니까. 지미 헨드릭스(Jimi Hendrix)가 그랬고 장국영이 그랬다. 연예인이 아니더라도 영국의 다이애나 황태자비나 우리나라 노무현 대통령의 경우도 같은 방식으로 이미지를 영구 동결시켰다. 불치병, 사고, 자살 등 방식은 다양하다. 너바나의 리더로서 전 세계적으로 록 팬을 거느리던 최전성기에 자기 머리에 라이플을 당긴 커트 코베인(Kurt Cobain)은 말했다.

—천천히 사라지는 것보다는 한 번에 타버리는 인생을 택하겠다.

인류 역사상 최고의 '연예인'이었던 비틀즈. 그 멤버 중 가장 스타성 높은 사람은 존 레넌이다. 그가 열성 팬의 총에 맞아 죽은 뒤로도 동료이자 라이벌 멤버인 폴 매카트니는 수십 년에 걸쳐 활동했지만 '스타성'에 관한 한 결코 존 레넌을 넘어설 수 없었다. 영원히. 이제 폴은 드라마틱하게 죽기에는 너무 늙었다.

그녀도 사라졌다. 너무 늦지 않게, 너무 늙기 전에.

TV를 끄고 자장면을 시켜 먹었다. 밥은 주로 밖에서 사람들과 함께 먹거나 집에서 직접 해먹는 경우가 많은데 머리가 복잡해서 중국집 번호를 누를 의욕밖에 없었다. 10분 만에 배달된 자장면을 비벼놓고 다시 TV를 켰다. 저녁 뉴스가 시작되었다.

앵커 멘트에 놀라 자장면을 먹을 수가 없었다.

"고 서연희 씨의 죽음과 관련해 곧 경찰이 기자회견을 할 예정입니다. 애초에 자살로 추정되었으나 타살일 가능성이 높다고 하는데요, 회견장에 나가 있는 강유석 기자를 연결해보겠습니다. 강 기자?"

콜을 받은 기자가 긴장한 표정으로 화면에 등장했다. 기자 뒤로 경찰의 기자 회견장이 보였다.

"네. 저는 기자 회견장에 나와 있습니다. 방금 고 서연희 씨의 죽음과 관련해 경찰이 기자회견을 열었습니다. 아주 짧은 회견이었는데요, 발표 내용이 충격적이어서 큰 파장이 예상됩니다. 화면을 직접 보시겠습니다."

자료 화면으로 이번 수사 지휘를 맡은 경찰 간부의 브리핑 모습이 나왔다. 그 뒤로 이어진 기자들의 질문과 답변을 강유석이라는 기자가 요약해주었다.

CCTV에 찍힌 사람이 박대웅으로 의심되었지만, 결국 박대웅이 아닌 것으로 밝혀졌다. 사건이 일어난 시간 박대웅은 분명히 미국에 있었다. 공항 기록은 물론 미국에 함께 있던 사람들이 여러 명이었다. 현재로서는 박대웅과 외모가 비슷한 사람이 연희의 집에 있었다는 추정이 가장 유력했다. 유족의 동의로 화장 전에 이루어진 사체 부검에서도 익사한 흔적 외에 별다른 점이 발견되지는 않았다. 그러나 CCTV에 찍힌 '박대웅과 비슷한' 인물이 분명 그녀의 죽음에 개입했을 것으로 추측된다. 사망 추정 두 시간 전에 연희의 집으로 들어갔다 사망 추정 한 시간 전에 함께 집을 나서는 모습이 고스란히 찍혔기 때문이다. 경찰은 TV를 통해 CCTV 장면을 보여주며 용의자를 공개 수배했다.

화면 속 남자는 대웅이었다. 분명 대웅이 연희와 함께 집을 나섰다. 단순히 이목구비가 닮은 정도가 아니었다. 다른 사람은 몰라도 나는 한때 녀석과 스쿨 밴드를 했던 친구란 말이다.

저녁 뉴스의 절반 정도가 연희의 소식으로 도배되었다. 기삿거리가 빈약한 일요일이라서 더했을 것이다. 이제 사건은 비극적인 드라마에서 미스터리 스릴러로 장르가 바뀌었다.

혹시 대웅이 한국에 있으면서 미국 공항과 한국 공항의 기록을 위조한 건 아닐까? 아니. 상식적으로도 그건 불가능해 보인다. 여권을 위조하려 해도 워낙 유명인이라 발각될 위험이 크고, 설령 여권을 위조했다 해도 미국에서 그의 알리바이를 입증해줄 사람이 워낙 많았다. 연희의 사망 추정 시간에 그는 레코드 회사인 SONY BMG 미국 본사에서 열린 파티에 참석 중이었다고 했다.

다른 의혹도 있었다. 연희가 살던 잠원동 빌라는 외부인의 출입이 철저히 통제되었다. 한 동짜리 건물에 주차장 입구는 단 하나였고, 24시간 전문 경비 업체 직원이 그 입구를 지켰다. 입주자들만 소지한 특수 리모컨으로만 차단기를 작동할 수 있었다. 외부 사람이 주차장으로 들어가려면 경비원에게 얼굴을 노출해야만 한다. 그런데 연희가 집을 나선 것으로 보이는 그날 밤 경비를 섰던 직원은 출입을 부탁한 손님이 없었다고 증언했다. 그렇다면 범인은 어떻게 차를 댄 걸까?

차를 대지 않고 연희의 집에 들어갈 가능성은 거의 없다. 사람이 드나드는 출구 또한 비밀번호를 눌러야만 개폐가 되는데, CCTV에 의심되는 사람은 아무도 찍히지 않았다. 박대웅(혹은 그와 비슷한 외모를 가진 용의자)이 찍힌 CCTV는 지하 1층 주차장 엘리베이터 앞에 있는 카메라와 엘리베이터 안에 있는 카메라였다. 그렇다면 그는 어떻게 개폐기를 열었을까? 리모컨을 훔쳐서 복사했을까?

그리고 또 하나 가장 의문스러운 부분. CCTV 속에서 용의자를 따라가는 연희의 모습은 자연스러웠다. 만약 대웅이 아닌, 대웅과 외모만 닮은 사람이었다면 연희가 그렇게 쉽게 따라나섰을 리 없다. 대체 어떻게 된 걸까? 제삼의 인물이 있다는 말인가?

그녀는 떠나는 길에 엄청난 미스터리를 남겼다. 경찰이나 기자는 풀어낼 수 없을지도 모른다. 그녀가 투신자살했다는 소식을 처음 들었을 때 이건 아니라는 확신이 들었던 것처럼 그녀의 죽음을 둘러싼 비밀이 우리가 함께했던 오래전 그 시절과 연관이 있을 거라는 확신이 들었다. 이번에도 특별한 이유가 없는 강렬한 예감이었다. 사명감이라는 단어를 써도 좋겠다. 동시에 에너지가 생성되었다. 무기력하고 절망적인 내 인생 최악의 일요일 저녁에 말이다.

TV를 끄고 방으로 들어왔다. 인터넷 기사를 검색했다. 이런저런 의혹을 제기하는 수십 개의 기사. 모두 요약하면, 내가 가진 궁금증에서 크게 벗어나지 않았다. 원석도 윤우도 미진도 소원도 뉴스를 봤겠지. 그들은 알지만 나는 모르는 것도 있을 텐데. 대웅과 연희에 대해서.

핸드폰을 집어 들고 소원의 번호를 찾아 눌렀다. 바로 전화를 받았다.

"네, 오빠."

"좀 쉬었어?"

"뉴스 보셨죠?"

"그래. 일이 복잡해질 모양이구나."

"무서워요."

"괜찮아."

잠시 둘 다 말이 없었다.

"신기해요. 오빠가 괜찮다는 말을 한 것뿐인데 마음이 편안해지네요. 혼자 뉴스 보고 완전 다운된 상태였거든요."

"저녁은 먹었어?"

"나가기도 귀찮고 해서 자장면 시켜 먹었어요."

"어? 나랑 똑같네."

"진짜요? 신기하다."

강남에서 제일 잘나가는 성형외과 의사답지 않게 그녀는 발랄하고 가벼운 어투로 말했다. 목소리도 가는 편이라 말하는 것만 들으면 대학생으로 오해할 수도 있을 것 같았다.

"요즘은 어디 사니?"

"미성이요."

"부모님이랑?"

"아뇨. 부모님은 작년에 이민 가시고 빈 집을 혼자 지키고 있어요. 오빠는요?"

"나도 비슷해. 아버지 돌아가신 뒤 엄마가 토론토에 사는 형네 집으로 가셨거든. 이민은 아닌데, 거의 거기서 사는 거나 마찬가지야."

"우린 참 비슷한 게 많네요."

"무슨 소리야? 대한민국 0.1퍼센트의 퀸카가 나 같은 아웃사이더랑 비교되면 안 되지. 너무 억울하잖아."

"에이, 말도 안 돼요. 퀸카는 무슨. 그냥 돈 잘 버는 노처녀 정도? 하하하."

우리는 연희의 죽음과 상관없는 가벼운 이야기를 나눴다. 나도 마음이 편해졌다. 내일 저녁을 같이 먹기로 약속했다. 마지막으로 슬쩍 물었다.

"연희랑 대웅이랑 결혼 발표할 때 그랬잖아. 대웅이가 MBA 끝내고 돌아온 다음부터 사귀기 시작했다고. 그런데 혹시 옛날에 말이야, 우리 고등학교 때…. 그때도 연희랑 대웅이랑 사귄 것 아니었어? 그 부분이 명확하지 않아. 그때 내 생각엔 둘이 사귀는 것 같았거든. 그래서 물어봤더니, 대웅이는 아니라고 하더라."

잠시 머뭇거리던 소원이 짧게 대답했다.

"저도 잘은 몰라요."

너, 뭐 숨기는 것 있구나. 물으려다 참았다. 어차피 만날 테니까 직접 물어봐야겠다.

"그래. 하여튼 일찍 자고, 좋은 꿈 꿔."

"오빠도요. 그럼 내일 봐요."

전화를 끊고 더운물로 샤워를 했다. 그리고 속옷 차림으로 감상실에 들어갔다.

엄마가 캐나다로 가신 뒤 방 네 개 중에서 두 번째로 큰 방을 영화와 음악 감상실로 간단하게 꾸며놓았다. 원래는 80인치 크기의 스크린을 달아놨는데 작년에 63인치 일반 PDP TV로 바꾸었다. 우퍼를 싫어해서 서라운드 스피커 여섯 개로 홈시어터를 구성했다.

감상실에서 제일 튀는 기기는 30년 된 마란츠 프리 앰프와 파워 앰프였다. 영화를 볼 때는 안 쓰고 음악을 들을 때만 썼다. 앤티크 기기를 좋아해서 그런 건 아니다. 그 앰프는 아버지의 유품이었다. 아버지가 우리 형제에게 클래식 음악을 들려주겠다는 생각으로 구입한, 당시에는 꽤 고가의 제품이었다.

SC-7 프리 앰프와 SM-7 파워 앰프는 1980년대 분리형 앰프로서는 가장 많이 팔린 베스트셀러 제품이기도 했다. 미려함과 화사함을 동시에 갖춘 샴페인 골드 색상은 지금도 매혹적으로 보인다. 음악을 들을 때면 춤추듯 바늘을 좌우로 움직이는 큼직한 레벨 미터도 앤티크 기기를 쓰는 시각적인 즐거움을 배가해주었다. 지금은 쓰지도 않고 쓸 데도 없는 카세트 플레이어가 떡하니 달려 있다. 그 모습도 과거의 영광을 기억하는 훈장처럼 어찌 보면 멋스러웠다.

원래 있던 JBL 스피커는 수명이 다해서 비슷한 시기에 나온 다른 JBL 모델을 구해 물렸다. 요즘 스피커하고도 물려봤는데 역시 1970년대~1980년대 스피커와 매칭이 좋은 편이었다. 마란츠 턴테이블도 수명이 다했는데 운 좋게 잘 관리된 같은 모델이 있어 구입했다. LP는 거의 듣지 않아도 턴테이블의 존재감은 컸다. 감상실을 더욱 감상실답게 만들어주는 착각을 들게 했다.

오랜만에 LP판을 꺼냈다. 도어즈(The Doors)의 'Strange Days' 앨범이었다. 음울한 거리에서 춤추는 서커스단. 거인과 소년. 저글링을 하는 광대.

종이 재킷을 들어 냄새를 맡아본다. 세월의 냄새가 후각 세포를 하나하나 자극한다. 이 앨범을 구입한 것은 압구정 소년들 밴드를 하던 시절이었다. 잘 빗은 머리카락처럼 새까만 윤이 나는 판을 꺼내 턴테이블에 얹었다. 빙글빙글 도는 판의 홈에 맞춰 턴테이블 바늘을 올렸다. LP판 특유의 정겨운 잡음이 잠깐 이어졌다. 곧이어 짐 모리슨(Jim Morrison) 의 퇴폐적인 음성이 밀폐된 공간을 가득 메웠다. 볼륨을 더 높였다.

—당신이 이방인이면 사람들도 이상하게 보여. 당신이 외로울 땐 사람들의 얼굴도 추해 보이지. 당신이 환영받지 못하면 여자들은 추악해 보이고 당신이 우울할 때면 거리는 기울어져 보이지.

앨범을 통째로 다 들었다. 감상실을 나왔다. 페어글라스를 타고 빗줄기가 흘러내리고 있었다. 장마철도 아닌데 사흘 동안 계속 비가 내린다. 11월도 며칠 남지 않았다.

거실 오디오로 건즈 앤 로지즈의 'November Rain'을 틀었다. 이 집에는 사람이 없는 대신 음악이 가득하다. 외롭지 않다. 짐 모리슨도 액슬 로즈도 내 곁에서 노래하잖아.

—어둠을 겁내지 말아요. 우린 길을 찾을 수 있어요. 영원한 건 없으니까요. 지금 내리는 차가운 11월의 비도 언젠가는 그칠 거예요.

나만의 그대 모습

B612

기억을 더듬어보니 'November Rain'이 수록된 앨범 'Use Your Illusion'을 소개해준 사람도 바로 대웅이었다.

"들어봐. 아주 죽여줘."

그러면서 대웅이 CD 두 장을 한꺼번에 내밀었다. 똑같은 일러스트를 한 장은 노란색, 한 장은 파란색으로 채색한 두 장의 앨범이었다. 바로 헤비메탈 음악의 역사적인 명반으로 꼽히는 'Use Your Illusion' 1, 2.

'Appetite for Destruction'이라는 걸출한 데뷔 앨범으로 단숨에 메탈 신(metal scene)의 총아로 떠오른 건즈 앤 로지즈가 데뷔 4년 만에 록 신(rock scene)을 완전히 점령했다. CD의 러닝 타임을 꽉 채운 앨범을 한꺼번에 두 장 발표한 것이다. 끝내주게 빵빵한 로큰롤부터 뇌를 뒤

흔드는 헤비 사운드, 애절한 발라드, 10분에 달하는 실험적인 대곡까지. 그 시대의 헤비메탈 밴드가 도달할 수 있는 모든 영역을 탐험한 작품이었다.

어느 날, 합주 연습을 하고 돌아오는 길에 대웅과 음악 얘기를 했는데, 내가 그 앨범을 아직 못 들어봤다고 하자 바로 다음 날 점심시간에 교실로 와서 전해주었다.

"오늘 밤 샐지도 모르겠다. 잘 듣고 돌려줘."

대웅은 장담을 하면서 돌아갔다.

그의 말이 맞았다. 수업을 마치고 집으로 가서 저녁을 먹고 방에 들어갔다. 영어 독해집을 펼쳐놓고 별 생각 없이 CD를 틀었다. 노래 한 곡 한 곡이 정말 무시무시한 흡입력으로 나를 빨아들였다. CD 속지의 가사를 해석하는 걸로 그날의 영어 공부를 대신했다.

다음 날, 모아놓은 비상금을 몽땅 털어 등교했다. 야간 자율 학습 시간에 짬을 내 상아레코드에 들렀다. 20년 전 돈으로 장당 1만 5000원씩 3만 원. 두 장의 CD를 거머쥐고 대웅에게 빌린 CD를 돌려주었다.

"고마워. 너무 좋아서, 오늘 사버렸어."

"이 앨범으로 헤비메탈은 끝났다."

대웅이 선언했다.

"무슨 소리야?"

"더 이상 갈 데가 없어. 그럼 끝난 거지."

"그러면?"

"아마 록은 얼터너티브가 판을 칠 거야. 개인적으로는 내 취향이 전혀 아닌데 말이지. 뭐 전체적으로는 잘 모르겠어."

"전체적으로?"

"팝 음악 전체적으로. 아마 힙합 음악이 득세하지 않을까 싶어. 여하튼 조만간 판이 뒤집힐 거라는 건 확실해."

연구 분석이라도 한 것처럼 냉정한 말투였다. 나는 반신반의했다. 이렇게 멋진 앨범이 나왔는데 헤비메탈이 끝났다고? 말도 안 돼.

미국에서 너바나의 'Nevermind' 앨범이 얼터너티브 록 혁명을 시작하고 시애틀 3인방으로 불리는 펄 잼(Pearl Jam), 앨리스 인 체인스(Alice in Chains), 사운드가든(Soundgarden)이 혁명을 완성하고 있을 무렵, 우리 가요계에도 혁명이 시작되고 있었다.

1992년 4월 11일. 토요일 오후였다. 학원 수업을 끝내고 집에 돌아와 간식을 먹으며 거실에 앉아 있었다. 대학생이던 형이 소파에 늘어져서 TV를 보고 있었다. MBC '특종TV연예'라는 프로그램이었다. MC는 임백천이었다. 흰색 셔츠에 베이지색 재킷을 입은 그가 특유의 또랑또랑한 목소리로 코너를 소개했다.

"'특종TV연예' 이번 코너는 신곡 무대입니다. 금주의 신곡을 소개하고 그중 한 팀을 초청해 무대를 본 후, 심사위원들의 평을 들어보는 순서입니다. 제일 먼저 소개해드릴 가수는 지석진이라는 신인입니다. 앨범을 보니 아주 분위기 있는 남자 가수네요."

그러면서 지석진의 LP를 들어 보였다. 그다음에 집어든 앨범이 바로 서태지와 아이들의 데뷔 앨범이었다.

"자, 그다음은… 이거 뭐, 가수 이름을 영어로 적어놓았네요. 서태지와 아이들이라는 트리오인데요, 흔치 않은 랩 가요를 하는 팀입니다. 무대를 한 번 보실까요? 제목은… '난 알아요.'"

그 말이 끝나자 서태지, 양현석, 이주노가 무대 위로 올라왔다. 앳된 얼굴의 세 청년은 수줍은 표정을 감추지 못했다. 담당 PD의 큐 사인과 함께 그들의 무대가 시작되었다.

―난 알아요 이 밤이 흐르고 흐르면 누군가가 나를 떠나버려야 한다는 그 사실을 그 이유를 이제는 나도 알 수가 알 수가 있어요.

쥐색 차이나풍 재킷을 입은 서태지와 밝은 녹색 셔츠에 멜빵바지를 입은 양현석과 이주노, 셋은 이전까지 없던 리듬과 멜로디 그리고 랩에 맞춰 일명 회오리 춤을 선보였다. 화면 위로 노래 제목과 '작사 작곡 서태지'라는 자막이 흘렀다.

―오 그대여 가지 마세요. 나를 정말 떠나가나요. 오 그대여 가지 마세요. 나는 지금 울잖아요.

노래가 끝났다. 화면에 네 명의 심사위원이 등장했다. 작곡가 하광훈이 먼저 나섰다. 요즘도 바비킴, 김범수 등과 작업하는 그는 당시 변진섭의 노래를 만들며 가요계에서 가장 잘나가는 작곡가로 꼽혔던 인물이다. 그가 고개를 갸웃하며 평을 했다.

"요즘 미국에서 유행하는 랩 스타일이네요. 리듬은 좋은데 멜로디는 약해요. 아무래도 랩을 하다보니까 멜로디는 다른 곡보다 신경을 안 쓴 것 같네요."

다음은 양인자가 등장했다. 소설가이면서 작사가로도 활동하던 그녀는 불세출의 작곡가 김희갑의 아내로 남편과 함께 히트곡 제조기 콤비로 불리던 인물이었다.

"저는 노랫말을 들을 때, 두 가지를 봅니다. 올바른 문장이냐, 새로운 얘기냐. 서태지와 아이들은 새로운 형식인데, 노랫말의 내용도 새로웠으면 더욱 좋았겠습니다."

사회를 보던 임백천이 끼어들었다.

"서태지 씨, 잘 들으세요. 아셨죠?"

서태지는 진지한 얼굴로 고개를 끄덕였다. 그다음 심사위원은 방송인 이상벽이었다. 그는 모호한 심사평을 남겼다.

"의욕적으로 보여서 좋습니다. 동작은 격렬한데 노래는 세심하달까요. 동작 속에 노래가 묻혀 아쉬웠습니다. 뉴키즈 온 더 블록의 아쉬움을 대신할 수 있는 실마리가 됐으면 좋겠습니다."

그리고 가수 전영록의 평이 이어졌다.

"시나위를 통해 서태지를 알고 있었습니다. 랩 댄스 장르 곡에 메틀 리듬이 있습니다. 새롭고 좋은데, 나쁜 말은 안 하겠어요. 평은 저희가 하는 게 아니라 시청자가 하는 것. 그분들에게 맡기겠습니다."

그리고 평점이 발표되었다. 7.8점. 결코 좋은 점수라고는 할 수 없었다. 임백천이 마무리 인사를 건넸다.

"점수 잘 보셨죠? 100점 만점에 80점이 좀 안 된다고 생각하면 됩니다. 서태지 씨, 더 열심히 하시고요, 양현석 씨랑 이주노 씨도 춤 열심히 추세요."

그렇게 서태지와 아이들의 첫 무대는 끝이 났다.

"쟤네 뭐냐? 너 알아?"

형이 시큰둥하게 물었다. 나도 좀 특이한 댄스 그룹이라는 생각만 했을 뿐 특별한 인상을 받지는 못했다.

"몰라. 신인 그룹인가봐."

그러곤 방으로 들어갔다.

5월 말에 압구정 소년들의 공연이 있었다. 100장의 표는 청담고등학교와 구정고등학교, 현대고등학교를 중심으로 아는 친구들을 통해 다 팔았다. 세트 리스트는 모두 열 곡이었고, 그중에는 대웅의 자작곡이 하나 있었다. 마지막 곡. 그 노래는 합주가 아니라 기타 반주에 노래만 부르는 록 발라드였다. 지금은 기억도 잘 나지 않는 그 노래의 반응은 꽤나 뜨거웠다. 노래를 부르는 나에게 쏠린 스포트라이트가 부담스러울 정도였다.

노래를 부르는 동안 내 시선은 한 곳에 쏠려 있었다. 신사동의 화이트 연습실 7번 방. 100여 명의 고교생 관중 속에서 단 한 사람, 서연희.

"기다려줘. 너를 내 곁에 둘 거야. 넌 영원히 나의 것 나의 소녀야."

대웅이 쓴 노랫말을 내가 연희에게 불러주는 꼴이었다. 그 애는 나와 시선을 마주하고 노래를 들었다.

연희는 나를 보고 있는 것 같기도 했고, 나를 통해서 대웅을 보는 것 같기도 했다.

공연이 끝나고 그룹 압구정 소년들과 세화여고 3총사는 축하 파티를 했다. 1차는 반포의 유명한 떡볶이 식당 '미소의 집'이었다. 원석과 나는 그곳이 처음이었다.

"에이, 서당이 더 맛있다!"

라면 사리를 건져 먹어본 원석이 말했다.

"무슨 소리야? 여기가 훨씬 맛있지."

미진이 지지 않고 응수했다.

"여긴 짜고 맵기만 하잖아."

"서당은 너무 달아."

둘은 압구정동과 반포의 대표적인 떡볶이 맛을 놓고 설전을 벌였다. 나는 반포 쪽에 손을 들어주고 싶었다. 면이 더 고슬고슬하고 매운 맛도 더했다. 한창 먹성 좋은 우리 남자 넷과 여자 셋은 즉석 떡볶이 10인분을 먹어치웠다.

반포와 압구정은 당시 강남에서 대표적인 동네였다. 대치동과 도곡동은 그냥 강남 변두리의 아파트촌에 불과했고, 청담동이나 잠원동 같은 동네도 그때는 이름이 생소했다. 방배동이 부자 동네로 꼽혔고, 그 밖엔 서초동 정도가 삼풍아파트와 삼풍백화점이 들어서면서 부자들을 유입하던 시기였다.

내 기억으로도 두 동네는 비슷한 점이 많았다. 일단 잠원동을 사이에
두고 나란히 붙어 있었다. 불과 몇 년 전까지만 해도 같은 강남구였는데,
1988년 행정 구역이 개편되어 서초구가 생기면서 강남구 반포동이 서
초구 반포동이 되었다. 한강변을 따라 아파트가 쭉 늘어선 모습도 비슷
했다. 학군도 같은 8학군으로 묶여 있었다. 압구정동에 구정, 현대 고등
학교가 있다면 반포에는 세화, 반포 고등학교가 있었다. 압구정동에 상
아레코드가 있다면 반포에는 예림레코드가 있었고, 압구정동에 서당떡
볶이가 있다면 반포에는 미소의 집이 있었다.

서당떡볶이와 미소의 집 맛을 비교하면서 배터지게 먹고 나올 때쯤
밖은 많이 어두워져 있었다. 그때 원석이 제안했다.

"너네 투다리 가봤냐?"

다들 고개를 저었다.

"압구정역 근처에 생긴 꼬치구이집이야. 우리도 들어갈 수 있어."

원석이 조심스럽게 말했다. 미진이 한 발 앞으로 나섰다.

"거기 술집 아냐?"

원석이 고개를 끄덕였다.

"술을 마시자고요?"

제일 나이 어린 소원도 놀라서 눈을 크게 떴다.

"아니, 뭐 그런 얘기가 아니고, 오늘 공연도 끝났는데 한 잔씩 정도는
괜찮지 않을까 해서. 부담스러우면 없던 얘기로 하고"

원석이 한 발 뒤로 뺐다.

"가자. 여자들은 마시지 마. 그럼 되지?"

대웅이 리더답게 정리를 했다.

우리는 버스를 타고 압구정역으로 향했다. 술을 사서 마셔본 적은 있어도 술집에 버젓이 들어가는 건 처음이었다. 압구정역 3번 출구 안쪽이었다. 투다리 체인점 특유의 홍등(紅燈)이 나무문 양쪽에 매달려 있었다.

"괜찮을까요?"

소원이 잔뜩 긴장했다.

"괜찮을 거야."

대웅이 먼저 문을 열고 들어갔다. 우리는 구석 테이블에 모여 앉았다. 주인아저씨가 메뉴판을 들고 다가와 우리를 힐금 보았다. 짧은 순간이 더디게 넘어갔다.

혹시라도 쫓겨나면? 학교에 신고라도 하면 어떡하지? 아저씨는 메뉴판을 테이블에 놓고 그냥 자리를 떴다. 성공이었다. 우리는 레몬 소주와 모듬꼬치 한 접시를 주문했다.

술이 나오자 대웅이 모두에게 한 잔씩 따라주었다. 미진도 머뭇거리다 잔을 받았고, 연희도 잔을 받았다. 소원만 술을 안 마셨던 걸로 기억한다.

"자, 압구정 소년들을 위해 건배!"

원석이 잔을 들었다. 다들 건배하고 원 샷.

술자리는 기분 좋게 이어졌다. 원석은 담배 연기를 뻐끔뻐끔 내뱉으며

도넛 모양을 만들었다. 술기운 오른 미진이 손가락으로 도넛 중간의 구
멍을 찌르면 연기가 흩어지곤 했다. 둘은 그런 장난을 치며 킥킥거렸다.

"뭐해? 다들 병신같이."

윤우가 빈정거렸다. 속도 조절을 못하고 취해버린 모습이었다.

"넌 그만 마셔."

대웅이 윤우의 잔을 밀쳐놓았다.

"아, 왜 그래?"

윤우가 다시 잔을 집으려 하자 대웅이 진지한 얼굴로 윤우의 손을 막
았다.

"다 망치고 싶어?"

다소 높아진 대웅의 목소리에 분위기가 굳었다.

"만취해서 집에 갈 거야? 부모님한테는 뭐라고 말씀드릴 건데? 나랑
같이 밴드 공연하고 술 마셨다고 할 거야? 앞뒤 좌우를 보고 움직여야
지. 다들 집에 가서 술 냄새 안 풍길 정도로만 마시도록 신경 써."

윤우는 꼼짝 못하고 잔에서 손을 뗐다. 대신 컵의 물을 쭉 마셨다.

"에이, 분위기가 왜 이래. 기분 좋게 먹자."

원석이 다시 건배 제의를 했다. 윤우를 제외하고 다른 아이들이 잔을
모아 건배했다.

다시 분위기가 풀렸다. 그리고 지금은 기억나지 않는 이슈에 대해 토
론했던 것 같다. 그 시절을 떠올려보면 연희는 유난히 말이 없는 아이였
다. 연예인이 되어 무대에 선 모습을 처음 봤을 때 의외라는 생각이 들

정도로 조용한 아이였다. 오가는 잡담과 엇갈리는 술잔 속에서 나는 그
애의 얼굴을 자꾸만 훔쳐보았다.

자리가 길어지면서 한두 명씩 화장실에 가기도 하고 바람을 쐬러 나
가기도 했다. 나도 조금 취한 것 같아 이내 잔을 놓았다. 세수를 하려고
자리를 떴다. 화장실에 들어가려는데 안에서 인기척이 들렸다.

한 뼘쯤 열린 화장실 안을 보았다.

지금도 절대로 잊을 수 없는 장면.

대웅과 연희가 키스하고 있었다. 정확히 말하면 대웅이 연희에게 입
을 맞추고 있었다. 연희는 하얀 타일 벽에 등을 기댄 채였다. 대웅이 연
희 앞에 서서 몸을 비스듬히 굽혀 그 애를 안았다. 연희는 조금 피하려
고 했던 것 같다. 내 눈에는 그렇게 보였다. 대웅은 연희를 막아선 채 키
스를 계속했다. 그러다 연희와 내 눈이 마주쳤다. 문신처럼 내 기억 한구
석에 선명한 그 장면. 나는 도망치듯 자리를 피했다.

다시 술집으로 돌아갔다. 잠시 뒤 대웅이 들어왔다. 놈은 나와 시선을
마주치지 않았다. 나를 본 것일까? 알 수 없었다. 연희는 오랜 시간이 지
난 후 돌아왔다.

"이제 들어가자."

연희가 차분한 목소리로 말했다.

얼핏 그 애의 얼굴을 봤다. 왠지 운 것 같은 얼굴.

나는 그날 밤 연희를 떠올리며 자위를 했다. 욕망과 질투가 뒤범벅된
정액을 크리넥스 휴지에 쏟아냈다. 침대에 누웠다. 날카로운 아픔에 밤

새 가슴앓이를 했다.

한국 가요 역사상 가장 극적인 혁명이 완성되기까지는 채 몇 달이 걸리지 않았다. 데뷔 무대에서 심사위원들에게 핀잔을 받던 서태지와 아이들이 데뷔 몇 달 만에 가요계를 뒤집어버렸다. 내가 무덤덤하게 목격한 '특종TV연예'의 '신곡 무대'가 그 혁명의 시작이었던 것이다.

1992년 여름에는 이미 전국의 중고등학생이 '난 알아요'와 '환상 속의 그대'를 흥얼거렸다. 수학여행 장기자랑 무대에서는 회오리 춤이 빠지는 법이 없었다. 서태지와 아이들 1집 앨범은 초유의 판매고를 올리며 음반 시장 규모 자체를 키워놓았다.

그 시절 국내 가요 시장은 발라드와 댄스 뮤직으로 양분되어 있었다. 시나위, 블랙신드롬 등의 록 그룹이 있었지만 방송 활동은 거의 없었고 록 음악은 명맥만 이어지는 실정이었다. 서태지와 아이들은 아예 새로운 영역을 구축하며 등장했다. 오랜 군부 정권이 끝나고 문민정부가 들어선 것처럼 가요계에도 새로운 정권이 들어선 것이다.

개인적으로는 서태지의 음악 자체에 대해서는 높은 점수를 줄 수 없다. 하지만 대중문화 평론가로서 그들이 만들어낸 변화의 규모에는 '혁명'이라는 단어를 아끼고 싶지 않다.

서태지와 아이들은 이후 가요계 전반에 영향을 미쳤다. 그들은 랩 댄스, 랩 메틀이라는 하이브리드적인 장르의 노래를 선보였다. 요즘 가요의 주류라고 할 수 있는, 멜로딕한 노래에 랩을 가미한 곡들의 효시라고 할 수 있겠다. 또한 그들은 아이돌 그룹의 전범이 되었다. 동시에 10대가 음반 시장의 주체로 등장한 계기이기도 했다. 그러나 서태지와 아이들은 자신을 추종하며 등장한 다른 아이돌 그룹과는 아예 궤를 달리했다. 서태지 자신이 자기 음악의 프로듀서였으며 서태지와 아이들이라는 기업의 CEO였다. 기획사가 인형처럼 찍어 만드는 꼭두각시 아이돌 그룹하고는 비교 대상이 아니다.

그들은 가요계 밖에서도 막대한 영향력을 행사했다. 그들이 입는 옷은 10대의 패션 트렌드가 되었다. 그들은 기성 권력과 맞서는 반항의 아이콘으로도 존재했다. 이데올로기가 쪼그라들어버린 1990년대 학원가에 서태지와 아이들은 열사이자 불온서적이었다. 교육 현실을 다룬 노래 '교실 이데아'나 국가 기관인 심의위원회와 맞짱을 뜬 4집 앨범 '시대유감'은 그런 상황을 잘 보여준다.

그해 여름 서태지와 아이들이 새로운 역사를 쓰고 있음에도 나는 별다른 관심이 없었다. 나는 가요를 잘 듣지 않았다. 내 눈과 귀는 할리우드 영화와 팝 음악에 취해 있었다.

사실 그땐 연희에 대한 가슴앓이와 밴드 활동으로 다른 것에 신경을 쓸 여유도 없었다. 소년의 마음은 친구와 그 친구의 여자 사이에서 너덜너덜해졌다. 그런데도 결단을 내리지 못했다. 밴드도 그만두지 않았고, 그렇다고 대웅이나 연희에게 내 심정을 고백하지도 못했다. 그러다보니 자연히 성적도 떨어졌다. 전교 10등 밖으로, 20등 밖으로 밀려났다. 집에서도 걱정이 이만저만 아니었다. 모의고사 성적이 나오는 날이면 엄마의 한숨이 깊어졌다. 정작 나는 상관없었다. 감정의 격랑에 휩싸여 출렁거리면서, 뭐든 아무래도 좋던 여름이었다.

방학이 끝나고 날씨가 선선해진 어느 가을날, 대웅이 압구정 소년들을 소집했다. 우리는 맥도날드 햄버거 2층에 모여 앉았다. 각자 입맛대로 메뉴를 시켜 앞에 놓고 대웅의 말을 기다렸다. 공연을 한 번 더 준비하려나보다 싶었다.

"밴드는 이제 그만해야겠다."

대웅은 감자튀김이 눅눅하네, 하고 말할 때나 어울릴 것 같은 톤으로 용건을 꺼냈다. 우린 예상치 못한 발언에 대웅의 얼굴만 볼 뿐이었다. 우리가 이유를 묻기 전에 대웅이 먼저 질문을 던졌다.

"서태지와 아이들 봤지?"

"서태지와 아이들하고 압구정 소년들하고 무슨 상관인데?"

원석이 물었다.

"Rock is dead."

대웅이 영어로 대답했다. 우리는 말뜻을 모르는 멍청이들처럼 가만히 있었다. 대웅이 멍청이들을 위해 설명해주었다.

"우리나라에서 이제 록 음악은 완전히 끝났어. 봐라, 댄스와 힙합이 판을 다 먹을 거야."

"언제는 록 음악이 먹은 적 있냐?"

원석이 빈정거렸다.

"지금까지와는 차원이 달라."

"야, 우리가 언제 가요계에 데뷔하려고 밴드 했냐?"

원석이 항의하듯 따졌다.

"그건 아니지. 그러니까 더더욱 이 정도면 충분하다는 거야."

그러면서 대웅의 시선이 나를 향했다.

"너 요즘 성적 엄청 떨어졌지? 몇 달 동안 전교 20등 리스트에서 네 이름을 본 적이 없어."

순간 얼굴이 확 달아올랐다. 이 개자식. 주먹이 나갈 뻔했다. 사실 대웅이 나한테 잘못한 건 아무것도 없었지만.

"괜찮아. 요즘 좀 슬럼프라서 그래."

나는 얼버무리려고 했다.

"괜찮기는 뭐가 괜찮아? 너 그러다 연고대도 못 가면 어떡하려고 그러냐?"

할 말이 없었다. 엄마가 똑같은 얘기를 할 때면 공허한 잔소리로 들렸는데, 대웅의 말은 한마디 한마디가 명궁의 화살처럼 가슴 한가운데 꽂혔다.

"이 정도면 충분해. 공연도 했고. 이제 몇 달 있으면 고3이잖아. 좋은 대학 가서 계속 봐야지."

대웅은 그 순간 단순한 리더가 아니었다. 큰형이었고 담임선생님이었고 우리 나이에서는 상상할 수 없는 강한 남자였다.

"존나 섭섭하다, 씹새끼야."

원석이 물러나지 않고 맞섰다. 대웅은 대거리하지 않고 콜라를 쭉 빨았다. 그리고 아직도 기억에 생생한 대사를 내뱉었다.

"록은 죽었어. 마찬가지로, 우린 더 이상 소년이 아니야. 끝내야 할 때 못 끝내면 인생이라는 기차가 멈춰버리는 거야."

긴 침묵이 우리를 감쌌다. 나는 비밀을 들킨 것 같은 부끄러운 마음에 대웅을 똑바로 쳐다보지도 못했다. 밴드를 더 이상 못하면 연희도 못 보게 되겠구나, 이런 한심한 걱정을 했기 때문이다. 윤우는 설득당한 듯 고개를 끄덕였다.

"그럼 다른 드러머 구해서 밴드 계속해도 넌 상관없는 거지?"

원석은 끝까지 고집을 꺾지 않았다.

"물론. 그건 알아서들 해. 나하고 판단이 다를 수도 있으니까."

대웅이 쿨하게 말했다.

우리는 무거운 걸음으로 맥도날드를 나왔다. 대웅은 집으로 돌아갔다. 리더에게 버림받은 나머지 소년들은 정처 없이 로데오 골목을 떠돌았다.

"드러머 구해볼까?"

원석이 물었다. 윤우도 나도 대답하지 않았다. 다들 알고 있었다. 우리는 드러머를 잃은 게 아니었다. 대웅의 말이 다 맞다. 다음 단계로 넘어가야 할 시점이었다.

"그래. 그럼 여기서 끝내자, 씨발."

원석이 욕을 하며 담배를 빼 물었다.

"나도 한 대 줄래?"

담배를 안 가져온 내가 손을 내밀었다.

"넌 살렘만 피우잖아?"

"없으면 어쩔 수 없지 뭐."

"말보로 레드는 독할 텐데?"

"괜찮아."

나는 처음으로 말보로 레드 담배를 피워보았다. 원석의 경고대로 맛이 무겁고 독했다. 항상 카우보이들을 잡지 광고 모델로 내세우는 이유를 알 것 같았다.

—남자는 언제나 낭만적인 사건을 통해 사랑을 기억한다.

나는 어떤 사건으로 연희를 기억해야 할까? 내가 연희에 대해 갖는 감정도 사랑일까? 압구정 소년들이 더 이상 활동하지 않으면 더 이상 연희를 볼 수도 없는 걸까?

그때는 핸드폰도 삐삐도 없던 시절이었다. 소수의 비즈니스맨들이 무전기처럼 큰 핸드폰을 갖고 다니긴 했지만 학생들의 유일한 연락 방법은 집 전화뿐이었다. 난 연희의 전화번호도 몰랐다.

—우린 더 이상 소년이 아니야. 끝내야 할 때 못 끝내면 인생이라는 기차가 멈춰버리는 거야.

대웅이 나에게 들으라고 그런 말을 한 것일지도 몰랐다. 그래. 유치한 짝사랑은 이것으로 충분해.

"야, 씨발, 도망가!"

그러면서 갑자기 윤우가 나를 툭 쳤다. 생각에 잠겨 있던 나는 정신이 퍼뜩 들었다. 옆에 있던 원석이 피우던 담배를 휙 던졌다. 멀리 앞에서 구정고등학교 선생들이 보였다. 삼호가든에서 식사를 하고 나오는 길인 듯했다. 나도 담배를 슬쩍 바닥에 떨어뜨렸다. 교사들 중 누군가가 우리에게 손짓을 했다. 담배 피우는 모습을 본 걸까?

"알아서 도망가. 걸리면 좆 된다."

원석이 왔던 길을 되돌아 달려갔다. 윤우는 오른쪽 골목으로 뛰었다. 나에겐 선택권이 없었다. 왼쪽으로 무조건 달렸다. 방금까지 피운 독한 담배 때문에 기도에 불이 일듯 통증이 느껴졌다. 교사들이 쫓아오지 못할 만큼 멀리 달아났다는 걸 알면서도 나는 고통을 느끼며 계속 달렸다. 그날의 마무리가 어떻게 됐는지는 잘 기억이 나지 않는다.

2학년 2학기는 내 학창 시절 중에서 최악의 기간이었다. 한 번 떨어진 성적은 좀처럼 회복되지 않았고, 전교 40등 정도에서 머물렀다. 그 시절 구정고등학교 인문계의 경우 전교 10등까지는 서울대에 갔고, 30등까지는 연고대에 들어갈 수 있었다. 만약 그 성적이 고3까지 이어진다면 연고대 하위 학과에 겨우 원서를 쓸 정도였다. 1학기까지만 해도 법대나 경제학과는 아니더라도 서울대의 괜찮은 학과에 원서를 쓸 거라고 예상한 엄마는 적지 않은 충격을 받은 모양이었다.

내 마음이 문제였다. 밴드도 끝나고 고3이 다가와 이제는 공부할 일만 남았는데, 나는 아직도 여름날의 우울에서 빠져나오지 못했다. 기타 연습도 그만둬 오히려 시간이 더 많아졌는데도 멍하니 공상을 하느라 시간을 보냈다.

겨울 방학을 며칠 앞둔 어느 날, 대웅이 우리 반으로 날 찾아왔다. 항상 그랬듯 녀석은 쓸데없는 말을 하지 않고 본론으로 들어갔다.

"겨울 방학 동안 특별 과외할 팀을 짜고 있는데, 합류할 생각 없어?"

생각지도 못한 제안이었다.

"글쎄다, 엄마하고 얘기를 해봐야겠는데?"

"엄마도 좋아하실 거야. 선생들이 진짜 확실하거든. 믿어도 좋아."

대체 얼마나 잘 가르치는 선생들이기에 대웅이 이렇게까지 보장을 하는지 궁금했다. 그리고 그렇게 훌륭한 선생들이라면 왜 나한테 제안을 한 걸까?

"그런데 왜 나한테 과외를 같이하자는 거야? 요즘은 성적도 형편없는데."

"그러니까 말이야. 같이 서울대 가야지."

그렇게 말하면서 내 어깨를 잡았다.

솔직히, 감동했다. 울컥하는 기분에 말을 할 수 없었다.

"너 계속 잘해왔잖아. 방학 동안 같이 파이팅하면 다시 올라갈 수 있을 거야. 과목은 영어랑 수학이야."

고맙다는 말을 하려 했지만 입 밖으로 나오지 않았다.

"엄마랑 얘기해보고 말해줘. 어차피 돈 문제도 있으니까 엄마들끼리 통화도 해야 할 거야."

그러곤 빙긋 웃어 보이며 교실을 나갔다.

자리에 앉아 곰곰이 생각에 잠겼다. 전교 1등이 전교 40등에게 과외를 같이하자고 제안한다? 함께 밴드를 하던 우정 때문에? 내가 아는 대웅은 그 누구보다 냉정한 놈인데, 이런 감성이 있었나? 연희에 대한 질투심 때문에 내가 대웅을 지나치게 안 좋은 쪽으로 생각했던 건 아닐까?

그날 밤, 엄마에게 대웅의 제안을 전했다. 결과는 당연했다.

"정말 잘됐다. 그래, 방학 동안에 어떻게든 제자리로 돌아가야지. 내가 대웅이 어머니하고 통화를 해봐야겠구나. 선생님들이야 어련히 잘 모셨겠어?"

다음 날, 두 어머니가 통화를 했다. 엄마는 전화를 끊고 잠시 고민에 빠졌다.

"과외비가 생각보다 세네. 특별 과외긴 하지만."

"얼만데요?"

"영어랑 수학이랑 반드시 같이하는 조건으로 과목당 100만."

그 당시 200만 원이면 대기업 사원의 월급보다 더 많은 돈이었다. 교수인 아빠 월급으로는 어림도 없는 돈이지만 월세가 꽤 나오는 건물이 있었다. 돈이 부족해서가 아니라 아빠한테 허락을 받기 어려울지도 모른다는 게 고민의 핵심이었다. 아빠는 지나치게 비싼 고액 과외에 반감을 갖고 계셨다.

퇴근한 아빠를 떠밀며 엄마가 안방으로 들어갔다. 두 분은 꽤 길게 이야기를 나누었다. 아빠는 의외로 과외를 승낙했다. 방에서 나온 아빠가 나를 보며 이렇게 말했다.

"자식 이기는 부모 없다."

아빠의 표정은 이해할 수 없을 만큼 어두웠다. 그만큼 내가 걱정을 끼쳐드렸다는 생각에 마음이 무거웠다.

압구정 소년들은 활동을 멈췄지만 나는 다시 대웅과 한 팀이 된 셈이었다.

과외가 시작되기 전까지 나는 모르고 있었다. 자꾸만 강조하던 특별 과외의 의미를.

과외 장소는 우리 집도 대웅의 집도 아니었다. 청담동의 중소기업은행 오피스텔 빌딩이었다. 약속한 시간에 오피스텔에 도착했다. 꽤 큰 테이블과 화이트보드, 책꽂이 정도만 비치된 사무실이었다. 특별 과외를 위해 꾸몄음을 한눈에 알 수 있었다.

혼자서 잠시 기다렸다. 얼마 안 있어 문이 열렸다. 윤우가 들어왔다. 난 놀라서 입을 떼지 못했다. 잠시 후 원석도 도착했다. 다른 아이들도 서로를 보며 놀라긴 마찬가지였다. 다들 대웅과 둘이서 과외를 하는 걸로 알고 있었던 것이다. 마지막으로 대웅이 도착했다.

"미안해. 다들 좀 놀랐지? 첫 수업 때까지 조심해달라고 선생님들이 부탁하셔서. 어머님들은 이렇게 우리 넷이 과외를 하는 걸로 다들 알고 계셔."

그렇게까지 비밀 작전을 펼친 이유가 곧 밝혀졌다. 오피스텔로 들어온 과외 선생님은 바로 구정고등학교 현직 영어와 수학 교사들이었다.

그것도 고3 수업을 담당하는.

더할 수 없이 특별한 과외인 셈이었다.

아직도 정확히는 모른다. 누가 처음 이렇게 엄청난 제안을 했는지. 대웅이었을까, 대웅의 엄마였을까, 아님 선생님들이었을까? 이제 와서 그런 건 중요하지 않다.

우린 모두 공범이 되었다.

엄마와 안방에서 이야기를 나누고 나왔을 때 어두웠던 아빠의 표정이 그제야 이해되었다.

나는 당혹감에 선생님들 얼굴을 제대로 쳐다보지 못했다. 이래도 되나? 그런 와중에 이미 수업은 시작되었다. 그야말로 비도덕적이고 뻔뻔하고 불공정한 과외였다. 지금 생각해보면 내 어린 시절의 기억 중 가장 부끄러운 시간이었다.

수업은 무척 강도 높게 진행되었다. 다른 아이들에 비해 실력이 많이 떨어져 있던 나는 망신을 당하지 않기 위해 몇 배로 더 공부해야 했다. 정말 겨울 방학 내내 공부만 했다.

개학한 뒤에도 특별 과외는 계속되었다. 두 명의 선생님 수업을 학교에서도 들어야 했다. 정말 기괴한 상황이었다. 낮에는 학교에서 선생님으로, 저녁에는 오피스텔에서 과외 교사로 선생님들을 만났다. 중간고사도 기말고사도 걱정할 필요가 없었다. 직접 문제를 찍어주지는 않았지만 과외 수업 중 강조해주는 부분만 챙겨도 영어와 수학은 거의 만점이었다.

교사들은 각각 400만 원이라는 큰돈을 매달 챙기고(그 당시 초임 교사 월급은 100만 원이 겨우 넘었다) 고3 학생들은 수능과 본고사 준비는 물론 학교 내신까지 든든하게 챙겨주는 램프의 요정을 둔 셈이었다. 수요자와 공급자 모두 불법적인 합의를 통해 최대의 만족을 얻었다. 이런 식의 거래는 위험 수위가 높아짐에도 불구하고 계속 이어지게 마련이다.

이보다 더 부도덕한 교육이 있을까? '교육'이라는 단어를 써도 될까? 그런 교육을 통해 나는 다시 전교 10등 안으로 복귀했다. 엄마는 특별 과외에 대만족이었다. 슬프게도, 아빠 역시 만족스러워했다.

과외를 하면서 몇 번이나 대웅에게 물어보고 싶었다. 세화여고 3총사를 요즘도 만나냐고. 원석과 윤우는 별 관심이 없는 듯했다. 그도 그럴 것이 원석은 청담고등학교 여학생(나하고 중학교 때 짝꿍이었다)과 뜨거운 연애 중이었고, 윤우는 서울 법대를 목표로 머리까지 짧게 깎고 하루하루를 보내고 있었다.

나는 좀 달랐다. 공부를 하다 말고 특정한 장면이 불쑥 떠오르곤 했다. 투다리의 허름한 화장실에서 키스하던 대웅과 연희의 모습. 나는 분명히 보았다. 그래서 둘이 사귀고 있을 거라고 확신했다.

그러던 어느 날이었다. 윤우가 지독한 몸살 때문에 못 나왔다. 영어 수업이 끝나고 수학 선생님을 기다리는 동안 원석은 여자 친구와 잠깐 통화를 하겠다며 오피스텔 앞 공중전화 박스로 갔다. 나하고 대웅 둘만 오피스텔에 남게 되었다.

"혹시 요즘도 연락하냐?"

내가 물었다.

"누구랑? 아, 걔네들?"

"어."

"응. 가끔 연락해. 왜? 애들 보고 싶어?"

"아니, 뭐 그런 건 아니고. 작년에는 한참 친하게 지냈잖아."

"걔들도 요즘 공부하느라 바쁘지 뭐. 다들 잘 지낸대."

"잘됐네."

"한 번 볼래? 안 그래도 연희가 곧 생일이라 보기로 했는데."

"그래?"

"이따 원석이 오면 물어봐야겠다. 그 새긴 지 여친이랑 연애하느라 관심도 없겠지만."

"대웅아, 뭐 하나 물어봐도 돼?"

"뭐?"

"사실 이런 과외는 너 혼자 받아도 되잖아. 너희 같은 부잣집에서 과외비 때문에 여러 명을 모았을 리도 없고 그렇다고 우리가 너보다 공부를 잘하는 것도 아니고 왜 굳이 우리랑 같이하자고 했어?"

대답하기 민망한 질문일지도 모른다는 내 예상은 보기 좋게 빗나갔다. 대웅은 머뭇거리지 않고 쉽게 대답했다.

"니들하고 같이 있으면 재밌어. 음악 얘기도 잘 통하고. 이왕 하는 공부, 재밌게 하면 좋잖아. 그리고 이런 식의 과외는 혼자 하면 좀 찝찝하잖아."

아, 그렇구나. 머리를 한 대 얻어맞은 듯했다. 결국 우리는 이용당한 것이다. 전교 1등이 재미있게 공부하기 위해 필요한 환경으로. 찝찝한 죄책감을 나누기 위한 방편으로. 추락하는 내 손을 잡아준 걸로 착각한 채 감동하고 고마워하던 나 자신이 부끄러웠다.

대웅은 볼펜을 빙빙 돌리며 영어 문장을 소리 내어 읽었다. 책을 보는 척하다 또 슬쩍 물었다.

"너 근데 혹시 연희랑 사귀는 거야?"

그 말에 대웅의 표정이 흔들렸다. 나는 시선을 피하지 않고 대웅을 보며 대답을 기다렸다.

"왜? 그게 궁금해?"

"그냥 물어보는 거야."

"그냥 물어본다…."

녀석이 말꼬리를 흐리며 내 눈을 들여다보았다. 그러더니 대수롭지 않게 말했다.

"사귀는 거 아냐. 따먹을까 하다가 그냥 놔뒀어. 나중에 기회가 있겠지 뭐."

따먹으려 했다고? 연희를? 그 보석 같은 애를?

순결이 짓밟히는 순간을 목도한 것처럼 가슴이 쓰렸다. 몸에 소름이 돋았다.

누구나 다 욕망을 갖고 있다. 자기 능력만큼 욕망을 실현하고 그 과정에서 쾌락을 느낀다. 그런 메커니즘을 흔히 '사람 사는 맛'이라고 표현한다. 자기 능력보다 더 큰 욕망을 버리지 못하면, 즉 분수에 맞지 않은 욕심을 내면 문제가 생긴다. 무리한 방법을 택하면서 결국 자기 자신을 해치게 되는 것이다. 세상사의 골치 아픈 문제 중 90퍼센트가 그 괴리에서 생긴다. 방법은 두 가지다. 욕망을 내려놓거나 능력을 키우거나. 그 중간 어디쯤에선가 타협해야 한다. 그런 면에서 대웅은 극단적이었다. 다른 사람에겐 요원해 보이는 것들도 자기 뜻대로 해내는 능력과 용기가 있었다.

언젠가 머지않은 미래에 녀석은 그 애를 따먹을 것이다.

그날 밤 과외를 끝내고 집에 돌아간 나는 연희를 떠올리며 또 자위를 했다. 이번에도 나는 대웅과 공범이 되었다. 열여덟 소녀의 옷을 벗기고, 따먹었다. 슬픈 마스터베이션이었다.

며칠 뒤, 연희의 생일에 우리 모두가 초대를 받았다. 장소는 지금은 없어진 압구정 코코스. 밴드를 할 때처럼 압구정 소년들 네 명과 세화여고 3총사가 모였다. 즐거운 자리였다. 고3이라는 상황을 잠시 잊고 즐겁게 떠들고 놀았다. 다들 연희에게 선물을 전달했다. 내가 고른 선물은 갤러리아백화점 1층에서 산 귀걸이였다.

"고마워. 내가 딱 좋아하는 스타일이네."

연희는 선물을 끌러보자마자 하고 있던 귀걸이를 빼고 내가 준 것을 걸었다. 아직도 귀걸이의 가격과 형태가 기억난다. 4만 8000원. 백금에

작은 큐빅이 반짝거리는 깔끔한 디자인이었다.

대웅이 무슨 선물을 했는지는 아무도 몰랐다.

"내 선물은 집에 가서 풀어봐."

그렇게 말했으니까. 책 한 권이 들어갈 만한 선물 상자를 건네주면서.

치킨 도리아, 스파게티, 포크 커틀렛 등등 당시 코코스의 베스트셀링 메뉴를 골라 시키고 배부르게 잘 먹었다. 다음 코스는 서당노래방이었다.

연희는 이번에도 나에게 주문을 했다.

"혹시 '나만의 그대 모습' 부를 줄 알아?"

알다마다. 그 당시 노래 좀 한다는 애들치고 그 노래를 모를 수는 없었다. 서준서라는 하이 톤의 보컬리스트가 이끄는 우리나라 그룹 B612의 노래였다. '나만의 그대 모습'은 그들의 1집 앨범에 있는 대표곡이었다. 당시 노래방에 가면 어디선가 이 노래를 부르는 방이 꼭 있었다. 그룹 블랙홀의 '깊은 밤의 서정곡'과 함께 노래 솜씨를 자랑하고 싶은 남학생들의 애창곡이었다.

연희가 번호를 눌렀다. 짧은 인트로가 끝나고, 나는 노래를 불렀다. 정면으로 연희를 보면서.

—안개 속에 가려진 희미한 너의 미소도 이 밤이 지나면 이제는 잊고 싶어. 싸늘히 식어간 차가운 너의 모습도 이 밤이 지나면 이제는, 이제는 그댈 잊고 싶어.

노래가 끝나고 박수와 환호가 쏟아졌다. 연희는 내 마음을 아는지 모르는지 빙긋 웃으며 내 시선을 마주했다. 그 순간, 끝내기로 마음먹었다.

아프기만 했던 첫사랑을.

　고3 여름 방학 때 같은 학교에 다니는 여자 친구를 사귀었다. 이름은 유진이라고 했다. 자율 학습 시간에 같이 공부하던, 안경을 쓰고 얼굴이 하얗고 둥근 소녀였다. 나와 같은 청담중학교 출신에 우리 아파트 바로 옆 진흥아파트에 살았다. 우린 함께 열심히 공부하면서 연애했다. 첫 키스도 첫 경험도 모두 그 애 차지였다.

　특별 과외는 계속되었다. 구정고등학교 최고의 선생님들 덕분에 내 성적은 전교 10등쯤에서 안정되었다. 구형 소나타를 타던 선생님들은 고3 2학기가 끝나갈 즈음, 나란히 새로 나온 뉴그랜저로 바꿨다.

　나와 같은 1975년생은 수학능력평가시험 1세대였다. 대학으로 치면 94학번. 1차, 2차 두 번 시험을 치러 더 잘 나온 점수를 제출하는 방식이었다. 그런데 2차 시험이 훨씬 더 어려워 시험을 두 번씩이나 치를 이유가 전혀 없었다. 다들 1차 시험 성적을 제출했다. 차라리 작년까지 본 학력고사가 더 낫지 않아? 불만이 많았다.

　또 우리는 본고사 시험 1세대이기도 했다. 학교마다 전형 방식이 조금씩 달랐다. 나는 서울대에 지원했다. 국어·영어·수학 세 과목에 제2외국어, 논술 그리고 요약 시험까지 봐야 했다. 시험을 보는 기간만 3일이었다. 정말 힘들어서 토가 나올 것 같은 전형 과정이었다.

　당연히 대웅도 서울대를 지원했다. 학과는 달랐다. 대웅은 법대, 나는 신문학과(지금의 언론정보학과)를 택했다. 원석과 윤우는 각각 연세대학교 경영학과와 고려대학교 경제학과를 지원했다. 연대와 고대 모두 입학 전형이 서울대와 비슷해서 본고사와 논술 시험을 치러야 했다.

몹시 추웠던 어느 겨울날, 합격자 발표가 났다. 와우. 압구정 소년들은 모두 붙었다.

그날 저녁, 우리는 합격의 기쁨을 함께하고 싶어 하는 가족에게 양해를 구하고 반포로 향했다. 축제의 밤을 즐기러. 반포 소녀들도 함께 기쁨을 나눴다. 미진은 내 여자 친구와 함께 이화여대 영문과에 합격했고, 연희도 한양대학교 연극영화과에 합격했다. 우리는 마늘 치킨이 끝내주는 반포치킨에서 만났다. 이제 고3이 될 소원도 함께 자리했다. 다들 서로를 축하하고 홀가분한 흥분에 들떴다.

소원을 집으로 먼저 보내고 여섯 명이 방배동 카페 골목으로 자리를 옮겼다. 자정 이후의 심야 영업을 금지하던 그 시절, 방배동 카페 골목은 몰래 심야 영업을 하는 가게가 많은 유흥가로 유명했다. 지하에 있는 한 호프집에 들어가 술을 마셨다. 마시고 마셨다. 그리고 또 마셨다.

그래. 너무 많이 마셨다. 아무것도 기억나지 않았다. 정신을 차려보니 원석과 윤우 그리고 나는 천호동 사창가에 있었다. 창녀들의 웃음소리가 바람 소리처럼 들렸다.

야, 누가 여기 오자고 했지? 대웅이는 어디 간 거야? 이런 데서 잘못하면 병에 걸리지 않을까? 돈은 갖고 온 거야? 그나저나 지금 몇 시지? 여자랑 자본 적 있는 놈 손 들어봐.

서로 혀가 꼬인 질문을 주고받았지만 제대로 된 대답을 내놓을 정도로 멀쩡한 친구는 없었다. 다만 그런 취중에서도 직감적으로 알 수 있었다. 오늘 밤 대웅이가 연희를 따먹겠구나.

그날 밤, 거리의 여자를 품었다. 얼굴도, 이름도 기억나지 않는.

구정고등학교의 학창 시절은 그렇게 끝났다. 블랙홀로 모든 물질이 빨려 들어가듯 낯선 동네의 붉은 조명 속에서 소멸되었다.

정글에 오신 것을 환영합니다
Welcome to the Jungle‐Guns N' Roses

인터콘티넨탈호텔 스카이라운지 마르코 폴로에서 소원을 만났다. 그녀가 정한 약속 장소였다. 오른편이 통유리로 되어 있어 청담동과 삼성동 일대가 세밀화처럼 내려다보이는 자리였다.

"분위기 좋네?"

메뉴가 오기를 기다리며 내가 말했다.

"선생님들이 분위기를 워낙 따져서. 병원 회식하면 여기로 자주 와요."

예상대로 가격이 만만치 않았다. 위스키는 최하가 20만 원대, 와인도 10만 원 아래로는 없었다.

"여긴 제가 오자고 했으니까 제가 낼게요."

그녀가 미리 선을 그었다. 그리고 덧붙였다.

"잭 대니얼로 하죠."

그러면서 아예 웨이터에게 주문까지 했다.

"잭 대니얼 좋아해?"

"오빠 페이버릿이잖아요. 전 어차피 술맛 잘 몰라요."

"오, 영광인데? 내 취향까지 기억해주고."

그녀는 와인색 원피스를 입었다. 브랜드는 알 수 없지만 라인이 군더더기 없이 잘 떨어진 디자인이었다. 그러면서도 가슴이 적당히 파여 여성적인 느낌을 잃지 않았다. 큰 키에 마른 편인 그녀에게 잘 어울렸다. 검고 올이 얇은 머리는 쪽을 쪄 위로 올렸다. 그녀에 비하면, 청바지에 흰색 질 샌더 셔츠만 걸친 내 의상이 너무 무성의하다 싶었다.

위스키가 나왔다. 큼직한 크리스털 아이스박스에 담긴 각 얼음, 코카콜라 클래식, 깔끔한 과일 안주 그리고 잭 대니얼 750ml. 제대로 된 세팅이다. 로맨스만 곁들이면 100퍼센트인데.

우리는 일상 얘기를 하며 몇 잔을 비웠다. 어느 정도 분위기가 자연스러워졌을 때쯤 본론을 꺼냈다.

"계속 생각해봤는데 말이야, 아무래도 이상한 게 있어. 그때 대웅이랑 연희 관계가 너무 궁금해."

"전 잘 기억나지 않는다니까요?"

소원은 조금 날카롭게 반응했다. 그 부분에 대해 말하고 싶지 않은 걸까, 아니면 정말로 기억이 안 나는 걸까?

"기억나? 우리 공연 끝나고 투다리에서 술 마셨을 때. 그때 화장실에서 둘이 키스하는 것도 봤어. 그리고 고3 때 대웅이가 그랬어. 연희랑 잘 생각이라고. 기억나니? 대학 합격 발표 난 날, 너도 같이 저녁 먹었지. 너 집에 간 뒤에 우리끼리 술을 잔뜩 마셨거든. 그런데 대웅이가 사라졌어. 내 생각엔 그날 대웅이가 연희랑 잔 것 같아."

"참 나. 그런 게 지금 와서 뭐가 중요해요?"

"봐. 이상하지 않아? 둘이 결혼 발표할 때 분명히 그랬지? 유학 마치고 돌아온 다음에 연인 관계로 발전했다고. 그럼, 압구정 소년들 밴드 할 때 키스하고 그랬던 건 뭐지? 대웅이가 일방적으로 그렇게 하고, 연희가 싫었다면 왜 계속 만났을까? 둘이 불편한 분위기도 아니었잖아? 내가 잘못 기억하는 건가?"

"키스 얘기는 뭔지 모르겠어요. 잘못 본 거 아니에요? 그랬을 리가 없는데."

"그랬을 리가 없다니? 무슨 소리야?"

"오빠들한테 얘기는 안 했지만… 연희 언니는 고등학교 때 남자 친구가 있었어요. 데뷔 초기까지 그 사람을 만난 걸로 알고 있고요. 아마 저랑 미진 언니 정도만 알았을 거예요."

뭔가 있다 싶었다. 이래서 탐문 수사가 중요한 거다.

"누군데?"

"이름은 기억 안 나요. 데뷔하고 1년쯤 지났을 땐가 헤어졌다고 들었어요."

"동갑이었어?"

"네. 세화고등학교 학생은 아니었어요. 현대였나? 청담이었나?"

"본 적 있어?"

"네. 언니가 소개해준 건 아니고 우연히요. 얼굴은 전혀 기억 안 나요. 두세 번 어쩌다 봤어요."

"깊은 사이였어?"

"모르죠. 그래봤자 고등학생들이 뭐."

"요즘 중고등학생들이 어떤지 뉴스 기사 안 봐?"

"그땐 많이들 순진했잖아요. 어머, 오빠 안 그랬나보죠?"

소원이 장난스럽게 말했다. 참 밝은 영혼을 가진 여자다. 모든 조건이 완벽한데 왜 남자가 곁에 없는 걸까?

"자, 정리해보자. 그럼 연희는 당시 남자 친구가 있었는데도 대웅이하고 모종의 관계를 유지했어. 이상하지? 남자를 밝혀서 그런 건 아니잖아?"

"오빠."

"그런 게 아니라고 얘기하는 거잖아. 나도 안다고. 연희가 얼마나 좋은 애였는지 나도 안다고."

나도 모르게 언성이 높아졌다.

"하긴 오빠가 연희 언니에 대해 나쁜 얘기를 할 리가 없겠죠. 오빠도 언니를 좋아했으니까."

"그건 또 무슨 소리야?"

"가난과 재채기와 사랑은 숨길 수가 없대요."

조금 독하게 잭 대니얼 콕을 만들어 마셨다.

"그래. 네 말이 맞아. 그때 연희한테 감정이 있었어. 뭐 풋사랑이었다 해도 좋고 짝사랑이었다 해도 좋아."

"그래서 이렇게 옛날얘기까지 파고드는 거예요?"

"너한테도 제일 친한 친구이자 언니였잖아?"

"한때는 그랬죠. 하지만 오랜 세월 동안 연락조차 제대로 못하고 지낸 걸요. 언니는 성에 갇혀 살았잖아요. 슈퍼스타라는 성. 박대웅의 제국이라는 성."

"넌 안 궁금하니?"

긴 침묵이 흘렀다. 소원은 잔을 비우고 한 잔을 더 마신 뒤에야 대답했다.

"솔직히 말할까요? 전 무서워요."

"뭔가 있구나?"

"잘은 몰라요."

"아는 것만 얘기해봐."

"연희 언니가 그때 그 남자 친구를 진짜 좋아했어요. 언니가 갑자기 뜨고 나서 그 사람이 먼저 연락을 끊었나봐요. 그 일 때문에 언니가 잠시 활동을 쉰 적이 있을 정도니까요. 그런데 동시에 대웅이 오빠하고 언니가 어떤 관계였다는 것도 알아요. 키스하는 걸 봤다거나 그런 건 아니지만. 대웅이 오빠 땜에 언니가 많이 괴로워했거든요. 특히 고3 때."

"뭘 괴로워해?"

"정확하진 않은데, 이런 말을 했던 것 같아요. 남자로서는 좋아할 수 없는 사람인데, 만나지 않을 수도 없다고."

"남자로선 좋아할 수 없는데 만나야만 한다?"

몇 번이고 그 말을 되뇌었다. 대체 무슨 소린지. 나는 스마트 폰 메모장에 그 말을 그대로 적어놓았다.

"그때 연희가 사귀던 남자 이름 좀 알아봐줄 수 있어?"

"오빠."

소원이 나를 정면으로 응시했다.

나는 대답하지 않고 눈빛만 마주했다.

"뭘 어떻게 하겠다는 거예요? 정말 단순히 궁금해서 그런 거예요?"

"아니. 난 누군가는 연희의 죽음에 책임을 져야 한다고 생각해."

"그 사람이 대웅이 오빠고요?"

"누구든."

"그냥 중간에 그만둘 거면 아예 시작도 하지 마세요. 지난날의 우리 기억까지 전부 망가질지 모르니까요."

"그만두지 않아."

소원은 내 얼굴을 빤히 쳐다보다가 말했다.

"오빠가 원래 이렇게 강단 있는 사람이었어요? 집요함이라고는 1퍼센트도 깃들어 있지 않은, 자유로운 영혼인 줄 알았는데?"

"무슨 소리야?"

"어릴 때도 오빠를 보면 그랬던 것 같아요. 집착하거나 얽매이지 않는 성격이랄까? 남 눈도 별로 신경 안 쓰고. 딴 세상 사람 같았어요."

"왜 신경을 안 써. 나도 신경 많이 쓰고 살아."

"그런 뜻이 아니에요. 직업을 갖고, 가정을 갖고, 출세하고 등등…. 우리 사회에서 오빠 정도 남자라면 당연히 기대하는 것들을 무시해버렸잖아요. 쿨하게도."

"잘못 알고 있네. 난 직업도 있고, 좋은 여자만 있으면 당장 결혼할 생각도 있어. 출세하고픈 생각이 없는 건 맞네. 그건 뭐 나만 그런가?"

"다행이네요. 전 오빠가 지상에서 한 뼘쯤 떨어져 사는 사람인 줄 알았어요."

"비현실적인 건 오히려 너지."

"제가요?"

소원은 내 말이 꽤 의외인 듯 놀란 표정을 지었다.

"너무 완벽하잖아. 훌륭한 외모에 서울대 의대 출신의 성형외과 여의사. 집안도 넉넉하고 게다가 성격도 명랑 발랄. 게다가 여성적이기까지 해. 드라마나 만화의 화려한 주인공처럼 넌 단점이라고는 없는 여자야."

"진짜 그렇게 생각해요?"

"누구든 그렇게 생각할걸? 너한테 남자가 없다는 건 미스터리야. 그건 마치 테헤란로 한복판에 보물 상자가 떡하니 있는데 아무도 안 쳐다보는, 그런 광경이랑 비슷하다고."

소원은 내 말에 잠자코 있었다. 내 비유가 좀 엉뚱하지는 않았나 싶어 그녀의 얼굴을 빤히 살폈다.

"전 콤플렉스 덩어린데요?"

"하! 네가? 무슨 콤플렉스?"

"가슴이 너무 작아요."

마시던 술에 사레가 걸릴 뻔했다. 차라리 농담이었으면 좋으련만 소원은 진지한 표정이었다. 시선을 어디에 둬야 할지 몰랐다. 얼굴을 봐야 하나 가슴을 봐야 하나. 이럴 때는 농담으로 넘기는 게 상책이다.

"성형외과 의사가 무슨 그런 걱정을 하나? 정 그러면 수술하면 되잖아. 하하."

"대학 다닐 때 꽤 오래 만난 남자 친구가 있었어요. 능력도 있고 솔직하고 남자답고 멋있는 친구였어요. 참 열렬하게 연애한 사이였는데, 3년쯤 만나더니 바람을 피우더라고요. 이런 말 하면 우습지만, 당시에는 제가 비교 대상도 안 된다고 생각한 여자하고요. 나이도 더 많고 얼굴도 별로였어요. 자존심도 상하고 엄청 충격을 받았죠. 그런데 남자 친구가 그 여자하고 정리할 생각을 안 하는 거예요. 오히려 저한테 그러더라고요. 헤어지자고. 그래서 제가 물어봤어요. 그 여자 어디가 좋냐고. 그 친구가 잊지 못할 말을 했어요. 전 여자 몸이 아니래요. 가슴도 말랐고 아래도 말랐대요. 적어도 그 여자는 풍만한 가슴으로 자기를 안아주고 젖어 있는 그곳으로 자기를 받아준대요."

갑자기 등장한 노골적인 고백이 싸늘한 손으로 변해 내 목을 조르는 것만 같았다. 뭐라고 해줄 얘기가 없었다.

"그 뒤로 몇 번 충동이 일었어요. 가슴 성형에 대해서요. 그런데 항상 자의식이 충동을 눌렀어요. 수술이라는 행위가 어떤 굴복처럼 느껴졌어요. 그냥 지금 있는 그대로 나 자신을 사랑해줄 남자는 없을까? 그런 고민을 많이 했어요. 지금은 그런 생각 별로 안 해요. 뭐 이대로도 적당히 행복하게 살 수 있을 것 같아요."

"적당히 행복하게?"

"너무 표현이 염세적이었나? 몰랐어요. 단 한 번의 그 사건이 저를 이렇게 오래도록 짓누를 줄은. 누구나 그렇죠. 콤플렉스, 트라우마의 시작은 놀랄 정도로 단순하고 일상적이고 사소하죠. 특히 남들이 볼 때는. 오빠도 콤플렉스 같은 거 있어요?"

"있겠지. 그런데 꽁꽁 숨겨놓아서 잘 안 보이는 것 같아. 나 스스로에게도."

"좋겠네요. 아닌가? 안 좋은 건가?"

"모르겠다. 나중에 알게 되면 꼭 너한테 얘기해줄게."

"고마워요."

그리고 우리는 스트레이트 잔으로 건배했다.

"참 어렵지?"

"뭐가요?"

"남자하고 여자가 사랑한다는 거. 이 세상에 모래알만큼 널린 게 사랑 타령인데, 막상 내 문제가 되면 참 어려워. 그치?"

"오빠는 사랑도 쉽게 할 것 같은데요?"

내가 사랑을 쉽게 한다고? 1년 동안 유부녀한테 속아서 사귀다가 차인 이야기를 해줄까 하다 말았다.

그 뒤로 우린 조용히 술을 마셨다. 위스키 반병을 비웠다. 취기가 돌았다. 소원은 생각보다 술이 셌다. 눈빛도 몸짓도 전혀 흔들리지 않았다. 오히려 취한 건 나였다. 더 취하기 전에 부탁한 걸 챙기고 싶었다.

"하여튼 연희의 고등학교 때 남자 친구 좀 알아봐줘."

"알겠어요."

"다음엔 내가 술 살게."

"다음엔 우리 투다리 가서 먹어요. 애들처럼."

"재밌겠다. 모듬꼬치랑 레몬 소주랑 시켜놓고."

같은 추억을 공유한다는 건 참 달콤한 일이다.

우리는 더 이상 술을 마시지 않고 남은 위스키를 바텐더에게 맡겼다. 소원은 굳이 자기가 계산을 하고 내 이름으로 술을 맡겼다.

우리는 각자 대리 기사를 불러 집으로 향했다. 내 차 뒷자리 시트에 머리를 기대고 몸의 긴장을 풀었다. 소원이 했던 말이 맴돌았다.

—전 오빠가 지상에서 한 뼘쯤 떨어져 사는 사람인 줄 알았어요.

그 말이 반쯤은 맞다. 대학을 졸업할 때쯤부터 세속적인 가치에 대한 회의감이 극도로 커졌다. 회사에 취직해서 톱니바퀴처럼 일하는 삶, 결혼해서 애 낳고 살다가 서로 펑퍼짐하고 밋밋한 중년이 되는 부부, 젊었을 때는 부모님 기대에 부응하고 나이 들어서는 자식한테 창피하지 않게 살기 위해 자기 욕망을 감춰야 하는 인생 등등 우리가 당연하다고 생각하는 삶의 형태들이 추하게만 보였다.

그래서 나는 어느 쪽도 선택하지 않고 회피하는 삶을 살았다. 어찌 보면 아버지 덕분일 수도 있다. 당장 먹고살 걱정을 해야 할 형편이었다면 현실의 선택과 의무를 회피할 수는 없었을 테니까.

—콤플렉스의 시작은 놀랄 정도로 단순하고 일상적이고 사소하죠.

어쩌면 지금 내 삶의 방식도 콤플렉스 때문 아닐까? 내 안에 꽁꽁 숨겨져 있는.

연희의 죽음 때문에 예전 일을 돌아보니 알겠다. 박대웅이라는 존재가 나에게는 콤플렉스의 시작이었다. 공부도, 운동도, 심지어는 첫사랑마저도 밀렸다. 그러면서 아예 그 녀석하고는 승부조차 할 필요 없는 정반대의 삶을 택했다. 성공을 위한 인생, 쟁취를 위한 인생 반대편에 있는 삶. 서른여섯 살의 나는 지독히도 개인적인 녀석이 되어버렸다. 도시의 불빛 속에 숨어 사는 방관자.

다음 날, 회사에 출근하자마자 소원의 문자를 받았다. 그녀는 약속을 지켰다.

—지상민 현대고등학교를 나왔대요 그 외엔 저도 잘 모르겠어요

현대고등학교를 나온 친구들이 누가 있더라? 잠시 기억을 더듬어보았다. 평소에 친구를 잘 안 만나는 터라 딱히 기억나는 이름이 없었다. 결국 발이 넓은 원석에게 전화를 걸 수밖에. 녀석은 지상민이라는 이름을 알고 있었다.

"걔 현대고 짱이었잖아."

"짱?"

"우리 어릴 때 싸움 제일 잘하는 애를 짱이라고 했잖아. 상민이가 현대고 짱이었어."

"그래?"

"1, 2학년 때는 유명했는데. 고3 때는 그런 것에 시들해지니까 나도 잘 모르겠다. 근데 갑자기 상민이는 왜?"

역시 나는 치밀한 인간은 못 되었다. 그 질문에 대한 대답을 마련해놓지 못한 채 전화를 건 것이다.

"연희 일 때문에. 그냥 그때 일이 궁금해서 좀 알아봤는데, 상민이라는 애가 고등학교 때 연희 남자 친구였대."

잠시 침묵이 흘렀다. 그러다 갑자기 원석이 웃음을 터뜨렸다.

"아, 이 새끼, 진짜 엉뚱하네. 그런 걸 뭐하러 알아봐?"

"나도 잘 모르겠어. 그냥 이상한 것들을 처음부터 하나씩 맞춰가는 중이야."

"뭐가 이상한데?"

"어느 정도 정리가 되면 얘기해줄게. 현대고에 지상민하고 친했던 친구 혹시 없을까?"

"글쎄다. 음…."

원석은 잠시 생각하는 것 같더니 대답했다.

"아, 그래! 지금 신사동에서 이자카야 하는 친구가 있거든? 나랑 중학교 동창. 걔가 현대 나왔는데, 학교 다닐 때 좀 놀았어. 뭐 요즘도 놀지만. 이름은 혁이야. 이혁."

원석에게서 전화번호를 받아 이혁이라는 사람에게 연락을 했다. 남자치고는 가늘고 발랄한 목소리였다. 다짜고짜 전화로 지상민 이야기를 물어보기가 어색했다.

"가게에 나와 계십니까? 잠깐 들러서 여쭤볼 게 있어서요."

"제가 다른 가게를 또 하나 하거든요. 좀 빨리 오셔야 돼요. 밤 9시까지는 이자카야에 있을 겁니다."

전화를 끊고 생각에 잠겼다. 이런 식으로 해서는 원하는 정보를 충분히 얻을 수 없다. 제대로 매달려야겠다는 판단이 섰다.

퇴근하기 전에 편집장을 찾아가 정면 승부를 걸었다. 경쟁 관계에 있는 잡지 〈GQ〉를 읽고 있던 편집장이 잡지를 내려놓고 나를 빤히 쳐다보았다.

"이번 달에 페이지 좀 줄이고, 다음 달쯤 특집을 해보고 싶습니다."

의아한 듯했다. 그도 그럴 것이 지금껏 내가 뭔가를 의욕적으로 시도한 적이 없었기 때문이다. 항상 꼭 필요한 만큼의 글만 쓴다고 해서 정량제 에디터라고 부르기도 했다. 그러고는 아주 불쾌하지는 않게 최소한의 칭찬을 붙였다.

—그래도 우주는 꼭 할 일은 하잖아. 그러지도 못하는 놈들 천지인 세상에 말이지.

"무슨 특집?"

"박대웅이요."

편집장은 멈칫한 표정으로 생각에 잠겼다. 얼굴 앞에 손바닥을 붙인 두 손의 손가락을 까닥거리며. 결정을 내리는 데는 오래 걸리지 않았다. 그의 장점 중 하나다.

"좋은데? 박대웅. 좋아. 어떻게 가려고?"

"우리나라 가요계에서 박대웅의 존재를 평가해볼 생각입니다."

대충 둘러댔다.

"뭐야? 서연희 얘기는 안 들어가고? 차라리 두 명을 같이 놓고 기획해보면 어때?"

"그것도 가능하겠네요."

"아이템 좋다. 하려면 제대로 해봐. 이번 달은 페이지 반으로 줄여줄게."

"고맙습니다. 그럼 들어가볼게요."

사무실을 나왔다. 저녁 7시 정각. 지하 주차장에서 시동을 걸어놓고 이혁에게 문자를 남겼다.

—지금 출발합니다 한 시간쯤 뒤에 뵐 수 있을까요?

마포에서 빠져나갈 때쯤 답문이 왔다.

—네~

이혁이 하는 일본식 선술집 이자카야는 신사역 5번 출구에서 나와 100미터쯤 떨어진 건물 2층에 있었다. 다른 이자카야 체인과 인테리어는 비슷했다. 가게로 들어가자 서빙하는 친구들이 이랏샤이마세~ 하며 일본어로 입을 모아 인사했다. 주인이 어디 있을까, 잠시 살폈다. 주인으로 보이는 남자를 찾기가 힘들었다. 유니폼 차림으로 안주를 나르는 앳된 아르바이트 아가씨에게 물었다.

"여기 사장님하고 만나기로 약속을 했는데, 지금 가게에 계신가요?"

"네. 저기, 아는 분들하고 얘기 중이세요."

그러면서 구석의 넓은 테이블을 가리켰다. 쉽게 알아볼 수 있었다. 모델처럼 늘씬한 아가씨 네 명에게 둘러싸인 사내가 있었다. 배가 볼록 나온 살집 좋은 체형에 수염을 기르고 에드 하디 모자를 썼다. 그가 이야기를 할 때마다 여자들이 까르르 웃었다. 나는 천천히 사내에게 다가갔다. 내 존재를 눈치챈 사내가 시선을 돌려 나를 보았다.

"혹시 이혁 씨 되세요?"

"그런데요?"

"아까 오후에 통화했던 사람입니다. 원석이 친구…." 하면서 말을 흐렸다.

"아! 기자님이라던. 반갑습니다."

그러면서 악수를 건넸다. 맞잡은 손에 대단한 힘이 느껴졌다. 배는 나왔어도 근육 운동은 꾸준히 하는 듯 두툼한 팔 근육이 옷 위로 윤곽을 드러냈다.

"저쪽으로 가서 말씀하시죠."

그는 아가씨들에게 손을 들어 인사하고는 나를 빈 테이블로 데려갔다. 그리고 손짓으로 아르바이트생을 불렀다.

"여기 500 한 잔하고, 기자님은?"

"전 괜찮습니다. 물이나 한 잔 주세요."

"자, 그럼 용건이 뭔지 들어볼까요?"

듣는 사람을 안심시키는 씩씩한 목소리였다.

나는 바로 용건을 꺼냈다.

"혹시 지상민이라는 친구 아세요?"

그의 눈빛이 묘하게 흔들리는 것을 놓치지 않았다. 드러내기 싫은 신체 일부분을 누가 보았을 때와 비슷한 표정이랄까. 그가 고개를 끄덕이며 대답했다.

"알죠. 아주 잘 알죠."

"그 사람에 대해 궁금한 게 있어서요."

"옛날얘기밖에 모르는데요? 고등학교를 같이 나왔죠."

"옛날얘기라도 듣고 싶습니다."

"야, 지상민. 진짜 오랜만에 들어보는 이름이네."

그러곤 아르바이트생이 가져다준 생맥주를 쭉 들이켰다. 남자답게 목젖이 울퉁불퉁 움직였다.

"아, 그 새끼, 진짜…. 근데 뭐가 궁금한 거죠?"

"그냥 전부요."

"전부…. 상민이는 좀 이상한 놈이었어요. 난 처음에 벙어린 줄 알았다니까요. 말이 워낙 없었거든요. 2학년 때 같은 반이었는데, 하루 종일 딴짓만 했어요. 아마 꼴등이었을걸? 나도 공부하고는 별로 안 친했는데, 걔는 아예 개무시를 한 것 같아요. 공부를. 학생이라고 할 수도 없었지요. 그렇다고 노는 것도 아니고, 그냥 종일 가만히 있기만 했어요. 좀 이상한 애들 있잖아요, 왜."

"현대에서 짱이었다고 하던데요?"

"그랬어요. 왜냐하면 내가 두 번째였거든."

그러면서 한쪽 입꼬리를 씩 올려 웃었다.

"내가 첫 번째였는데, 나랑 싸워서 이겼으니까 짱이 됐지."

"왜 싸웠는데요?"

"고삐리들이 왜 싸우겠어요? 걸 때문이지."

그러곤 다시 맥주를 길게 한 모금 마셨다. 거칠게 자란 수염에 맥주 거품이 묻었다.

"얼마 전에 죽은 서연희. 걔가 세화여고를 나왔거든요. 당시 학교에서 좀 잘나간다는 애들은 전부 서연희하고 어떻게 해보려고 눈에 불을 켜고 다녔지요. 나도 말이나 한 번 걸어볼까, 하고 따라가본 적이 있어요. 학교 앞에서 기다리다 슬슬 따라갔죠. 집이 반포인 줄 알았는데 미성아파트더라고요. 뒤를 따라 걸어가는데 어느 순간 상민이가 탁 막아서더라고요. 그러더니 별말도 없이 날 노려보는 거예요. 그때 나랑 그놈이랑 같은 반이었거든. 존나 황당하잖아요. 이 새끼가 갑자기 어디서 튀어나왔나 싶어서, 뭐냐고 물어봤죠. 그랬더니 이러는 거예요, 연희 따라왔냐고."

목이 말랐다.

"저도 맥주 한 잔 시켜도 될까요?"

"그러세요."

나는 아르바이트생을 불러 아사히 맥주를 한 병 주문했다. 내가 병을 따고 첫 모금을 마시자 그가 다시 말을 이었다.

"존나 황당해서 그랬죠, 니가 무슨 상관이냐고. 그랬더니 아, 지금 생각해도 존나 황당해. 갑자기 선빵을 까는 거야. 주먹이 획 날아오는데, 그대로 내 턱에 꽂혔어요. 정신을 차려보니 애들이 골목에서 기절한 나를 깨우고 있더라고. 그 새끼도 사라지고, 연희는 보이지도 않고. 내가 얼마나 빡 돌았겠어요? 그때까지만 해도 나름 현대에서 2학년 짱이었는데. 다음 날 그 새끼를 아주 반쯤 죽여버리려고 했어요. 아침에 등교했더니 새끼가 책상에 엎드려 팔자 좋게 자고 있더라고. 아, 존나 열 받아서 깨웠지. 그리고 옥상으로 데리고 올라갔어요. 붙자고. 그 새끼는 싫다 좋다 말도 안 하고 따라오더라고. 솔직히 말하면, 그때 이미 게임이 끝났던 거지."

"네?"

"눈빛이 존나 무서웠어요. 또래 애들 눈빛이 아니었어. 뭐라고 할까? 아무것도 겁낼 것 없는 텅 빈 눈이랄까? 지금 내 키가 180인데, 그때도 이 키였어요. 지금은 군살이 많이 붙었지만, 그때는 이 덩치에 다 근육이었지요. 상민이는 키도 작고 몸도 마른 편이었는데, 눈을 딱 보니까 내가 완전히 눌리는 거야. 응, 맞아. 혹시 격투기 봐요?"

"간간이요."

"표도르 생각하면 돼요. 에밀리아넨코 표도르. 격투기 선수치고는 체격이 존나 작잖아요. 근데 자기보다 20센티미터씩 크고 수십 킬로그램씩 더 나가는 거인들하고 붙어도 덤덤하잖아. 상대가 오히려 존나 쫄잖아요. 딱 그런 거였다니까. 그 새끼 눈이 딱 표도르 같았어. 겁도 없고, 그렇다고 독기도 아니고, 그냥 텅 빈 눈. 시커먼 바다같이 텅 빈. 옥상에 올라가서 딱 마주 섰어요. 그 새낀 독고다이로 혼자 왔고 나는 친구들이 뒤에 쭉 섰는데, 안 되겠다 싶은 거야. 그래도 어떻게 해요? 그냥 붙었지. 게임이 안 됐어요. 난 애들 싸움인데, 그 새낀 무슨 특전사 무술을 하는 것 같았다니까. 날아다녔어요. 난 그 새끼한테 손도 못 대고, 그 새낀 날 때리지도 않고 휙휙 피하기만 했어요. 완전히 날 갖고 놀았어. 그러다 내가 힘이 다 빠지니까 내 목을 탁 틀어잡더라고. 아 씨발, 쪼끄만 새끼가 내 목을 끊어버릴 것처럼 조르면서 밑에서 노려보는데 와… 진짜, 이 새끼가 날 죽이면 어떡하지? 싶더라니까."

"그래서요?"

"죽이진 않았지. 그러니까 이렇게 잘살고 있지. 난 한 대도 안 맞았어요. 그 새낀 그냥 내 목을 틀어쥐고만 있었어요. 내가 살려달라고 싹싹 빌 때까지. 창피한 얘기지만 그때 울었어요."

그는 다시 어린 시절로 돌아간 듯 고개를 설레설레 흔들었다.

"난 그 뒤로 한 번도 안 싸웠어요. 상민이는 딱 한 번 더 싸웠지만."

"누구랑요?"

"중동고등학교라고 알죠?"

"네."

"우리 때 중동이 젤 싸움 잘한다고 그랬잖아요. 상민이 얘기가 퍼져서 중동에 들어갔나봐요. 중동 애들이 학교 앞까지 왔었어요. 중동에서 짱 먹는다는 놈이랑 상민이랑 붙었죠. 한강 시민공원에서."

"어떻게 됐는데요?"

"중동 애들이 박살났지. 나도 구경을 갔었는데, 중동 짱이란 놈 거의 실려 갔어요. 상민이는 그냥 싸움만 잘하는 애가 아니었다니까. 말하자면 차원이 달랐어요. 개새끼가 아무리 잘 싸워도, 도사견 챔피언이라도 사자랑 싸워서 이기겠어요?"

"그 정도였어요?"

"적어도 내가 겪고 본 세 번의 싸움은 그랬어요. 그 뒤론 싸운 적도 없으니까 모르죠. 아무도 안 건드렸거든. 상민이도 예전대로 그냥 조용히 지냈고. 왜 그때는 다들 관심사가 다르잖아요. 공부 열심히 하는 애들도 있고 게임에 빠지는 애들도 있고 여자 만나는 애들도 있고 음악 좋아하는 애들도 있고. 근데 정말 상민이는 세상일에 아무 관심도 욕심도 없는 애 같았다니까. 한 번 살아본 사람처럼."

한 번 살아본 사람처럼….

"그럼, 요즘은 뭐하고 지내는지 모르시고요?"

"졸업하고 몇 년 동안은 상민이 얘기 많이 했거든. 별의별 소문이 다 났지. 폭력 조직에 스카우트됐다, 나이트클럽에서 일하는 것 같더라, 심지어 교도소에 갔다는 소문도 있었는데, 다 알 수 없고 옛날얘기지요."

"옛날얘기라고요?"

"죽었거든."

"네?"

"교통사고로 죽었어요. 오래됐는데. 5년쯤 된 것 같아. 장례식장에도 갔다 왔어요. 조문객은 많지 않았지만."

죽었다. 지상민도 죽었다. 미로를 따라 이어진 실을 잡고 가다 갑자기 툭 끊긴 기분이었다. 나는 조용히 맥주를 마셨다. 언제 어떤 분위기에서도 실망시키는 법 없는 아사히 맥주 맛이 썼다. 음, 이제 어떻게 해야 하지? 잠시 고민했다.

"그럼, 혹시 그때 지상민이 왜 그랬는지 기억나세요? 서연희 뒤따라갔을 때 일이요."

"나중에 들었지요. 지상민이 서연희를 보디가드처럼 지켜준다고. 둘이 사귄단 얘기도 있었는데 몰라요? 원석이 친구면, 구정 나왔어요?"

"네. 구정 나왔어요."

"그럼, 기자님도 박대웅을 알겠네. 그때 박대웅이랑 서연희가 사귄다는 소문도 있었는데. 기억 안 나요? 뭐 하긴 예쁜 애들은 그런 소문이 잘 도니까. 이제 다 옛날얘기 아니겠어요?"

그러면서 남은 맥주를 다 비우고 왼쪽 손목에 찬 태그 호이어 시계를 힐금 보았다.

"이제 또 가봐야겠네. 청담동에 바를 하나 오픈해서. 언제 한 번 오실래요?"

"그러죠. 위치가?"

그는 디젤 청바지 뒷주머니에서 지갑을 뽑았다. 그리고 바 이름과 자기 이름이 들어 있는 명함을 건네주었다. Kish.

"키쉬. 바 이름이 멋진데요?"

"원석이랑 같이 한 번 와요. 자식 얼굴 본 지도 오래됐네."

그리고 사내는 먼저 가게를 떴다. 나에게 아사히 맥주 한 병을 무료로 더 서비스해주고. 성과는 있었다. 압구정 소년들의 추억과 엮여 있는 또 하나의 인물을 알게 되었으니까. 비록 죽었다고는 해도.

나는 일주일 내내 이번 달 잡지에 실릴 글을 쓰느라 바빴다. '트위터 발언들로 보는 연예인들의 정신세계'라는, 극도로 트렌디하고 다소 선정적인 아이템이었다. 고민보다는 말장난이 필요한 글을 가볍게 써내려 갔다. 기사 초안을 대충 마무리하고 홀가분한 기분으로 사무실을 나섰다. 금요일이었다. 약속은 없고 집에 바로 들어가서 영화나 한 편 볼까 하다 간단하게 한잔하고픈 마음이 들었다.

이혁이 한 번 와보라던 바 키쉬에 들를까 했다. 처음 가면서 혼자인 게 신경 쓰여 그냥 홍대에 있는 바에 들렀다. 럭키 스트라이크. 테이블 두 개와 소형 바 그리고 컴퓨터로 음악을 직접 골라 담아 틀 수 있는 MP3 시스템이 전부인 초미니 바였다. 단골은 아니었다. 편집장이 단골이다. 몇 달 전 잡지사 회식 때 편집장이 가게를 통째로 빌린 덕에 알게 되었다. 그 뒤로 딱 한 번 더 왔었다.

얼마 전 깜놀 유부녀 선언을 하고 떠난 여자 친구와. 연희가 죽기 바로 전날이었다. 우리는 술을 무척 많이 마셨고, 잘 기억도 나지 않는 사소한 일로 심하게 다퉜다. 지금 생각해보니 나하고 정을 떼려고 일부러 시비를 건 게 아닌가 싶다. 나쁜 년.

바에는 사람이 별로 없었다. 테이블에 한 팀, 바에 연인 한 쌍. 워낙 작은 바라 그래도 비어 보이지 않는다. 나는 연인들과 한 자리 떨어진 바에 앉았다.

"오랜만에 오시네요."

하얀 얼굴의 젊은 바텐더 청년이 반갑게 인사를 건넸다. 지난번 왔을 때는 기억 못했는데. 바에서 말다툼하던 진상 손님으로 기억하는 건가?

"네."

나는 눈인사를 하고 단츠카 보드카를 한 병 주문했다. 크랜베리 주스와 함께 얼음을 넉넉히 넣어 두세 잔 마셨다. 금방 취기가 돌았다. 음악을 신청하지 않고 그냥 있었다. 내 옆에 앉은 커플 중 남자가 연달아 올려놓는 음악이 꽤 괜찮았다. 레드 핫 칠리 페퍼스(Red Hot Chili Peppers), 월플라워스(The Wallflowers) 등 주로 1990년대 중반의 멜랑콜리한 정서가 묻어 있는 록 음악이었다.

얼마 지나지 않아 알 수 있었다. 내 옆에 앉은 커플의 관계를. 남자는 마흔쯤 된 유부남이고 여자는 대학원에 다니는 학생이었다. 남자의 직업은 일반 회사원인 듯했다. 평소 같았으면 관심도 없었겠지만 얼마 전 있었던 가슴 쓰라린 사랑 놀음의 추억 때문에 나도 모르게 귀를 기울이게 되었다.

"사랑은 그냥 사랑만으로 충분한 거 아냐?"

지랄하네. 남자 입에서 그런 대사가 튀어나왔을 때 순간적으로 울컥했다. 틀린 말도 아니고 그렇다고 맞는 말도 아닌, 해도 되고 안 해도 되는, 믿어도 되고 안 믿어도 상관없는 개소리. 여자는 감정에 휘말린 듯 울고 있었다. 정말로 좋아하겠지. 그러니까 번거롭기 짝이 없는 불륜의 방식을 감수하고도 만나겠지. 불법적인 욕망의 교환이라 할지라도, 주변 사람들에게 상처를 준다 해도, 좋아하는 건 좋아하는 거니까.

불륜 커플에게 신경을 끄고 고개를 들어 앞을 보았다. '럭키 스트라이크'라는 바 이름은 담배 브랜드에서 이름을 딴 것이다. 하얀 원에 붉은 테두리를 친 럭키 스트라이크의 담배 로고 네온등이 앞에 붙어 있었다. 그 주변으로는 손님들이 각국 지폐에 메시지를 적어 스테이플로 박아놓았다. 문득 구석에 붙어 있는 500페소짜리 지폐에 눈이 갔다.

—너와 함께하는 눈부신 시간

그녀 글씨였다. 지난번 싸우기 전에 분위기 좋을 때 적어서 붙인 것이다. 여름에 함께 떠났던 세부 플랜테이션 베이 여행 때 쓰고 남은 필리핀 지폐에 적은 글이다.

넌 정말 날 좋아하긴 한 거니?

내 전 여친 정아에게, 속으로 물었다. 당연히 대답이 없었다. 지금쯤 남편 옆에서 사과를 깎고 있을까? 나에게 해줬던 것처럼 페니스를 천천히 빨아주고 있을까? 질투심 혹은 그 비슷한 감정도 없다. 그냥 좀 짜증이 날 뿐이다.

사랑은 눈 내린 풍경과 같다. 처음엔 눈부신 시간뿐이다. 그러나 시간이 지날수록 회고 순결한 부분은 줄어들고 진창으로 질척거리는 부분이 늘어난다.

스타가 전설로 남기 위한 유일한 방법이 요절이듯이 사랑도 온전히 눈부신 기억으로만 남으려면 아직 열렬히 사랑할 때 돌아서야 하는 것일까?

술에 더 취하면 정아에게 전화를 걸지도 모른다는 생각이 들었다. 아직 미련이 있다면 모를까 그런 마음도 아닌데 괜히 취기에 쓸데없는 짓을 해선 안 된다. 혹이라도 그녀와 또 만나고 싶은 생각조차 전혀 없으므로.

성욕이 두렵긴 하다. 그녀와의 섹스는 베리 굿이었으니까. 알코올로 자극된 성욕 때문에 연락을 할 수도 있다. 그래도 술을 더 마셨다. 조금 더 취한 상태가 되자 영상이 떠올랐다. 이상하게 얽혀 있는 10대들의 모습. 한 명은 옆 학교까지 소문이 날 정도로 예쁜 소녀. 또 한 명은 압구정동에서 알아주는 킹카 우등생. 또 한 명은 정체불명의 은둔형 소년. 이상해. 아무리 생각해도 말이 안 돼. 핸드폰을 꺼내 초기 화면에 떠 있는 메모장을 펼쳤다.

─남자로선 좋아할 수 없는데 만나야만 한다

소녀는 자신의 베프에게 그렇게 말했다. 우등생에 대한 심정을 털어놓은 것이다. 그리고 사실은 다른 아이, 모두가 이상하다고 여기던 상민을 좋아했다. 그런데 훗날 슈퍼스타가 된 그녀는 '좋아하지 않으면서도 만나야 했던' 대웅과 사귀었고, 상민은 교통사고로 세상을 떠났다.

그러고 보니 상민이 죽을 때쯤 연희와 대웅이 결혼을 했다. 5년 전이라고 했지? 우연일까? 그때 세 명에게는 무슨 일이 있었던 걸까?

나는 반병 조금 더 남은 단츠카 보드카를 바텐더에게 맡기고 럭키 스트라이크를 나섰다. 그러고 보니 지난주에 소원과 함께 갔던 삼성동 스카이라운지 마르코 폴로에도 꽤 많이 남은 잭 대니얼을 맡겨놓았다. 도시 곳곳에 내 위스키가 있구나. 여러 명의 애인이 기다리는 것처럼.

일주일 동안 경찰서 기록을 구하느라 뛰어 다녔다. 인맥이 두터웠다면 훨씬 더 일이 쉬웠겠지만 나에게 친구로서 부탁할 수 있는 사람은 원석과 윤우밖에 없었다. 인맥이 두터운 둘을 통해 건너 또 건너 부탁한 끝에 겨우 자료를 얻을 수 있었다. 송파경찰서에서 받은 5년 전 사고 기록이었다.

지상민이 타고 있던 자동차가 운전 부주의로 해안도로 가드레일을 들이받고 아래로 추락했다. 차량은 전소되었다. 유족 확인 끝에 사망 처리. 끝.

이상하리만큼 간단했다. 놀랍게도 보험 관계도 없었다. 차량은 대포차 1.5톤 트럭. 내친김에 사고가 났던 도로를 직접 가보았다. 강릉에서 아래쪽으로 이어진 7번 국도에서 울진까지 100킬로미터 정도 남은 지점이었다. 차를 세울 곳이 없어 한참 아래까지 내려갔다. 노란선 안전 구역에 차를 세우고 사고 지점까지 걸어 올라갔다.

사고 현장 사진을 눈앞의 지형지물과 맞춰보니 지상민의 트럭이 가드레일을 뚫고 떨어진 바로 그 지점을 찾을 수 있었다. 그 지점은 완만한 커브였다. 사고 다발 지역도 아니었다. 사고 날짜가 4월 초였으니 휴가철도 아니다. 7번 국도의 차량 통행이 가장 적을 시즌이다. 이 정도면 초보 운전자가 졸면서 운전해도 큰 사고는 나지 않을 조건이다. 이혁에게 들은 지상민의 캐릭터라면 '어리버리하게' 운전 미숙으로 이런 도로에서 추락사를 당할 리 없었다.

눈앞에는 동해의 파도가 기세등등하게 몰아치고 있었다. 겨울 바다는 여름 바다보다 힘이 세니까. 옛날 유행가 가사의 한 구절 같은 말이 입 밖으로 나왔다.

"파도야 너는 알고 있니? 지나간 사랑의 비밀을?"

서울로 돌아와 사건을 담당했던 경찰에게 연락했다. 지금은 형사계에 있는 그 경찰은 5년 전 교통계에 있을 때 처리한 그 사건을 기억조차 못했다.

"그럼, 하나만 더 물어보겠습니다. 혹시 음주 운전이었나요?"

"기억 몬한다니까 뭐를 자꾸 물어봅니꺼? 그리고 음주 운전이었으면 사건 기록에 떡하니 남습니더. 서류 갖고 있다믄서요? 거기 음주라고 안 적혀 있으면 아닌 깁니더."

음주 운전 가능성도 없다. 결국 지상민은 가뜩이나 복잡한 문제에 의

문점만 하나 더 추가하고 사라져버린 셈이었다.

　연희가 죽은 지 벌써 3주가 지났다. 경찰 수사는 이렇다 할 진전을 보이지 못했다. 가족이 아닌 다음에야 아무리 대단한 죽음도 한 달이면 지나간 일이 된다.

　매체마다 가장 앞에 내세우던 그녀의 소식은 슬그머니 뉴스에서도 신문에서도 자취를 감췄다. 대신 또 하나의 연예계 빅뉴스가 터졌다. 물론 연희의 죽음처럼 저녁 뉴스의 헤드라인으로 나올 만한 사건은 아니었다. 그래도 연예 섹션에서는 헤드라인을 차지할 큰 사건이었다. 이번에도 그 사건의 중심에는 박대웅이 있었다.

꼭두각시의 조종자
Master of Puppets–Metallica

작년부터 루머가 있었다. 인기 절정의 남·녀 아이돌 그룹, B2B의 리더 남태범과 G2G 멤버 세희의 열애설. 심지어 둘이 성행위하는 장면을 찍은 동영상이 있다는 소문도 돌았다. 소속사인 ESP 측에서 의혹 기사를 낸 기자를 허위 사실 유포로 고소하고 절대 사실 무근임을 강경하게 주장함으로써 소문은 수그러드는 듯했다. 그리고 왕비의 죽음으로 신하들의 연애설은 수면 아래로 묻혔다.

그러나 세상을 떠난 왕비의 애도 기간이 지나자 세상에 남아 있는 신하들의 문제가 다시 불거진 것이다.

―B2B 리더 남태범, G2G 멤버 세희 동반 탈퇴!

―태범 세희 동반 탈퇴? 탈퇴인가 방출인가?

—B2B와 G2G를 둘러싼 소문과 진실들

ESP 측에서 태범과 세희의 탈퇴를 전격적으로 발표했다. 모든 포털의 메인 화면에 둘의 탈퇴와 관련된 뉴스가 떴다. 청담동 ESP 본사 앞에서 양쪽 팬클럽 수백 명이 모여 밤을 새며 항의하는 바람에 경찰까지 출동하는 해프닝이 빚어졌다. 심지어 미국 시애틀에 있는 ESP 인터내셔널 본사에까지 교포 팬들이 몰려가 침묵 시위를 벌이는 장면이 뉴스에 나오기도 했다.

ESP 측에서 밝힌 두 명의 탈퇴 이유는 다음과 같았다.

태범은 회사 전체의 명예와 이익에 반하는 태도를 고치지 않았기 때문에.

세희는 어린 나이부터 시작한 연예계 생활에 심신이 견딜 수 없이 약해져서.

그 이유에 잠자코 수긍하는 바보는 아무도 없었다. 기자는 물론 일반 팬들도. 다들 예전의 루머를 기정사실로 받아들이는 분위기였다. 둘이서 연애를 하며 찍은 몰카 유출설.

그렇다면 여기서 또 의문이 생긴다. 몰카의 존재 여부. 요즘같이 인터넷이 발달한 때에 몰카 유출설이 나올 정도면 동영상이 어디선가 발견되어야 할 텐데. 하다못해 캡처 화면이라도 떠돌아 다녀야 하는 것 아닌가? 자료는 하나도 없이 소문만 무성한 꼴이었다. 혹시 동영상을 확보한 누군가가 ESP를 상대로 거액의 거래를 한 것 아닐까? 누가 그랬을까? 몰카의 특성상 처음부터 제삼자가 찍었을 리는 없는데.

그동안 몰카 때문에 스캔들이 났던 사건을 되짚어보았다. 미국이나 일본에서는 이런 사건이 너무 많아 일일이 예를 들기 힘들 정도다.

비교적 최근에 일어난 가장 큰 스캔들은 중국의 진관희 스캔들이었다. 홍콩의 인기 배우 진관희가 장백지를 비롯한 톱 배우들과 찍은 사진이 유출되어 퍼진 희대의 스캔들이었다. 과정은 이랬다. 대단한 카사노바였던 진관희는 수많은 여배우와 연애하고 섹스를 즐겼다. 그에게는 독특한 취미가 있었는데, 침대 위에서 사진 찍기를 좋아했다는 것이다. 행위 전후는 물론이고 행위를 하는 중에도. 그는 자신의 개인 노트북에 그 사진 자료를 고스란히 모아놨는데, 노트북을 수리하던 수리공이 사진을 보고 인터넷에 올리면서 스캔들이 터졌다.

파장은 엄청났다. 진관희 본인은 연예계 영구 은퇴를 선언하고 홍콩을 떠났다. 그와 함께 섹스 사진을 찍은 여배우 중에는 이미 다른 배우 사정봉과 결혼 생활을 하던 장백지도 있었다. 국내에서도 〈파이란〉의 청순한 이미지로 인기를 얻은 장백지였기에 국내 팬들의 충격 또한 컸다. 그 밖에도 매기큐, 소아헌, 진문원, 서문락, 등려흔, 주려흔, 황완국, 옹채아, 용조아, 채의림 등 중화권 톱스타 여배우들의 섹스 사진이 유출되었다. 특히 매기큐는 다니엘 헤니의 전 여자 친구로도 유명해 화제가 되기도 했다.

국내에서도 연예인의 동영상 유출 사건이 여러 번 있었다. 가수 백지영, 영화배우 오현정 등은 본인에게도 큰 상처였겠지만 수많은 팬들을 놀라게 했다.

나는 평소 알고 지내던 일간지 연예 담당 기자를 떠올렸다. 편집장의 지인인데 작년 연말 회사 송년회 파티에 들렸던 사람이다. 나이는 나랑 동갑. 기자 생활을 10년 넘게 했으면서도 아직 뽀얀 피부를 유지해 나이보다 어려 보이는 편이었다. 편집장의 말에 따르면 화려한 특종 경력이 있는 기자라고 했다. 그쪽에서는 유명한 모양이었다. 그리고 내 기사를 많이 읽어봤다며 던진 칭찬도 아직 기억에 남아 있었다.

─에디터님의 글에는 든적스러운 감정이 안 묻어 있어서 좋아요. 일반 기사야 그냥 팩트만 쓰면 되는 거라서 그럴 일이 별로 없지만, 잡지의 기획 기사들은 에디터의 호불호가 묻어나게 마련이거든요. 근데 현 에디터님의 글을 읽다 보면 묘해요. 분명히 좋은 건 좋다 싫은 건 싫다고 말하는데도 차갑게 느껴지거든요.

─그런데 든적스럽다는 게 정확히 무슨 뜻이지요?

─하하. 어려운 걸 물어보시네. 저도 예전에 사전을 찾아본 적이 있어요. 치사하고 더러운 데가 있다, 이런 뜻이래요. 제 말은 이거예요. 에디터님은 자신의 관점을 담담하게 보여줘요. 혹시 나하고 관점이 다른 사람이 읽고 싫어하면 어떡하지? 이런 두려움이 없는 거죠. 그런 두려움이 있을 때 글이 든적스러워지는 거죠. 당당하게 호불호를 밝히지 못하고 글 속에 숨어서 비겁하게 기호를 드러내는 거죠.

핸드폰에 번호를 저장해둔 기억이 났다. 나만큼이나 특이한 이름 덕에 쉽게 찾을 수 있었다. 그녀의 이름은 은미향.

"본인 둘을 제외하고 유일하게 동영상을 확보한 제삼자가 있다면? 그리고 그 사람이 ESP에 엄청난 딜을 제시했다면? 그 딜이 끝나고 더 이상의 흔들림을 막기 위해 두 사람을 전격 방출했다? 겉으로는 본인들의 자진 탈퇴 모양새를 취하면서. 이런 식의 가정을 생각해볼 수 있죠."

은 기자는 똑 부러지는 성격을 보여주듯 말투도 똑 부러졌다. 일리 있는 가정이었다.

평일 저녁 된장녀 된장남들로 붐비는 도산공원 입구 노천카페에서 그녀를 만났다. 그녀도 서연희의 죽음부터 이번 사건까지, 박대웅과 ESP와 관련된 일련의 미스터리에 왕성한 식욕을 보였다. 나는 박대웅과 서연희의 친구로서 단순히 개인적 호기심 때문에 여쭤볼 게 있다며, 만나기 전에 미리 방어막을 쳐두었다.

"둘이 연애하는 게 그렇게 문제였을까요? 몰카 유출이라면 차라리 그냥 연애한다고 밝혀버리고 수습해도 됐을 텐데요?"

내가 물었다.

"세희가 아직 어리잖아요. 이제 열여덟. 미성년자잖아요. 아이돌 그룹의 미성년 멤버 문제가 말이 많고요. 이런 상황에서 세희의 섹스 비디오 루머는 엄청 골치 아팠을 거예요. 안 그래도 어린 애들 데리고 와서 제대로 보살피지도 않고 연예계 물만 들여놓는다는 비판이 비등한데 말이에요."

"그래도 탈퇴시키는 것보다는 낫지 않았을까요?"

"태범이는 좀 다루기 힘들었나보죠. 문제를 일으킨 게 처음은 아니잖아요."

그렇다. 태범이 이슈가 된 건 세희와의 스캔들이 처음은 아니었다. 1년쯤 전 자신의 미니 홈피에 올린 글 때문에 홍역을 치른 적이 있었다.

—어른? 나는 어른이 되지 않을 거다. 가증스러운… 필요 없다. 꺼져라. 죽어라. 죽여버리고 싶다.

그 글이 기사화됐을 때 엄청난 비난 여론이 쏟아졌다. 기성세대에 대한 무조건적인 증오로 해석되었다. 그를 지지하는 소녀 팬들은 상관없었지만 대부분의 성인은 심각한 우려를 표명했다.

사실 그 글은 2년 전, 그러니까 문제가 터진 시점에서 1년 전에 쓴 글이었다. 그런데 그 글을 한 기자가 보고 기사화한 것이다.

그를 비난하는 여론의 논리는 간단했다. 이렇게 폭력적이고 비뚤어진 가치관을 가진 사람이 청소년들의 우상이 되어서는 안 된다는 논리였다. 공인으로서 가져야 할 최소한의 절제를 모르는 수준 이하의 인간이라며 욕설이 쏟아졌다. 게다가 서태지와 DJ DOC가 기성세대에 반항하던 패턴을 어설프게 따라했다는 비난도 잇따랐다.

논란의 주인공 태범은 침묵을 지켰다. 사과도 변명도 하지 않았다. 대신 ESP 측이 회사 차원에서 사과문을 발표했다. 활동을 접고 몇 달간 자숙하겠다, 더 성숙한 모습을 보여드리겠다는 게 사과문의 요지였다.

은 기자가 말을 이었다.

"좀 냉정하게 말해볼까요? 사실 박대웅으로서는 B2B랑 G2G는 써먹을 만큼 써먹었어요. 벌써 3년째잖아요. 뭐 앞으로 1년 정도는 전성기를 유지하다 슬슬 처지겠죠. 아무튼 본전은 뽑고도 남았을 거예요. 친구라니 잘 아실 거 아니에요? 박대웅은 지독할 정도로 비즈니스맨이잖아요. 아마 일단은 멤버를 보충하겠죠. 예전만은 못할 거예요. 두 멤버 모두 팀의 얼굴이나 마찬가지였으니까. 그러다 금방 두 그룹을 대체할 팀을 찍어낼 겁니다. 인형이 망가지면 새 인형으로 바꿔야죠."

나는 수긍하는 의미로 고개를 끄덕였다.

그녀가 푸념하듯 말을 이었다.

"불쌍한 건 그 그룹의 나머지 멤버들이죠. 써먹을 데가 있는 애들은 솔로로 돌리겠지만 나머지 멤버는 그야말로 낙동강 오리알이 되는 거죠. 어릴 때부터 연예인 준비하느라 공부도 못하고 대인관계도 없고 사회에 대해 아무것도 모르는 상황인데, 그냥 버려지는 거죠. 때만 타고 버림받는 인형이 되는 거예요. 몇 년 전에 왕년의 틴 에이지 스타들이 어떻게 지내는지 기획 기사를 써본 적이 있어요. 취재하다가 깜짝 놀랐어요. 어릴 때 연예인 생활을 하던 아이들 중 20대가 넘어서도 연예인으로 활동하는 비율은 20퍼센트도 안 돼요. 나머지는 심각한 사회부적응 장애를 겪고 있더군요. 불쌍한 애들이죠."

그녀의 눈빛에 진심이 엿보였다. 그러곤 곧 연약한 동정의 눈빛을 거두고 물었다.

"그건 그렇고. 혹시 서연희 씨 사건에 대해 친구로서 좀 아는 건 없나요?"

일테면 기자 본연의 모습을 드러낸 것이다.

"글쎄요. 어릴 때는 친했죠. 하지만 사회생활하고 나서는 대웅이하고 1년에 한두 번 볼까 말까 했어요. 친구라기보다는 그냥 동창이었죠."

"저는 이런 생각을 문득 해본 적이 있어요. 태범이랑 세희의 스캔들이 어떤 거대한 그림의 일부분이 아닐까, 하는 생각."

그녀의 말에 깜짝 놀라 입에 머금었던 커피를 꿀꺽 삼켰다.

"지금은 가정일 뿐이에요. 그런 의문을 갖는 기자가 저뿐만은 아니겠죠."

은 기자는 묘한 눈빛으로 내 표정을 살피는 듯했다. 마치 뭔가를 알고 있는 사람처럼.

"그래요? 어떤 그림인데요?"

나는 애써 침착한 척 목소리를 유지하며 물었다.

"저 혼자서는 맞출 수 없는 그림이겠죠. 진실에 다가가려면 핵심적인 취재원이 필요하죠. 하지만 저로서는 박대웅 주변 사람들과 닿는 데 한계가 있잖아요. 쉽지 않겠죠. 경찰이 달려들어도 CCTV에 찍힌 박대웅하고 똑같은 사람이 누군지, 그것 하나 밝혀내지 못하고 있는 걸 봐요. 뭐 어쩌면 실제로는 다 개별적인 사건일 뿐이고, 거대한 그림이라는 제 추측은 말 그대로 추측일 뿐일 수도 있겠지만요."

"그렇군요."

나는 무의미한 말을 중얼거렸다.

"에디터님은 그런 생각 안 해보셨어요? 당장 드러난 정황만 봐도 평범한 사건은 아니잖아요. 게다가 친구들 사건인데. 넓게 보면 에디터님도 이쪽 사람이잖아요?"

이쪽? 뭘 뜻하는 말인지 물어보려다 말았다. 어쩌면 '기자'라는 직업으로 나를 한 울타리에 묶으려는 것 아닐까.

"이번 달에는 어떤 기획이에요?"

은 기자가 말을 돌렸다. 트위터 이야기를 하려는데, 문득 그녀의 다음 말이 날아들었다.

"박대웅과 ESP에 대해 쓰시면 좋은 기사가 나올 것 같은데."

돌연 불쾌해졌다. 이 여자가 어떻게 알고 있는 거지? 그냥 단순히 넘겨짚은 건데 내가 과민 반응을 하는 건가? 이런 게 특종 기자의 직감이라는 건가? 약간 무섭기까지 했다. 팔뚝에 소름이 돋았다.

태범의 기성세대 비하 기사를 처음 쓴 기자는 누구였을까? 사건 전후에 올린 홈피의 글도 아니고, 한참 지난 글을 찾아내 인용한 이유는 뭘까? 혹 ESP에 대한 악감정 아니었을까? 그 기자는 나도 은 기자도 모르는 뭔가를 알고 있지 않을까? 은 기자의 표현을 빌리면 큰 그림의 퍼즐 한 조각을 쥐고 있지 않을까?

은 기자에게 물어보려다 말았다. 내가 적극적으로 파고든다는 인상을 주기 싫어서였다. 그러다 괜히 엮일 수도 있다. 나는 대단한 특종을 잡으려고 이러는 게 아니다. 다만 진실을 알고 싶을 뿐이다. 그녀와는 목적지가 달랐다.

"이 얘기를 해드려야 되나, 말아야 되나?"

그녀가 미간에 힘을 주었다.

"하세요."

"증권가에서 많이들 보는 정보지 알죠? 미확인된 루머들을 모아놓은. 절반은 사실로 확인되고, 절반쯤은 아니면 말고 식이죠."

"그런데요?"

"이번 주 정보지에 이런 루머가 있었어요. 태범이가 B2B에서 쫓겨난 진짜 이유."

그녀의 눈이 반짝거렸다. 나는 침을 삼켰다.

"태범이가 서연희와 그렇고 그런 사이였대요. 기획사 대표의 사모님과. 그걸 박대웅이 알게 된 거죠. 이혼설도 그래서 나온 거고, 이번 탈퇴건도 그것 때문이라는 거죠."

어? 불시에 뒤통수를 세게 얻어맞은 기분이었다. 말도 안 돼. 그건 상상조차 할 수 없는 경우의 수다. 그건 루머가 아니라 외설적인 음해에 불과해.

아, 불경스럽도다!

"안 믿으시네요?"

"기자님은 그걸 믿으세요?"

"글쎄요? 전 반반이라고 할까요?"

그녀에게 그럴 리 없다고 강변하려다 말았다. 머리가 팽글팽글 도는 기분이었다.

다시 주말이 돌아왔다. 토요일 오전, 늦잠에서 깨자마자 소원에게 문자를 남겼다. 답이 금방 오지 않았다. 토요일엔 바쁘다고 했던 기억이 났다. 다시 문자를 남겼다.

　―편하게 통화할 수 있을 때 전화 줘

　나는 홈시어터로 영화를 보며 집에서 토요일 오후를 즐겼다. 아니, 즐기는 기분을 내려고 애썼다.

　저녁 7시가 좀 넘어서 출출해질 때쯤 핸드폰이 울렸다. 소원이었다.

　"전화가 많이 늦었죠?"

　"일은 끝났어?"

　"네. 이제 나가려고요. 배고파 쓰러질 것 같아요."

　"저녁 같이 먹을래?"

　나도 모르게 불쑥 식사 제안을 해버렸다.

　"그래요."

　그녀는 망설이지 않고 순순히 대답했다.

　"야, 아무리 그래도 여자가 한 번쯤 생각해보는 척은 해야지 그냥 된다고 하냐? 토요일 저녁인데 약속 없어?"

　"다행히도 없어요."

　"다행히?"

　"오빠 입장에선요."

　"와아, 대박. 사람 갖고 노냐?"

　"메뉴는?"

　"객관식 나갑니다. 1번. 현우주 셰프가 만드는 올리브 파스타. 2번. 신촌 형제갈비 불고기. 3번. 포베이 월남쌈. 4번. 놀부 부대찌개. 아, 우리는 수능 세대니까 5번까지. 5번은 맥도날드 햄버거."

그녀가 웃음을 터뜨렸다.

"오빠, 어쩜 그렇게 메뉴가 술술 나와요? 아저씨, 여자랑 데이트 많이 해보셨나?"

"고르기나 하세요. 난 아직 제대로 씻지도 않았단 말이야."

"2번으로 할게요. 고기가 당겨. 대신 1번은 다음에 꼭 먹을 테니까 세이브해주세요."

"오케이. 그럼 신촌까지 어떻게 갈까?"

"오빠는 아직 준비도 안 하셨다면서요? 제가 픽업하러 갈게요."

퀵 샤워를 하고 옷을 챙겨 입고 나왔을 때, 그녀의 문자가 도착했다.

—주차장이 복잡해서 홍실상가 앞 도로에 차 세워놓고 있어요 준비되면 전화하세요 아파트 앞으로 갈게요

전화를 하고 내려왔다. 아파트 입구 앞에 비상등을 깜박이며 서 있는 메르세데스 벤츠 E클래스 세단이 보였다. 보기만 많이 보고 처음 타보는 신형이었다. 물론 구형은 많이 타봤다. 그녀는 메르세데스 모델처럼 차하고 잘 어울렸다. 메탈릭 실버 색상도 그녀에게 딱이었다.

—전 여자 몸이 아니래요. 가슴도 말랐고 아래도 말랐대요.

그녀의 전 남친이라던 개자식이 했다는 말이 문득 떠올랐다. 순간 그녀를 보기 민망했다. 소원이 많이 마르고 가슴이 작은 편인 건 사실이지만 그렇다고 여자 몸이 아니라니? 게다가 아래까지 말랐다니. 맙소사. 정말 쌍욕보다 더한 말을 여자에게 했구나. 대체 얼마나 잘난 놈인지 궁

금했다. 보나마나 콤플렉스에 시달리는 루저였을 거야.

"아까 오빠 말 들으니까, 진짜 미친 듯이 불고기가 먹고 싶은 거예요. 나 실컷 먹을 거야."

"먹고 싶은 만큼 먹어. 오빠가 사줄게."

"여자들이 제일 좋아하는 여섯 글자가 뭔지 알아요?"

"글쎄?"

"오빠가 사줄게."

그녀의 말에 나는 소리 내어 웃었다.

"너답지 않아."

"저다운 게 어떤 건데요?"

"의사 선생님 같지 않고. 그냥 철없는 여대생이 하는 말 같잖아."

"칭찬이네요? 여대생 같다는 말."

돌이켜보니 그랬다. 소원은 말투가 늘 그랬다. 똑똑한 척, 점잖은 척 말하는 건 그녀 스타일이 아니었다.

그녀는 부드럽게 가속 페달을 밟았다. 조수석 시트는 너무 단단하지도 너무 물렁하지도 않게 내 몸을 받쳐주었다. BMW의 단단한 세팅보다 한 뼘쯤 더 고급스러운 느낌이었다.

"조 아저씨 기타 연주 들으면서 갈까요? 어때요?"

"좋지. 오랜만이네. 아직도 이런 걸 들어?"

"이런 거라니요? 차에서 들으면 그만이에요."

우리는 기타리스트 조 새트리아니(Joe Satriani)의 산뜻한 2006년 라이브 앨범 'Satriani Live!'를 들으면서 신촌으로 향했다.

소원은 정말로 2인분을 혼자 다 먹었다. 1인분에 2만 원짜리 한우 불고기. 그날따라 불고기가 유난히 부드럽고 달달하긴 했다. 그녀는 하루 동안 가슴 수술 세 개와 코 수술 하나를 했다며 고개를 설레설레 흔들었다.

"욕망이란 건 참 무서워요, 그죠? 예뻐지고 싶다는 욕망 때문에 여자들은 자기 살을 찢고 뼈를 깎잖아요. 어떻게 보면 살 찢고 뼈 깎는 것만큼 무서운 게 없는데. 그러니 다른 욕망 때문에 저지르는 끔찍한 일들도 이해가 돼요."

"듣고 보니 그런 것 같기도 하네."

"아까만 해도 너무 배가 고파서 오빠를 뜯어 먹고 싶을 정도였다니까요."

"설마."

"2차 대전 때 독일과 일본이 행한 극한 상황의 실험들을 보면 정말 본능만이 남은 조건에서 인간이 어떻게 행동하는지 알 수 있죠. 물론 그런 극한 상황을 만들지 말아야겠지만."

"요즘 세상엔 그런 극한 상황이 잘 안 생기잖아."

"맞아요. 하지만 문제가 있어요. 심리학적으로는 많은 사람이 스스로를 극한 상황으로 몰아가죠. 그게 사회화된 방식이나 생산적인 방식일 때는 엄청나게 성공하는 거고, 불법적이거나 소모적인 경우에는 엄청난 범죄나 파멸로 이어지죠."

그녀의 설명에 고개를 끄덕였다.

종업원이 다 먹은 고기 불판을 치우고 수정과를 내왔다. 꽤 맛있었다.

"상민이란 친구에 대해 좀 알아봤어."

"그래요? 어떤 사람인데요?"

"죽었대."

내 말에 소원의 눈빛이 흔들렸다.

"5년 전에 교통사고로."

이혁이라는 사내가 들려준 어린 시절의 놀라운 이야기를 소원에게 고스란히 들려주었다.

"혹시 그 일과 관련해서 짐작 가는 것 없어? 다른 이야기가 있다거나."

"모르겠어요. 그런 관계였다니, 좀 혼란스럽네요. 전 그냥 단순히 비밀스럽게 사귀는 사이 정도로만 생각했거든요. 보디가드처럼 그런 줄은 몰랐어요. 게다가 상민이라는 사람이 그렇게 독특한 캐릭터인지도 몰랐고요. 그런 줄 알았으면 언니한테 만나지 말라고 했을 텐데."

"우연일까?"

"뭐가요?"

"지상민의 죽음. 무보험에 차량은 대포차. 게다가 사고 원인이 운전 미숙이래. 현장에 직접 가봤는데 위험한 코스도 아니야. 운전 미숙이라는 이유는 말이 안 돼."

내 말에 소원도 미심쩍은 표정을 감추지 못했다.

"대단하네요."

"그치?"

"아뇨. 오빠가요."

"내가? 내가 뭘?"

"형사가 따로 없네요. 오빠한테 이런 면이 있을 줄은 정말 몰랐어요."

"지난번에도 그 얘길 하더니."

"그쯤에서 멈출 줄 알았죠."

"멈출 만하면 멈추지. 그런데 계속 이상한 것들이 나오잖아. 그리고 이번에 태범이랑 세희 기사 난 것 봤어?"

"ESP 아이돌 그룹 멤버들이 탈퇴한 뉴스?"

나는 상황을 자세히 말해주었다. 은 기자가 전해준 증권가 정보지의 더러운 루머는 빼고.

"아직 논리는 없지만 연희 사건하고도 관련이 있는 것 같아."

"오빠, 그건 지나쳐요. 음모론이 이렇게 만들어지는 거구나."

지나치다고? 가장 지나친 부분은 빼놓았는데?

"넌 의사고 나는 기자니까."

나는 스스로 기자라고 한 번도 생각해본 적이 없으면서도 그렇게 말했다. 틀린 말은 아니다. 굳이 직업란에 구체적인 직업을 쓰라면 잡지사 기자라고 써야 하겠지.

"너는 사실에만 관심을 갖지만, 나는 사실일지도 모르는 일에 더 관심을 갖게 돼. 태범이하고 세희가 탈퇴한 팩트 외에 또 다른 팩트가 있을지도 모른다고."

"그 얘긴 이제 그만하면 안 돼요?"

소원이 진지한 목소리로 말했다. 그래. 너무 몰입했다. 굳이 소원 앞에서까지 이렇게 할 필요는 없다.

수정과를 다 먹고 갈빗집을 나섰다. 그녀는 배가 부르다며 어린애처럼 투정했다.

"오랜만에 오락이나 할까?"

내가 불쑥 제안했다.

"와, 재밌겠다. 옛날 서당오락실이 생각나요. 그때 떡볶이 먹고 노래방가고 오락실 가고 재밌었는데."

식당 맞은편에 있는 대형 오락실로 향했다. 오락실 손님은 한눈에 봐도 대부분이 학생이었다. 단연코 우리 둘이 최연장자였다.

몇 년 만인지 몰랐다. 예전 여자 친구와 쇼핑몰에서 시간을 때우기 위해 들렀던 게 마지막이었을 게다. 1만 원을 500원짜리 동전 20개와 교환했다. 보글보글 같은 고전 게임부터 HOUSE OF THE DEAD 4, 이니셜 D 최신 버전 등의 게임까지 즐겼다. 메스를 많이 잡아서인지 그녀의 반사 신경은 매우 뛰어났다. 나보다 훨씬 더 잘했다.

소원은 아이처럼 좋아했다. 툭 터놓고 웃고 박수를 치며 재미있어했다.

처음 만났을 때 소원은 열일곱 살이었다. 그때도 지금처럼 밝고 명랑

했었나? 이렇게 예쁜 모습이 예전에는 왜 안 보였던 걸까?

포털의 연예 관련 기사를 훑다 보면 현기증이 난다. 일단 매체도 너무 많고, 수많은 매체에서 또 수많은 연예 기사를 쏟아낸다. 그 막대한 물량에 질리는 것이다.

태범의 기성세대 비하 발언 기사를 검색해보았다. 페이지를 아무리 넘겨도 계속 기사가 등장했다. 제일 먼저 보도한 기자를 찾는 중이었다. ESP에 남다른 관심과 감정을 갖고 있을 거라는 추측 때문이었다.

출근하고 바로 검색을 시작해서 점심을 먹고 오후가 되어서야 원본으로 추정되는 기사를 발견했다.

—어른? 꺼져라. 죽어라. 죽여버리고 싶다 태범 충격 발언

일간스포츠 유지은 기자.

태범의 싸이 홈피를 찾아 들어갔다. 원래 글을 확인해보고 싶었다. 탈퇴 기사가 나간 후로 엄청나게 많은 사람이 방문하는 모양이었다. 그날 하루만도 10만 명 넘는 방문자가 'today'에 찍혀 있었다. 그런데 1촌이 아니면 글을 모두 볼 수가 없었다. 활동하면서 공개한 극소수의 사진들만 볼 수 있을 뿐이었다.

—나 태범이랑 싸이 1촌이다.

미진의 명랑한 목소리가 떠올랐다. 그녀는 꽃미남 아이돌을 좋아했다. 특히 B2B가 데뷔할 때부터 팬이었다. 재작년이었다. 연말에 원석, 윤우, 소원과 함께 만난 자리에서 자랑을 했던 기억이 났다. 원래 태범이 싸이

1촌은 자기가 잘 아는 친구들한테만 열어주는데, 대웅한테 부탁해서 특별히 1촌을 맺었다고.

미진은 두 아이의 엄마였다. 친정 집안처럼 큰 사업을 하는 집안의 장남과 결혼해서 잘살고 있었다. 그녀는 자신이 해야 할 역할을 외면하지도 않고 하기 싫어서 괴로워하지도 않는 적극적인 순응주의자였다. 지인 중에서 그녀에게 열광하는 사람도 없지만 그녀를 욕하는 사람도 없었다. 부모 재산 운운하지 않고 본인 앞으로 있는 재산만 수백억대를 가진 자산가이면서도 소박하게 입고 평범한 30대 여자처럼 이야기했다. 벤츠 S클래스를 타도 될 처지에 항상 국내산 중형차만 고집했다. 집이 삼성동 아이파크의 80평형 펜트하우스라는 점만 빼면 전형적인 중산층처럼 보였다.

전화를 걸었다. 특유의 호들갑스러운 목소리가 전화를 받았다.

"애, 갑자기 그건 왜? 맞아. 아직 1촌이야. 요즘도 가끔 들어가서 보는데. 얼마 전 탈퇴한 뒤로는 홈피에 안 들어오는 것 같던데?"

"오늘 하루만 네 홈피 아이디랑 비번 빌려줄래? 태범이 홈피를 봐야 할 일이 있어서."

잠시 멈칫하더니 그녀가 물었다.

"무슨 일인데?"

"B2B, G2G에 대해 기획 기사를 쓰고 있거든. 다음 달에 실어볼까 해서. 태범이 홈피에 들어가면 생생하게 인용할 글이 많이 있을 테니까."

"그래. 나야 뭐 아줌마 홈피니까 너한테 감출 것도 없어. 전부 애들하고 남편 사진이지 뭐."

"그래, 고마워. 문자로 찍어줘. 비번은 내일 바꿔."

"기사 잘 쓰고. 혹시 대웅이랑 그 뒤로 연락해봤니?"

"아니."

그러고 보니 내가 한 번쯤 전화해볼 수도 있는데. 녀석에게 전화가 한 번쯤 올 법도 한데. 명색이 압구정 친구들이잖아. 물론 나는 서로 연락하지 않은 이유를 알고 있었다.

나는 그를 두려워하고, 그는 나를 하찮게 생각한다.

맞아. 우리는 친구라고 하면 안 되는 사이야.

일간스포츠로 전화를 걸었다.

"연예부 유지은 기자님 좀 부탁드리겠습니다."

유 기자는 취재 중이라고 했다. 내 신분을 밝히고 핸드폰 번호를 얻었다. 바로 전화를 걸었다. 전원이 꺼져 있었는데, 10분쯤 뒤 전화가 걸려 왔다.

"전화하셨나요?"

허스키한 목소리였다. 나는 용건을 바로 꺼내지 않고 내 소개를 했다. 딱 한 시간만 짬을 내줄 수 있겠냐고 부탁했다. 잠시 망설이던 그녀는 며칠 뒤로 저녁 약속을 잡았다.

겨울비가 무겁게 내리는 12월의 저녁이었다. 유 기자의 첫인상은 은 기자와 사뭇 달랐다. 나이도 20대 중반 정도밖에 안 되어 보였고, 말과 행동에서도 사회생활에 익숙하지 않은 티가 묻어났다.

"실례지만 일간에서 일하신 지는 얼마나 됐습니까?"

나는 명함을 주고받고 바로 물었다.

"2년이요."

2년. 아직 신참이라고 할 수 있는 나이다. 스물네 살에 입사했다고 치면 이제 스물여섯이다. 역으로 계산해보자. 그녀가 태범의 홈피 발언을 기사화한 시점이 2년 전. 그렇다면 거의 입사하자마자 쓴 기사라는 얘긴데.

"그나저나 현 기자님 용건은 뭐죠?"

사람이 한 사람을 제대로 알려면 평생이 걸릴 수도 있다. 그러나 그 사람의 심리 상태를 아는 데는 짧은 말 한마디면 충분할 수도 있다. 나는 유 기자의 눈에서 불안을 읽었다.

"기자님이 쓰신 기사에 대해 여쭤볼 게 있어서요."

"어떤 기사요?"

그녀의 말투에서 공격성이 묻어났다.

"2년 전에. 아마 기자님이 막 일간스포츠에 입사했을 때인 것 같은데요, 태범의 홈피 글 기사 기억하시죠?"

입술이 살짝 움직이며 들리지 않는 신음 소리가 새어나오는 걸 분명히 느꼈다. 그녀는 잠시 침묵을 지켰다.

"그 기사가 왜요?"

"궁금한 게 몇 가지 있어서요. 1년도 더 된 글을 어떻게 찾아서 읽으셨어요? 미니 홈피를 샅샅이 뒤져야 했을 텐데?"

"그때는 태범이 최고의 아이돌 가수로 떠오를 때였어요. 미니 홈피 뒤지는 것쯤은 신참 기자로서 충분히 할 법한 수고였죠."

"그래서 1년 전에 쓴 글까지 읽게 됐다? 좋아요. 제가 알아봤는데, 그 글은 1촌 공개 글이더군요. 그리고 1촌 리스트를 보니, 기자님은 없던데요? 태범의 1촌 리스트는 서른 명도 채 안 되고요."

미진의 싸이월드를 통해 태범의 홈피를 샅샅이 뒤졌다. 일테면 만반의 준비를 하고 나온 것이다. 예상치 못한 공격에 유 기자는 헝클어진 표정이 얼굴에 고스란히 드러났다. 바로 다음 펀치를 날려야 한다.

"대충은 알고 왔어요. 편하게 털어놓으시는 게 어떨까요? 기자님한테 피해가 가지 않도록."

아직은 기자라기보다 학생같이 여린 외모의 그녀 눈에 눈물이 고였다. 그리고 뺨으로 눈물이 한 줄기 툭 떨어졌다. 게임 끝.

그녀는 고백을 시작하기 전에 주위를 둘러보았다. 일간스포츠 건물에서 그리 멀지 않은 커피빈 구석 자리였다. 평일 저녁, 손님은 많지 않았다. 신경 쓸 사람이 없음을 확인한 그녀는 예상치 못한 이야기를 털어놓았다.

2년 전 일간스포츠에 갓 입사한 그녀는 한 통의 전화를 받았다. 모르는 번호로 걸려온 전화였다. 남자는 자기 신분을 숨겼다. 그리고 이상한 제안을 했다.

—기자님이 신참에서 단숨에 특종 연예 기자로 점프할 수 있는 기회

를 드리죠. B2B 태범의 홈피 아이디와 비번을 제가 알고 있습니다. 그걸 드리죠. 2009년 2월의 다이어리에 쓴 글을 읽어보세요. 그중에 특종 기삿거리가 될 만한 글이 있을 겁니다.

그리고 남자는 태범의 홈페이지 아이디와 비밀번호를 불러줬다. 5분도 채 걸리지 않은 통화였고, 그것이 한 신참 기자의 인생을 바꿔놓았다.

그녀로서는 거절할 수 없는 제안이었다. 그쪽에서 뭔가 대가를 바라는 것도 아니었다. 무엇보다 일단 견딜 수 없는 호기심이 그녀를 컴퓨터 앞으로 이끌었다. 그리고 태범의 미니 홈피에서 문제의 글을 발견했다.

잠시 망설이긴 했지만 결론은 이미 비밀번호를 누르고 엔터키를 치는 순간 정해져 있었다. 그녀는 기사를 썼고, 데스크는 환호했다. 그리고 다음 날, 그녀의 기사는 가장 많은 조회수를 기록했다. 사내에서는 무서운 신참으로 소문이 났다.

거기서 끝났다면 다행이었으리라.

기사가 나가고 며칠 뒤, 그녀의 집 인터폰이 울렸다. 아파트 경비실이었다. 누군가가 쇼핑백을 맡겼다고 했다. 발신자도 없고 등기나 택배를 통해서 온 것도 아닌, 누군가가 직접 들고 와서 맡긴 쇼핑백이었다. 흔히 볼 수 있는 현대백화점 종이 쇼핑백을 접착테이프로 포장하듯 밀봉했다.

—그냥 청바지에 티셔츠 차림의 평범한 남자던데요? 한 서른쯤 되었을라나? 모자를 푹 눌러써서 얼굴은 제대로 못 봤어요.

경비 아저씨는 쇼핑백 맡긴 사람을 정확히 기억하지 못했다. 그녀는 쇼핑백을 집으로 갖고 올라와 풀어보았다. 5만 원짜리 지폐 100장 묶음이 열 개. 정확히 5000만 원이 들어 있었다. 그리고 포스트잇 한 장.

— 좋은 기사를 썼으니 보너스를 받으셔야죠.

또박또박 눌러쓴 글씨였다.

지뢰를 밟은 듯 두렵고 찜찜했다. 누가 준 돈인지 모르니 돌려줄 수도 없었다. 태범의 미니 홈피를 알려준 사람이거나 최소한 같은 편일 거라는 짐작만 할 뿐이었다. ESP와 경쟁 관계에 있는 기획사가 꾸민 일 아닐까?

거기서 끝났다면 찜찜하면서도 짭짤한 해프닝으로 넘겼을 텐데.

태범의 발언 파문은 예상보다 훨씬 더 크게 번졌다. 태범이 사과를 하지 않고 버틴 것이 일을 더욱 키웠다. 그녀로서도 당혹스러운 부분이었다. 일이 그쯤 되었으면 당연히 사과하고 수습해야 하는데, ESP만 회사 차원에서 대책을 세웠을 뿐 태범은 가만히 있었다. 그가 취한 액션은 딱 하나였다.

"아직도 잊을 수가 없어요. 벚꽃이 한창 날리던 4월 초 봄날이었어요. 휴일이었는데, 동네 헬스클럽에서 운동을 하고 집으로 가는 길이었죠. 빨간색 페라리 스포츠카가 우리 아파트 주차장에 서 있더군요. 서울 외곽에 있는 평범한 아파트에서는 볼 일이 없는 차였죠. 그런데 차 앞에 남태범이 서 있었어요. 그가 내 얼굴을 어떻게 알았는지…. 분명히 멀리서부터 나를 보고 있었어요. 꿈인가 싶었죠. 난 가까이 갈 수가 없었어요. 그냥 무서웠어요. 남태범이 다가왔죠. 평온해 보이는 얼굴이었어요.

바로 앞까지 걸어와서는, 기자님 안녕하세요, 하고 인사를 건네더군요. …그다음에 한 말을 잊을 수 없어요.”

　—저한테 물어보고 기사를 쓰셨으면 좋았을 텐데. 전 미국에서 오래 살아 기성세대라는 단어가 무슨 뜻인지 이번에 처음 알았어요. 제가 그런 욕을 홈피에 쓴 건 기성세대에 대해 한 말이 아니었어요. 기성세대가 뭔지도 모르는데, 어떻게 기성세대에 대해 욕을 하겠어요? 딱 한 사람한테 한 말이었어요. 지금도 그 심정은 변하지 않았기 때문에 거짓 사과 같은 건 할 수 없어요.

　“조심스럽게 물어봤죠. 그 한 사람이 누구냐고요.”

　—말할 수 없어요. 꼭두각시는 시키는 대로 춤을 출 뿐 말을 해선 안 돼요. 인터뷰를 하려고 기자님을 찾아온 건 아니에요. 부탁을 드리려고 왔어요. 다음에 기사를 쓸 때에는 꼭 본인에게 확인을 하고 쓰시길 바라요. 아무렇지 않게 쓴 기사 때문에 누군가는 잠을 못 자고 힘들어할 수도 있으니까요. 이번 일로 정말 기성세대가 싫어졌어요. 기자님은 저랑 몇 살 차이도 안 나는 것 같은데, 너무 어른 같네요. 어른이 되는 건 나이하고는 상관이 없나봐요. 저는 철이 없어서 계속 이렇게 살지도 몰라요. 여전히 아닌 건 아니에요. 두고 보세요. 언젠가는 혼자 일어설 겁니다. 박대웅의 꼭두각시가 아닌 남태범으로.

　“그게 끝이었어요. 그러고는 돌아서서 차를 타고 떠났어요.”

　그 뒤로 그녀는 한 달 가까이 불면증과 대인기피증에 시달렸다. 일주일 동안 병가를 내고 쉰 후 일상생활로 복귀했다. 하지만 그 충격적인 사건과 풀리지 않는 의문이 성격마저 변하게 만들었다. 활달하고 의욕에 차 있던 그녀는 조용하고 조심스러워졌다. 그리고 지금까지 특종은 커녕 특종 비슷한 기사도 제대로 쓰지 못했다. 그러다 이번에 연희의 죽음 그리고 태범과 세희가 동반 탈퇴하는 모습을 보고는 적지 않은 충격을 받은 듯했다.

"일간스포츠는 몇 달 있다가 그만둘 생각이에요. 이 일은 처음부터 저랑 안 맞았나봐요. 쉬면서 무슨 일을 할지 생각해보려고요."

나까지 머리가 복잡해졌다. 잘 맞춰보면 퍼즐이 한 덩어리로 뭉칠 것도 같은데.

"그 뒤로 남태범을 만난 적은 없었나요? 취재하다 보면 마주칠 일도 있었을 텐데."

"딱 한 번 있었어요. 새 앨범 쇼케이스 무대의 기자회견 자리였어요. 절 보더니 웃는 얼굴로 반갑게 인사하더라고요. 그런데 그가 썼던 표현처럼 꼭두각시같이 웃는 얼굴이었어요."

"그렇다면 남태범이 죽이고 싶어 할 정도로 증오한 사람은 누굴까요? 기자님 생각에는요?"

"모르죠. 지극히 개인적인 감정 같았어요. 박대웅일 수도 있죠. 아이돌 중에는 소속사에 대해 계약 등의 불공정한 관계 때문에 불만을 품는 경우가 있거든요. 동방신기도 결국 그 문제로 해체까지 했잖아요."

나는 고개를 끄덕이며 아마도 대웅일 거라고 생각했다. 그렇다면 이유는? 일방적으로 기획사에 유리한 계약 때문에?

"더 여쭤볼 게 없으면 이만 일어나도 될까요?"

유 기자가 물었다.

"저 때문에 마음을 다치셨다면 사과드립니다."

"좋은 기사 쓰시길 바라요."

그녀의 말에서 살짝 가시가 느껴졌다.

"오해하지 않으셨으면 해요. 기사를 쓰려고 뵙자고 한 건 아닙니다."

"그럼요?"

"진실을 알고 싶어서요."

"진실을 알고 싶어서…."

그녀는 내 말을 따라 중얼거렸다. 그리고 내 눈을 똑바로 보며 덧붙였다.

"처음 입사했을 때 선배 기자가 했던 말이 생각나네요. 기자는 기사를 쓰는 데 필요한 것 이외의 진실을 알려고 하면 안 된다. 그때부터 인생이 피곤해진다."

우리 둘 사이에 침묵이 쌓였다. 나는 그녀의 선배가 했다는 말에 공감했다. 이미 많이 피곤해졌다.

"저 혼자 피곤하면 될 일을 괜히 힘든 기억까지 끄집어내게 해서 죄송합니다."

"아뇨. 솔직히 후련해요. 그때 일을 털어놓은 건 처음이에요. 고해성사를 하는 기분이었어요. 그럼 먼저 일어나겠습니다."

그녀가 떠난 뒤에도 나는 조금 더 앉아 있었다.

태범이 연희와 그렇고 그런 관계였다는 루머가 생각나서 괴로웠다. 혹 대웅에 대한 증오심 때문에 의도적으로 연희와 가까워진 건 아닐까? 복수라도 하려고? 도대체 왜 그렇게 증오하게 된 거지? 다른 건 몰라도 그 정도 상황이라면 대웅이 연희를 살해할 동기는 충분하잖아. 그림이 대충 맞아 들어가. 잠깐만. 워워. 이봐, 현우주. 너 지금 그 더러운 루머를 사실로 받아들이는 거야?

식은 커피를 마시고, 당장은 쉽게 생각이 정리되지 않으리라는 걸 깨닫고 난 뒤에야 자리를 떴다.

태범과 세희의 그룹 탈퇴 발표를 한 지 일주일이 지나도록 팬들의 항의는 그치지 않았다. 결국 ESP 측에서 추가로 입장 발표를 했다. 놀랍게도 B2B의 나머지 멤버들이 입장 발표의 주인공이었다.

간단하게 요약하면 다음과 같았다. 리더인 남태범의 독선적인 태도가 팀 활동을 더 이상 불가능하게 만들었고 본인도 그 사실을 인정했다. 그래서 스스로 탈퇴한 것이라고. 남은 멤버들로 더 열심히 활동하겠다는 뜻도 전했다.

팬들의 반응은 싸늘했다. 태범 없는 B2B를 인정할 수 없다는 의견이 대부분이었다. 그리고 팀 활동이 불가능할 정도로 문제가 된 태범의 행동이 대체 무엇인지 밝혀달라는 요구가 빗발쳤다. 그러나 ESP는 더 이상 반응을 보이지 않았다. 지난번 발언 파문 때와 마찬가지로 태범은 입을 꾹 닫고 말이 없었다. 그리고 조용히 미국으로 출국해버렸다.

G2G의 팬도 황당하기는 마찬가지였다. 차이가 있다면, 여자 그룹인 탓에 열성 소녀 팬들이 없어 반응하는 온도가 더 낮았을 뿐이다. 그리고 태범과 달리 세희의 탈퇴 이유는 좀 더 설득력이 있었다. 정확한 단어를 고르자면 설득력보다는 '호소력'이라고 해야겠다. 열다섯이라는 어린 나이에 시작한 연예 활동으로 심신이 지칠 대로 지쳤고 학교도 제대로 마치지 못했다며, 연예 활동을 끝내고 또래 다른 아이들처럼 평범한 삶으로 돌아가고 싶다는 의지를 밝히는 열여덟 살 소녀에게 돌을 던질 사람은 없었다. 계속 인형 옷을 입고 춤춰달라고 부탁하고 싶은 아저씨 팬들도 속으로 아쉬움만 삭일 뿐이었다.

G2G는 세희의 탈퇴와 더불어 미리 준비한 새로운 멤버를 소개했다. 날씬한 몸매에 주먹만 한 얼굴. 당연히 노래도 잘하고 춤도 잘 추는 열일곱 살 소녀. 하지만 솔직히 말하면 세희나 새 멤버나 거기서 거기라는 생각이 들었다.

새로 바뀐 멤버로 새 노래를 발표하고 활동을 시작했다. 아이들은 예전과 다름없이 예쁘게 노래하고 춤추고 윙크하고 미소 지었다. G2G 2 기라는 이름을 붙인 그룹의 첫 무대를 집에서 TV로 지켜보았다. SBS '인기가요'가 컴백 첫 무대였다.

노래도 안무도 나쁘지 않았지만 반응은 확실히 예전보다 떨어졌다. G2G의 경우 국내보다 아시아와 미국 시장을 공략한다는 게 ESP의 전략이긴 했다. 일본에서 활동하는 한류 스타 몇몇을 빼면 국내에서 반응이 별로인 연예인이 해외 시장에서 성공하는 케이스는 많지 않았다.

G2G는 보름달로 차올랐다가 지는 중이었다. 달의 몰락이 내 눈에도 보였다.

TV를 끄고 소파에 몸을 묻었다. 조용히 생각을 정리했다.

질문만 제대로 던지면 해답은 알아서 돌아온다.

진부한 격언을 떠올렸다. 이제 풀어야 할 의문점은 거의 다 나온 셈이다. 방에 들어가서 컴퓨터 자판을 두드리며 시간 순서대로 의혹을 나열해보았다.

— 18년 전, 연희와 대웅, 상민의 관계는?

— 지상민의 죽음은 과연 사고사였나?

— 태범의 미니 홈피 발언을 유 기자에게 제보한 사람은 누굴까?

— 유 기자에게 돈을 전달한 사람은?

— 태범이 언급한 어른 '한 사람'은 박대웅인가?

— 태범과 세희의 열애설과 몰카의 존재는?

— 연희가 죽던 날 CCTV에 찍힌 남자는 누구?

— 태범과 세희가 급작스럽게 그룹에서 방출된 진짜 이유는?

이 많은 질문이 하나의 진실로 연결되어 있을 수도 있고 개별적인 답을 가질 수도 있다. 어쩌면 소원의 말처럼 지나친 의혹일 뿐 표면적으로 드러난 상황이 전부일지도 모른다.

과연 누가 가해자고 누가 피해자인가? 내가 질문을 제대로 던졌다면 답도 제대로 돌아올까?

갑갑한 마음을 달래는 데는 화끈한 음악이 최고다. 미시 엘리엇(Missy

Elliot)의 빵빵한 힙합을 들을까, 인펙티드 머쉬룸(Infected Mushroom)의 초강력 일렉트로닉 사운드에 귀를 맡길까, 랜시드(Rancid)의 펑크 록으로 정신을 살짝 나가게 해볼까 망설이다 고전으로 마음이 기울었다. 진열장에서 진갈색 CD를 골랐다.

메탈리카의 1986년 앨범 'Master of Puppets.' 개인적으로 메가데스의 'Rust in Peace' 앨범, 슬레이어의 'Reign in Blood' 앨범과 함께 스래시메탈의 3대 명반으로 꼽는 앨범이다. 내지르는 보컬, 질주하는 기타 리프, 화려한 기타 솔로, 긴장감 넘치는 리듬 파트 등 스래시메탈이 갖춰야 할 요소를 완벽하게 담고 있다. 이 앨범을 내고 순회공연 중 베이시스트 클리프 버튼(Cliff Burton)이 투어 버스 교통사고로 사망하면서 비극성까지 확보하게 된 전설적인 앨범이기도 하다.

감상실로 CD를 들고 갔다. 30년 된 마란츠 SC-7 프리 앰프와 SM-7 파워 앰프는 물론이고 JBL 스피커도 이런 과격한 음악에는 어울리지 않지만 그래도 감상실에서 듣고 싶었다. 문을 닫으면 암실로 변하는 감상실. 불을 켜지 않고 암흑과 정적 속에서 플레이 버튼을 눌렀다. 첫 곡인 'Battery'를 제치고 타이틀곡 'Master of Puppets'를 들었다. 8분이 넘는 러닝 타임 동안 단 1초도 허비하지 않고 달려주시는 우리 메탈리카 형님들.

요즘 나오는 앰프에서는 볼 수 없는 큼직한 레벨 미터가 헤드뱅잉을 하듯 좌우로 춤을 췄다. 오랜만에 듣는 향수 어린 음악에 나도 모르게 숙연한 기분까지 들었다. 제임스 헤트필드(James Hetfield)의 절규하는 목소리가 밀폐된 공간을 흔들었다.

　—너의 주인에게 복종해. 나는 꼭두각시의 주인이야. 나는 너를 맘대로 조종하며 너의 마음을 비틀고, 너의 꿈을 산산이 부숴버려. 나로 인해 눈이 먼 너는 아무것도 볼 수 없어. 그냥 내 이름을 불러봐. 내가 너의 외침을 들을 수 있게. 주인님, 주인님이라고.

　노래가 끝날 때쯤 주머니 속의 핸드폰이 부르르 떨렸다. 문자가 아니라 전화였다. 방해받고 싶지 않았다. 노래가 끝나고 감상실에서 나와 핸드폰 부재중 통화 기록을 확인했다.

　전화를 건 사람은 꼭두각시들의 주인이었다. 박대웅.

상자 속의 남자

Man in the Box - Alice in Chains

친구로서 대웅과의 마지막 추억을 기억한다. 대학 시험 결과 발표 후 고등학교 졸업식이 며칠 남지 않은 어느 날 밤이었다. 대웅이 전화로 압구정 소년들과 반포 소녀들을 모았다. 꼭 만나야 할 일이 있다면서 주말 낮에 시간을 잡아보자고 했다.

1994년 2월의 어느 날이었다. 우리는 당시 유행하던 떡볶이 코트(코트 앞섶의 단추가 떡볶이 모양처럼 길쭉해서 생긴 별칭)를 유니폼처럼 입고 갤러리아백화점에 있는 커피숍에서 만났다. 대웅 혼자 코트 대신 로커들이나 입을 법한 가죽점퍼에 검은색 게스 블랙진을 입었다. 몸에 착 달라붙는 올 블랙 차림의 로커 이미지가 녀석을 연예인처럼 보이게 했다.

이제 고3이 될 소원을 제외하고는 모두가 대학 생활을 앞두고 세상에서 가장 자유로운 기분에 젖어 있었다. 새로운 시작도 결국 피로와 권태로 오염되게 마련이라는 세상의 이치를 모를 때였으니까. 오랫동안 흥분한 상태로 잡담을 나누었다. 이야깃거리가 떨어질 때쯤 대웅이 용건을 꺼냈다.

"우리끼리 졸업식을 해보는 건 어때?"

다들 무슨 말인지 몰라 대웅의 얼굴만 쳐다보았다.

"며칠 있으면 졸업식이잖아. 그건 학교를 졸업하는 거고. 우리끼리 졸업식을 하자고."

"야, 좀 알아듣게 말해, 인마."

원석이 대웅을 툭 쳤다.

"타임캡슐을 묻자."

대웅이 눈을 반짝이며 말했다.

결국은 아이디어 하나가 세상을 바꾼다. 기발한 아이디어를 던지는 데서도 대웅은 단연 돋보였다. 타임캡슐이라니. 고등학교 졸업을 앞둔 일곱 명의 남녀 고등학생에게 그 단어만큼 근사하게 들리는 말이 있을까? 당연히 다들 찬성이었다. 그 제안이 모두를 신나는 흥분으로 몰아넣었다. 크기는 어떻게 할 것이냐, 어디에 묻을 것이냐, 뭘 묻을 것이냐. 논의는 착착 진행되었다. 대웅은 팔짱을 낀 채 비스듬하게 앉아 그런 우리를 지켜볼 뿐이었다. 대충 의견이 모아질 때쯤 대웅이 결론을 냈다.

"먼저 타임캡슐로 쓸 상자는 내가 준비할게. 아빠 병원에서 쓰는 철제 약품함 중에서 적당한 크기가 있어. 병원 창고에 가면 많으니까 하나 갖고 올게. 그리고 18년 뒤인 2011년에 파보는 거야."

"왜 2011년인데?"

윤우가 물었다.

"우리가 만으로 열여덟 살이잖아. 1975년에 태어났으니까 18년을 산 거지. 그러니까 앞으로 지금까지 살아온 시간만큼, 18년을 더 살고 나서 열어보자는 거야."

더 이상 좋은 의미 부여가 있을까? 녀석의 아이디어는 〈터미네이터 2〉만큼 완벽했다. 대웅이 계속 말했다.

"이렇게 하자. 한 사람당 세 가지를 넣는 거야. 첫째. 지금 자신한테 가장 소중한 물건 중 하나. 너무 크지 않은 걸로. 둘째. 미래의 자신에게 쓰는 편지 한 통. 셋째. 쪽지 하나. 그러니까, 자신의 가장 큰 비밀을 적은 쪽지."

잠시 침묵이 흘렀다.

"쪽지는 왜?"

미진이 물었다.

"그런 말 들어본 적 있어? 지금 당신이 하고 있는 심각한 고민도 5년 뒤에 돌아보면 기억조차 안 나는 시시한 고민이었음을 알게 될 것이다. 비밀도 마찬가지일지 몰라. 재미있을 것 같지 않아? 지금 우리의 비밀이 지금까지 살아온 세월만큼 시간이 흐른 뒤인 18년 후에도 대단한 비밀일까? 그때의 우리 삶에 영향을 주는?"

물어볼 필요도 없었다. 다들 상상만으로도 만족해서 입에 침이 고일 정도였으니까.

"비밀은 한 가지씩만 적어야 돼요?"

소원이 끼어들었다.

"아니. 많이 적어도 돼."

"야, 그럼 나는 책 한 권을 써서 넣어야 돼. 포르노 제목만 해도 수백 개라고."

원석의 농담에 모두 빵 터져서 웃었다.

"타임캡슐에 넣을 기념사진을 찍는 건 어때?"

미진이 제안했다.

"지금 어떻게 사진을 찍어? 그냥 이러고 나왔는데."

연희가 난색을 표했다.

"아냐. 그냥 자연스러운 모습이 좋겠어. 괜히 차려입고 찍으면 나중에 볼 때 엄청 구린 거 알지?"

귀찮은 건 딱 싫어하는 원석이었다. 결국 우리는 갤러리아백화점 맞은편 상가에 있는 사진관으로 갔다.

찰칵. 우리 일곱 명이 함께 찍은, 처음이자 마지막 사진이었다.

그리고 오랜만에 모인 김에 씨네하우스(지금은 없어지고 레스토랑으로 바뀌었다)에서 영화를 봤다. 제목까지는 기억나지 않는다. 다만 상영 도중 내 옆에 나란히 앉은 대웅과 연희가 손을 꼭 잡고 있는 장면을 목격한 순간만은 또렷하게 기억에 남아 있다. 그때도 궁금했다. 도대체 둘 사이는 뭘까? 대웅은 정말 자신의 호언장담처럼 연희하고 잤을까? 둘은 몰래 사귀는 걸까? 그렇다면 왜 공개를 안 하고 몰래 사귀는 걸까?

집으로 돌아가는 길. 나는 버스 대신 혼자 걷는 쪽을 택했다. 버스로는 원앙예식장 앞, 영동대교 남단, 경기고등학교. 이렇게 세 정거장이었다. 걸어가도 20분이 채 안 걸리는 거리였다.

갤러리아 명품관에서 쭉 언덕을 넘어 내려갔다. 3년 동안 매일 지나다 닌 길인데 혼자 걸어본 건 처음이었다. 길 곳곳에 쌓인 봄눈에 비친 햇살에 눈이 시렸다.

타임캡슐에 들어갈 아이템을 준비하느라 그날 밤을 꼬박 샐 뻔했다. 아마 다른 아이들도 그랬을 것이다. 묘하게 흥분되는 일이었다.

제일 먼저, 나에게 가장 소중한 물건 중 하나를 고르는 일부터가 그랬다. 아마 1년 전이었다면 기타였을 것이다. 그런데 이미 그쯤에는 기타에 대한 흥미도 시들해져 있었다. 성인이었다면 자동차 열쇠를 복사해서 넣거나 좀 더 속물적인 인간이라면 집문서를 복사해서 넣을 수도 있겠지. 어쨌든 '물건'을 넣어야 하는 거니까.

결국 CD 중에서 고르기로 했다. 겨우 열여덟 살이던 그 시절에도 나는 200장쯤 되는, 꽤 많은 양의 CD 컬렉션을 갖고 있었다. 지금도 CD 구입하는 것이 제일 중요한 취미 활동 중 하나다. 어느새 3000장 넘는 앨범이 진열장을 빽빽하게 메우고 있을 정도다.

그때 CD는 모두 내 방 한쪽에 보물처럼 늘어세워져 있었다. 그 앞에 서서 어떤 앨범을 고를까 한참을 망설였다. 레드 제플린의 4집 앨범이 유력한 후보였다. 당시까지 내가 알던 최고의 음반이었으니까. 'Stairway to Heaven'이라는 불멸의 명곡 외에도 'Rock n' Roll', 'Black Dog', 'Going to California' 등등 버릴 곡이 단 하나도 없는 앨범이다. 지금도 단 한 장의 록 앨범을 고르라면 단연 그것을 꼽으리라. 그러나 마지막 순간에 내 선택이 달라졌다.

'Hysteria.' 1977년 영국 셰필드에서 결성된 헤비메탈 그룹 데프 레파드의 네 번째 앨범이었다. 샴쌍둥이처럼 뭉쳐진 두 얼굴이 절규하는 그림 위로 녹색과 푸른색을 띤 전자기판 같은 무늬를 화려하게 아로새긴 재킷. 한 시간 조금 넘는 러닝 타임에 총 12트랙.

이 앨범은 드라마틱한 탄생 비화를 갖고 있다. 이전에 발표한 세 번째 앨범 'Pyromania'로 록 스타로서 엄청난 성공을 맛본 직후, 밴드의 드러머 릭 앨런(Rick Allen)이 자동차 전복 사고를 당해 왼팔을 절단하게 되었다. 한쪽 다리 없는 축구 선수를 상상할 수 없듯이 한쪽 팔이 없는 드러머도 그랬다. 하지만 그룹은 불가능한 일에 도전했다. 한 팔로도 칠 수 있는 드럼 세트를 만들면서까지 동지를 버리지 않은 것이다. 그리고 4년이라는 긴 시간이 흐른 뒤 'Hysteria'를 발표했다. 그 어떤 헤비메탈 앨범보다 화려하고 장엄하고 멜로딕하고 힘찬 리듬이 요동치는 앨범이었다.

이 앨범은 또한 수많은 기록을 갖고 있다. 먼저, 이 앨범에서만 일곱 곡의 빌보드 싱글차트 히트곡이 나왔다. 차트 1위를 차지한 'Love Bites' 외에도 2위까지 올라간 'Pour Some Sugar on Me'(지금도 들을 때마다 나를 사춘기 소년처럼 떨리게 만든다), 3위를 기록한 'Armageddon It' 등등 싱글차트 100위 안에 일곱 곡을 올린 유일한 록 앨범이다. 20년이 지난 지금도 그 기록은 깨지지 않았다. 앨범 자체로도 6주 동안 앨범 차트 정상을 지켰고, 현재까지 미국에서만 1300만 장에 달하는 판매고를 올렸다.

데프 레파드는 영국 출신의 평범한 록 밴드에서 최고의 인기를 누리는 슈퍼스타가 되어 세계 순회공연을 했다. 비운의 드러머 릭 앨런은 팔 없는 반팔 소매를 깃발처럼 펄럭이며 남은 한쪽 팔로 특수 제작한 드럼 세트를 두들겼다. 팬들은 그 모습을 보며 눈물을 흘렸다. 그들은 단순한 밴드를 넘어서 록 스피릿의 상징이 되었다. 자기 머리를 라이플로 날려버린 커트 코베인이 'Nevermind' 앨범을 들고 등장하기 전까지는 분명히 그랬다.

이렇게 소름끼치는 드라마는 록 역사상 그리 많지 않다. 그래서일까. 심야 라디오 진행자로 음악 마니아들에게 인기가 많았던 평론가 전영혁은 이 앨범의 해설지를 쓰며 이렇게 끝을 맺었다.

—록은 절대 죽지 않는다(Rock Will Never Dies).

록은 죽지 않았지만, 대신 기타리스트 스티브 클락(Steve Clark)이 죽었다. 이 앨범이 엄청나게 성공한 뒤 마치 그림자처럼 따라온 우울증과 알코올 중독이 원인이었다. 결과적으로는 드러머의 한쪽 팔 그리고 기타리스트의 목숨과 바꾼 앨범이었다.

개인적으로도 그 앨범은 소중한 의미가 있었다. 팝 음악을 처음 듣기 시작한 초등학교 6학년 때인 1987년에 나온 앨범이고, 내 손으로 처음 구입한 앨범이기도 했다. 결국 처녀성의 혈흔이 묻은 그 앨범을 타임캡슐에 담기로 했다.

두 번째로, 18년 뒤 서른여섯 살이 될 나에게 보내는 편지를 썼다. 1994년 초, 당시에는 집에 컴퓨터가 없어 손으로 편지를 써야 했다. 몇 장을 쓰다 구겨버렸는지 모른다. 족히 열 장은 넘게 버렸던 것 같다. 우여곡절 끝에 두 장이 훌쩍 넘는 편지를 썼다. 무슨 얘기를 썼는지는 전혀 기억나지 않는다.

마지막 아이템이 가장 어려웠다. 비밀. 여러 가지를 쓰기로 마음먹으면 편지만큼 길어질 것 같았다. 한 가지만 고르고 싶었다. 아마도 나는 뭘 쓸지 알고 있으면서도 한 시간 동안 끙끙댔던 것 같다. 결국 새벽 4시가 넘은 시간, 모닝글로리 노트를 반듯하게 잘라 답을 썼다. 지금도 또렷이 기억한다. 주어와 술어도 제대로 갖추지 못한, 단 두 단어뿐인 비밀이었으니까.

—사랑해, 연희야

거사 일시(日時)는 졸업식 다음 날 밤이었다. 그것 역시 대웅이 정했다.

"졸업식날 밤에는 분명히 술 취한 새끼들 중에 학교를 찾아오는 놈들이 있을 거야. 유치한 감상에 젖어서 말이지. 다음 날이 제일 안전할 거야."

장소는 대담하게도 학교 운동장으로 정했다. 운동장 한가운데는 부담스럽고 벤치가 있는 쪽, 그러니까 구정중학교와 맞닿은 부분을 택했다. 등나무가 얽혀서 천장처럼 드리운 그 벤치는 구정고등학교 학생들에게는 또 다른 의미가 있는 곳이었다.

야간 자율 학습을 할 때면 교내 커플들이 그 벤치에서 스킨십을 나누곤 했다. 나도 예외는 아니었다. 고3 여름 방학 때 자율 학습을 같이하다 사귀게 된 유진과 종종 벤치를 찾았다. 등받이 없는 벤치가 한 열 개쯤 있었는데, 어떤 경우는 두세 커플이 같은 시간에 벤치에 앉아 키스를 나눌 때도 있었다. 대담한 남학생들은 슬쩍슬쩍 여친의 교복 블라우스 단추를 끄르고 가슴을 더듬기도 했다. 음, 나도 그랬다고, 고백한다.

누구누구가 벤치에서 오럴 섹스를 하더라는 식의 루머도 돌았지만 나는 믿지도 않고 개연성도 적다고 생각한다. 이런저런 이유로 남자애들끼리는 그 벤치를 가리켜 모텔 벤치라고 부르기도 했다.

정확히 밤 9시에 모텔 벤치 앞에 모두 모였다. 각자 세 가지 아이템을 갖고. 대웅은 큼직한 철제 상자를 준비했다. 윤우와 원석이 철물점에서 삽을 두 개 사왔다. 우리는 거사를 앞두고 편의점에서 산 캔 맥주로 축배를 들었다.

"압구정 소년들이여, 세화여고 3총사여, 영원하라!"

대웅이 고등학교 졸업생에게 어울리는 유치한 건배사를 외쳤다. 나름 비장한 기분까지 느꼈다. 우리는 캔 맥주를 부딪치고 한 모금씩 마셨다.

편지와 쪽지는 무슨 내용인지 볼 수 없었지만 애장품은 서로 알 수 있었다. 원석과 윤우, 소원이 갖고 온 물건은 기억나지 않는다. 대웅은 손때 묻은 드럼 스틱을 들고 왔다. 그리고 연희는 반지를 갖고 왔다. 다들 그 반지가 뭔지 궁금해했다.

"아빠가 주신 반지야."

연희의 대답을 곧이곧대로 믿는 사람은 없었던 것 같다. 나도 믿지 않았다. 대웅이 사준 반지 아닐까, 추측할 뿐이었다. 그 순간에도 나는 질투심에 괴로웠다.

철제 상자를 열었다. 갖고 온 물건과 18년 후 자신에게 보내는 편지 그리고 비밀을 적은 쪽지를 넣었다. 헷갈리지 않도록 각자 이름을 쓴 큰 서류 봉투에 소장품을 넣었다. 그리고 맨 위에 며칠 전 찍은 우리의 사진을 봉인처럼 얹었다.

사진 속 우리는 모두 웃고 있었다. 가장 어린 소원이 교복 차림으로 가운데 앉고 그 양옆에 나하고 윤우가 호위하듯 앉았다. 그리고 뒷줄 가운데에 연희가 서고, 그 옆으로 대웅과 원석이 장난스럽게 팔짱을 낀 구도였다.

"자, 그럼 이제 덮는다. 지금 덮으면 우리가 살아온 세월만큼은 못 열게 돼. 다들 오케이?"

대웅이 마지막으로 아이들의 의사를 확인했다. 다들 고개를 끄덕였다.

타임캡슐 뚜껑이 닫혔다. 윤우가 준비해온 나일론 끈으로 상자를 꽁꽁 둘렀다. 미진이 깔끔하게 리본을 묶었다. 이윽고 대웅이 엄숙하게 선언했다.

"자, 약속해. 지금 이 시간부터 이 상자는 아무도 열 수 없어. 18년 뒤,

우리 중 누군가가 먼저 연락해서 모두의 동의를 얻은 다음 상자를 열기로 하자. 오케이?"

모두 고개를 끄덕였다.

"우리 중 누구라도 이 상자를 먼저 열어보는 사람은 없겠지? 만약 그런 사람이 있다면 어떤 응징을 받아도 좋다는 데 동의해?"

이번에도 모두 고개를 끄덕였다.

"죽어도 좋지?"

귀를 의심했다. 대웅은 분명히 그렇게 말했다. 진심인지 장난인지 영화에서 본 장면을 흉내 낸 것인지는 몰랐지만, 내 귀에는 진심으로 들렸다.

다들 심각하게 생각 안 하는지 고개를 끄덕였다. 의식은 모두 끝났다.

소원이 먼저 집으로 돌아가고 여섯 명만 남았다.

원석과 윤우가 땅을 파기 시작했다. 삽날과 땅이 부딪히는 소리 그리고 차가운 공기 속으로 퍼져가던 우리의 입김을 잊지 못한다.

오래 걸리지 않았다. 1미터쯤 깊이로 판 구덩이에 상자를 넣었다. 그리고 흙을 착착 덮었다. 주변 흙 색깔과 다르면 표가 날 것 같아서 마른 흙을 모아 그 위에 뿌렸다. 손전등으로 비쳐보았다. 매우 자연스러웠다.

"자, 된 것 같지?" 하면서 대웅이 타임캡슐 묻은 자리를 발로 밟았다.

마치 사람을 묻기라도 한 듯 가슴이 뛰었다. 묘한 기분에 휩싸였다. 이제 구정고등학교 후배들은 이 위에서 수줍은 첫 키스를 나누고 서툰 스킨십을 하겠지. 꽁꽁 봉인한 일곱 소년 소녀들의 비밀 위에서.

그 뒤로 오랫동안 타임캡슐 생각을 하곤 했다. 다른 아이들은 관심 밖이었고, 대웅과 연희의 쪽지가 궁금했다. 그들의 비밀이 선악과처럼 나를 끌어당겼다. 하지만 그럴 때마다 대웅의 형형한 눈빛과 목소리가 떠올랐다.

　―죽어도 좋지?

　내 첫 여자 친구 유진은 전형적인 구정고등학교 여학생이었다. 대기업 임원인 아버지와 전업주부인 어머니. 두 남매의 장녀. 큰 키에 조금 마른 몸. 희고 작은 얼굴. 일요일이면 꼬박꼬박 교회에 다니고, 오랫동안 취미로 배운 피아노와 바이올린에 능숙했다.

　그 애는 미진과 나란히 이대 영어영문학과에 입학했다. 중간에 내가 있어서인지 둘은 꽤 친해진 모양이었다.

　유진을 대하는 내 마음은 결코 편하지 않았다. 연희를 마음속에서 지웠다 해도 그건 연인으로 발전할 가능성을 완벽하게 배제했다는 뜻일 뿐이다. 그녀에 대한 감정은 하얀 천에 묻은 와인 얼룩처럼 완전히 빠지지 않았다. 특히 대웅과 함께 있는 모습을 볼 때면 되새김질하듯 감정이 살아났다.

　합격자 발표가 난 직후부터 대학 입학을 앞둔 겨울은 온통 유진과 함께 보냈다. 특별한 일이 없는 한 만나서 밥을 먹고 데이트를 했다. 우린 함께 모토롤라 브라보 플러스 삐삐를 구입했다. 검은색 플라스틱 몸체를 가진 녀석은 호출이 오면 천둥 치는 것처럼 요란하게 몸을 떨었다. 운전면허 시험도 함께 준비했다. 강남역 뒤편 서초동 면허시험장을 손

잡고 나란히 다녔다. 강남역 주변 땅값이 미친 듯이 오른 지금은 상상도 할 수 없지만, 강남역 한복판에 허허벌판 같은 면허시험장이 있던 시절 이었다.

유진은 친절하고 따뜻했다. 내가 명백히 잘못한 일에도 크게 화를 낸 적이 없었다. 착한 여자 친구의 표본 같은 애였다. 대학에 입학해서는 신림동과 이화여대를 오가며 열심히 연애했다.

기대와 달리 대학 생활이라고 대단할 건 없었다. 서울대 캠퍼스는 항상 넓고 썰렁한 느낌이었다. 자의식은 과잉이나 재미는 코딱지만큼도 없는 남자애들. 성적은 상위 1퍼센트나 성적(性的) 매력은 하위 1퍼센트인 여자애들. 그런 학생들이 두꺼운 책을 끼고 넓은 캠퍼스를 누볐다. 다른 대학교 캠퍼스에는 가본 적이 별로 없어서 분위기가 어땠는지 모르겠다. 정확히 말하면 대학 문화에 별다른 감흥이 없었다.

언론에서는 우리 또래를 가리켜 X세대라고 규정했다. 신문의 문화 섹션에 X세대의 라이프스타일에 관한 기획 기사가 종종 실릴 정도로, 우리가 그전 세대하고 다른 가치관을 갖고 있다고들 했다. 나는 잘 몰랐다. 전 세대에 관심이 별로 없어서 차이점도 실감하지 못했다.

쿠엔틴 타란티노와 왕가위 영화에 필요 이상으로 열광했던, 기성세대와 다른 척하면서도 실상은 나이 어린 것 빼고는 별로 다를 게 없었던, 아버지 어머니와 다르게 살 거라고 호언하면서도 특별한 삶의 대안은 없었던, 한마디로 그저 그런 X세대(나를 포함해서)로 득실거리는 서울대 캠퍼스에서 대웅은 눈에 확 띄었다. 일단 자동차 때문에 그랬다.

90퍼센트의 학생은 버스나 셔틀을 타고 다녔다. 자가용을 갖고 다니는 10퍼센트의 학생 중 90퍼센트는 국산 소형차나 집에서 부모님이 쓰던 오래된 중형차를 갖고 다녔다. 나도 그중 한 명이었다. 그리고 나머지 10퍼센트 정도가 외제차를 탔을 것이다. 그러니까 전체적으로 보면 1퍼센트쯤일 거라고 추측한다. 그중에서도 90퍼센트는 BMW나 벤츠 같은 세단이었을 것으로 역시 추측한다.

단언하건대 1994년 서울대학교 캠퍼스에 미국 폰티악의 머슬카, '파이어버드' 검정색을 몰고 오는 학생은 박대웅뿐이었다. 파이어버드를 타는 서울대학교 법대생 박대웅. 우리나라에서도 큰 인기를 모았던 1980년대 미국 드라마 '전격 제트 작전'의 Z카 양산 모델로도 알려진 자동차, 영어 이름을 번역해 '불새'라고도 불리던 그 차 조수석에 타는 여자애들이 자주 바뀐다는 소문은 놀랍지도 않았다.

오렌지족이라는 말도 당시 유행이었다. 강남 부유층 자제 중에 외제차를 타고 다니며 돈을 물 쓰듯 하고 문란한 유흥을 즐기는 젊은이들을 가리키는 용어였다. 대웅을 서울대 오렌지족이라고 부르는 친구도 있었다.

내가 봐도 그랬다. 그는 정말 물 만난 고기처럼 마음껏 자유를 즐겼다. 당연히 나 같은 고등학교 친구와 연락을 할 리 없었다. 서울대 안에 명문가 자제들의 모임이 있었는데, 그 모임 멤버들하고 친하게 어울린다는 얘기도 들렸고, 연예인들하고 친하다는 루머도 있었다.

낭중지추. 주머니 속의 송곳은 튀어나올 수밖에 없듯이 주변 사람을 주눅 들게 하는 녀석의 존재감은 서울대에서도 여전했다.

나로서는 사실 조금 실망하면서 또 통쾌하기도 했다. 그 잘난 박대웅도 별수 없구나. 결국 대학에 와서는 외제차 끌고 다니며 골 빈 여자들이나 꼬드기고, 그렇게 망가지는구나.

1학기 기말고사가 끝나고 여름 방학이 되자 다들 계절 수업을 많이 들었다. 나는 김윤식 선생의 '현대 문학의 이해'라는 과목을 수강했다. 수강 신청이 엄청 들어와 당시 인문대에서 가장 규모가 큰 4동 대형 강의실을 배정받았다. 내용만으로 보면 수면제 수준으로 따분했지만 강의를 맡은 김윤식 선생이 평론으로 워낙 유명한 터라 학생들은 지적 호기심과는 조금 다른 갈증을 채우기 위해 몰려들었다.

하루는 그 수업이 끝나고 나오는 길에 학생들이 몰려 있는 모습을 보았다. 4동과 인문대 3동 사이 공터였다. 며칠 전부터 그 근처가 시끌벅적한 것 같았다. 사람들이 모이는 곳에는 별다른 흥미가 없었지만 그날은 음악 소리가 들려 발길을 옮겼다.

긴 테이블에 학생 두 명이 앉아 데모 테이프를 팔고 있었다. 사실 비슷한 광경은 흔했다. 학회나 동아리 또는 학생회에서 나온 학생들이 교내 곳곳에 긴 테이블을 놓고 앉아 책자를 나눠주거나 공연 티켓을 팔곤 했으니까. 그런데 힙합 음악을 틀어놓고 데모 테이프를 파는 것은 생경한 풍경이었다. 게다가 테이블 앞에 있는 학생들의 검은색 티셔츠와 모자에 새겨진 문구가 눈길을 끌었다.

—Fuck the Music

나도 모르게 테이블 앞으로 다가갔다. 당시 최고 인기를 누리던 듀스와 비슷하면서도 조금 더 공격적인 느낌의 랩이 테이블 위 스테레오에서 흘러나오고 있었다. 검은색 재킷에 팀 이름만 써놓은 데모 테이프는 꽤 잘 팔리는 모양이었다. 한 장에 5000원. 나도 한 장을 집었다.

Rock the Mic. 힙합 느낌이 물씬 풍기는 팀 이름이었다.

캠퍼스를 나서며 당시 타고 다니던 현대 엑셀 승용차 카스테레오에 테이프를 넣었다. 믹싱이나 마스터링은 거칠어도 음악은 나름 훌륭했다. 낙성대 입구 전철역 앞에서 신호 대기에 걸렸다. 기다리는 동안 카세트테이프에 적힌 크레디트를 훑어보았다.

—all songs written and produced by 박대웅

그 순간 어렴풋이 예감할 수 있었다. 그의 야망을. 그에 따라 예정된 행보를. 그리고 의욕이 꺾이는 상실감을 맛봤다. 내가 머릿속으로 그리던 미래를 누군가가 훨씬 더 빨리 훨씬 더 멋진 모습으로 설계하고 있었으니까.

엔터테인먼트 회사 설립. 음악도 좋아하고 공부도 잘했던 소년에게는 제법 잘 어울리는 미래의 플랜이라고 생각했다. 당시에도 동아음반, 도레미레코드, 신촌기획 등등 굵직한 음반사들이 있었다. 나는 미국의 음악 레이블처럼 아티스트 양성에 좀 더 적극적이고 전문적인 엔터테인먼트 회사를 만들고 싶었다. 신문방송학을 전공으로 택한 이유도 그 때문이었다.

박대웅이 다섯 곡 모두를 작곡하고 프로듀싱한 Rock the Mic의 데모 테이프를 들으면서, 나는 펼쳐보지도 못한 꿈을 접었다.

몹시 덥던 1994년의 어느 여름날, 원석에게서 전화가 왔다.

"윤우랑 같이 나이트 갈 건데, 조인할래?"

강남역 오딧세이 나이트클럽. 강남역의 터줏대감 뉴욕제과 뒤편 지하에 있는 나이트클럽이었다. 맞은편에는 빠샤(Basia)가 있고, 멀지 않은 곳에 니콜이라는 클럽도 있었다.

우리는 부스 자리에 진을 치고 양주 기본 세트를 주문했다. 나이트클럽은 처음이었다.

"여긴 두 부류의 여자들이 와. 괜찮은 애들. 안 괜찮은 애들. 우리가 노려야 할 타깃은 안 괜찮은 애들이야."

대학 입학과 동시에 매일같이 나이트를 다녔다는 원석의 설명이었다.

"무슨 소린지 모르겠는데?"

내가 물었다.

"괜찮은 애들은 그야말로 괜찮은 애들이야. 얘들은 적당히 놀다가 집에 들어가. 안 괜찮은 애들은 따먹히려 작심하고 온 멍청한 애들이야. 뭐 본인이 그런 생각은 안 하더라도 술 취해서 새벽 늦게까지 헤롱거린다면 그건 작정한 거나 다름없지. 적당히 놀다가 그런 애들을 골라 데리고 나가면 돼. 완전 꽐라 상태면 바로 모텔로 데려가서 따먹고, 아직 좀 덜 취했다 싶으면 술 좀 더 먹이고 데려가서 따먹으면 돼. 심플하지?"

심플했다. 자정까지는 괜찮은 애들만 눈에 보였다. 그러나 1시가 넘어 2시쯤 되자 안 괜찮은 애들이 눈에 띄었다. 그렇다고 내가 뭘 어떻게 할 일은 없었다. 나는 윤우와 술을 마시며 이런저런 얘기를 나눴다. 슬쩍 대웅의 안부를 물었다.

"요즘 홍대 클럽에서 대웅이가 만든 팀이 인기라더라. 대웅이가 전부 작곡한 노래들이래. 케이크워크라는 미디 음악 컴퓨터 프로그램으로 만들었단다. 그런 건 언제 배웠지? 하긴 드럼도 쳤고 춤도 잘 쳤으니까 리듬감은 끝내주겠지."

그러면서 윤우는 노출 심한 옷을 입고 주변을 지나가는 여자들에게 시선을 옮겼다.

피로감이 몰려왔다. 이렇게 계속 있어봤자 시간 낭비라는 생각도 들었다. 결국 원석이 모든 상황을 정리했다.

"인사해. 여긴 명지대학교 1학년 이미연."

녀석이 눈 풀린 여자애 한 명을 데리고 와 우리 자리에 앉혔다. 여자가 히죽 웃으며 손을 흔들었다. 우린 같이 건배하고 또 건배했다.

"미연이 진짜 이쁘지? 넌 어쩌면 눈이 그렇게 크냐? 수술한 거 아냐?"

원석은 능수능란한 멘트로 여자를 웃겼다. 그녀에겐 친구 둘이 더 있었다. 부킹을 돌던 친구 둘은 새벽 2시가 넘어 우리 자리로 왔다. 역시 상당히 취해 있었다. 남자 셋 여자 셋. 여섯 명은 신사동에 있는 포장마차로 향했다.

윤우와 원석이 한 조가 되어 여자애들의 외모를 칭찬하고 웃기고 게임을 하고 건배하고 술을 먹었다.

"착한 여자들은 천국에 가거든. 그럼, 나쁜 여자들은 어디로 가는 줄 알아?"

원석이 여자들에게 물었다.

"지옥?"

원석 옆에 착 붙어 앉은 여자가 눈을 반짝였다.

"아니. 어디든지 다 갈 수 있지. 오늘은 나랑 가자."

취한 여자들은 어이없는 멘트에도 까르르 까르르 웃음을 터뜨렸다.

술자리는 오래가지 않았다. 우리는 술기운과 졸음에 비틀거리는 여자애들을 한 명씩 골라 어깨에 팔을 걸치고 부축하듯 걸었다. 자연스럽게 모텔로 향했다. 내 파트너는 재수를 하고 있다는 동갑내기 여자였다.

그날 밤 나는 상대에 대한 애정과 존중 따위 없이 욕망만을 연료로 섹스를 했다. 허우적거리는 섹스를 끝내고 여자는 샤워도 못한 채 곯아떨어졌다. 나는 모텔 창 앞에 서서 살렘 라이트를 피웠다. 늦은 새벽의 도로를 질주하는 차들을 보고 있자니 술이 아쉬웠다. 맥주를 좀 더 사오지 않은 걸 후회했다.

여자 옆에 누워 잠을 청했다. 잠이 오지 않아 몸을 일으켰다. 알몸으로 누워 잠든 여자를 보았다. 젖가슴과 볼록 나온 배 그리고 그 아래 실지렁이 떼처럼 모인 음모와 허벅지까지…. 한참을 보고 있다 여자의 다리를 쭉 벌렸다. 그녀는 잠을 깨지 않았다. 손가락으로 아직 그곳이 젖어 있음을 확인했다. 그건 어쩌면 내 정액일지도 몰랐다. 다시 일어선 페니스를 그녀 몸속에 밀어 넣고 허리를 움직였다. 그녀는 가볍게 인상만 쓸 뿐 만취한 알코올과 수면의 늪에서 빠져나오지 못했다.

사정을 하지도 못하고 그렇다고 수그러들지도 않았다. 그렇게 30분은 흘러간 것 같았다. 이윽고 여자가 이상한 기운을 느꼈는지 눈을 뜨고 나를 보았다. 그리고 잔뜩 취한 목소리로 욕설을 흘렸다.

"야, 이 씹새끼야, 지금 뭐하는 거야."

그러곤 흐릿한 눈동자로 나를 보는 둥 마는 둥하더니 다시 정신을 잃었다. 순간 나는 이를 꽉 물고 사정했다. 속으로 욕설을 퍼부으면서. 누구보고 씹새끼라는 거야, 병신 같은 년이 존나 취해가지고서는.

그렇게 두 번째 사정을 하고서야 잠이 들었다. 늦잠을 자고 일어나니 침대에는 나뿐이었다. 여자는 사라지고 없었다.

호출기가 미친 듯이 떨렸다. 집이었다. 엄마에게 전화를 걸어 윤우네 집에서 잤다고 대충 둘러댔다. 점심시간이 다가올 때까지 모텔 방에서 빈둥거렸다. 나답지 않은 일이었는데, 하여튼 그랬다. 담배를 찾았지만 없었다. 분명 절반쯤 남아 있던 담배가 갑째로 사라졌다. 어떻게 된 일인지 쉽게 상상할 수 있었다. 안 괜찮은 여자가 씹새끼에 대한 소심한 복수로 가져갔겠지.

침대에 걸터앉아 TV를 켰다. 화면을 보고 놀라서 숨이 턱 막혔다. 손이 덜덜 떨릴 지경이었다.

주말 오전의 쇼 프로그램에서 신인 가수 서연희의 무대가 펼쳐지고 있었다. 내 지긋지긋한 첫사랑. 그녀가 이제 정말 내 손이 닿을 수 없는 곳으로 가버렸음을 알았다. 그녀는 깨끗한 밤하늘의 북극성처럼 반짝반짝 빛났다. 갈팡질팡 아무 여자와 모텔에서 뒹구는 내 자신이 똥개보다 못하게 여겨진 순간이었다.

연희가 세상에 처음 얼굴을 알린 계기는 고1 때 찍은 잡지 모델 사진이었다. 요정처럼 예쁜 얼굴 때문에 단숨에 화제가 되었고, 연예계에서도 콜이 쇄도했다. 그녀는 일단 대학 진학이 목표라며 그쪽과는 거리를 뒀다. 그러더니 스무 살이 되자 본격적으로 활동을 시작한 것이다.

서태지와 아이들이 제왕처럼 군림하고 그 아래 수많은 댄스 그룹이 난무하던 시절이었다. 여자 솔로 가수는 찾아보기 힘든 그때, 연희는 손쉽게 자신의 영역을 획득했다. 1994년에는 신인상을 받았고, 이듬해에도 꾸준한 활동을 이어나갔다.

그에 맞춰 대웅은 거짓말처럼 어둠 속으로 숨어들었다. 신입생 1년 동안 자신의 불새를 타고 서울대 캠퍼스와 강남을 누비던 녀석은 1995년부터 모습을 보이지 않았다. 같은 법대생인 중학교 동창에게 근황을 전해 들을 수 있었다.

─몰랐어? 대웅이 시험 준비 들어갔어.

─무슨 시험?

─사법고시지. 당연히.

녀석은 항상 그렇게 한 발씩 빨랐다. 여기 있는가 싶으면 어느새 저기에 가 있었다. 몇 년 뒤에는 녀석의 사법고시 합격 소식이 들리겠지. 그리고 그다음은 뭘까? 모르겠다. 좆도, 나는 술이나 마시련다.

그 시절 나는 알코올 중독자와 별반 다를 게 없었다. 취향 안 맞는 과 친구들하고 어울리기도 싫고 과 공부에 흥미를 느끼지도 못했다. 동아리 활동도 안 했고 학회도 관심이 없었다. 학점이 펑크 안 날 정도로만 수업을 듣고 과외를 많이 뛰었다. 개인 과외도 하고 두세 명씩 엮어서 그룹으로도 가르쳤다. 닥치는 대로 했다. 수입이 짭짤했다. 그 당시 돈으로 매달 200만 원을 벌었다. 대학교 신입생의 유흥비로는 충분한 돈이었다.

과외가 없는 저녁에는 리퀘스트 바에 가서 술을 마셨다. 가끔씩 원석한테서 콜이 오면 나이트클럽 멤버에 조인하기도 했다. 원 나이트 스탠드를 할 때도 있었고, 번호를 딴 여자애들과 몇 번 만나다 로바다야키에서 술을 먹고 잠을 자기도 했다.

나의 착한 여자 친구는 쓰레기처럼 사는 내 생활도 잘 모른 채 묵묵히 내 곁을 지켰다. 그녀는 나와 달랐다. 공부도 열심히 하고 동아리 활동에도 열심이었다. 영화 학회였던 그녀 덕분에 지루한 예술 영화를 참 많이도 봤다.

결국 1995년이 다 가기 전에 착한 여자 친구에게 내가 먼저 이별을 고했다.

그녀는 많이 울었고, 나도 울었다.

—우리 다시 잘해보면 안 될까?

오히려 그녀가 나를 잡았다.

—미안해. 날 그냥 놔줘. 더 이상 널 사랑하지 않아.

그 얘기까지는 하고 싶지 않았는데, 어쩔 수 없었다.

그 뒤로도 나는 어제와 비슷한 오늘, 오늘과 비슷한 내일을 맞이하며 2학년을 보냈다. 사랑도 꿈도 사라진 젊음은 황무지처럼 말라만 갔다.

IMF 직전, 달러가 700원 하던 당시 유럽 배낭여행이 유행처럼 번졌다. 원석은 여자 친구와 함께 일찌감치 한 달 동안 유럽을 다녀왔다. 윤우가 나에게 함께 가자고 청했다. 나는 망설이다 거절했다. 윤우는 배낭여행을 다녀온 다음 회계사 시험을 볼 예정이라고 했다. 나는 다녀와서 뭘 하지? 그 질문에 대한 답을 찾을 수 없어 거절한 것이었다. 그 뒤로 윤우와 서먹해졌는데 아직까지도 그 어색함을 제대로 풀지 못했다.

군 입대를 결심했다. 카투사 시험을 봐서 합격했다. 입대 날짜는 1996년 9월 5일. 유흥 생활에 더욱 가속도가 붙었다. 3학년 1학기 학점은 그야말로 개판이었다. 그러다가 한 여자를 만났다.

내가 중학교에 다닐 때만 해도 강남역은 썰렁하고 한산한 지역이었다. 그런데 삼성역에서 역삼역으로 이어지는 테헤란로에 업무 지구가 형성되면서 강남역에도 빌딩이 들어섰다. 그리고 분당 신도시가 건설되면서 분당에서 서울을 오가는 버스가 전부 강남역을 종점으로 삼았다. 순식간에 강남역에 번화가가 형성되었다. 불과 몇 년 사이에 벌어진 일이었다.

강남역 사거리의 대표적인 유흥가는 행정 구역상 역삼동에 속하는 동아극장 주변과 강남대로 맞은편 서초동 일대였다. 나의 단골 술집인 리퀘스트 바 '우드스탁'은 서초동 일대의 유흥가 골목 깊숙이 자리 잡고 있었다. 4층짜리 건물의 2층이었다.

그때 헤비메탈은 이미 한물간 촌스러운 음악으로 낙인찍혀 멸종당

한 공룡처럼 자취를 감춘 지 오래였다. 대신 얼터너티브 록이 대세였다. 너바나를 필두로 펄 잼, 앨리스 인 체인스, 사운드가든 등 시애틀 3인방으로 불리던 밴드가 파상 공세로 록 신을 점령해버렸다. 그와 함께 네오 펑크를 표방하고 나선 밴드도 꽤 인기가 있던 시절이었다. 그린 데이(Green Day), 오프스프링(Offspring), 랜시드 등이 괜찮았다. 우드스탁은 주로 그런 밴드들의 음악을 틀면서 싼값에 맥주를 공급해 대학생들이 많이 찾았다.

그곳에서 나는 약간 특별한 대우를 받았다. 다른 이유는 없었다. 또래 다른 아이들 여럿이 어울려 맥주 피처를 시켜놓고 술주정을 부릴 때, 나는 열 배 비싼 위스키나 보드카를 시켜놓고 조용히 마셨으니까. 주인 입장에서는 참 예쁜 손님이었겠지. 장국영을 살짝 닮은 우드스탁 사장 찬성 형은 나에게 종종 스페셜 안주를 내주곤 했다.

그날도 데킬라 한 병을 시켜놓고 원석과 둘이서 레인 스탈리(Layne Staley, 앨리스 인 체인스의 보컬리스트)에 대해 떠들던 중이었다. 우드스탁의 스피커에서는 잔뜩 높인 볼륨으로 앨리스 인 체인스의 노래가 흘러나오고 있었다. 우울하고 무기력한 젊은이들의 송가 'Man in the Box.'

— 나는 똥으로 가득 채운 상자 속에 갇힌 사람. 와서 구해주세요. 저를 구해주세요. …나는 두들겨 맞으며 똥에다 코를 처박는 개예요. 와서 구해주세요. 저를 구해주세요.

"보컬 중에서는 에디 베더(Eddie Vedder, 펄 잼의 보컬리스트) 다음이 레인 스탈리인 것 같아."

펄 잼의 열렬한 팬인 원석이 말했다.

"난 레인 스탤리가 더 낫다고 생각해. 특히 2집 'Dirt' 앨범에서 레인 스탤리는 정말 미치도록 멋진 보컬인 것 같아."

나는 레인 스탤리를 위해 호세 쿠에르보와 스프라이트를 양주 스트레이트 잔보다 조금 더 큰 잔에 반반씩 넣었다. 그리고 냅킨으로 잔 입구를 덮고 바 위에 대고 쾅 내리쳤다. 그다음 원 샷. 이른바 슬래머라고 불리는 칵테일이었다.

그때 누군가의 시선이 느껴졌다. 오른쪽에 앉은 여자 두 명. 그중에서 흰색 민소매 러닝셔츠에 짧은 단발머리 여자가 날 보고 피식 웃었다. 잘못 봤나 싶어서 내 뒤에 누가 있는지 살폈지만 아무도 없었다. 분명 나를 보고 웃은 것 같았다. 다시 쳐다보자 그녀가 진녹색 벡스(Beck's) 맥주병을 들고 윙크했다. 원석이 우리 둘의 미묘한 분위기를 놓칠 리 없었다. 2대 2 술자리를 노리고 여자에게 말을 걸었다. 보기 좋게 퇴짜였다.

"아, 씨발, 쪽팔려. 야, 니가 해봐. 너한테 관심 있는 것 같던데."

원석이 투덜거렸다. 나는 긍정도 부정도 하지 않고 노래를 들으며 술을 마셨다. 한 시간쯤 뒤 남녀 공용 화장실에서 그녀와 마주쳤다. 이번에는 내가 싱긋 눈인사를 했다. 그녀도 고개를 끄덕이며 인사를 받았다.

"같이 술 마실래요?"

내가 대놓고 물었다. 그녀는 어깨를 으쓱했다. 안 될 것 없다는 표정이었다. 그리고 덧붙였다.

"대신 친구분은 집에 보내고 그냥 둘이서만 마셔요. 제 친구가 집에 일찍 들어가야 되거든요. 남자 둘하고 술 마시긴 싫으니까. 괜찮겠어요?"

술집을 나온 우린 각자의 친구를 집으로 보내고 뉴욕제과 앞에서 만났다. 그리고 다시 우드스탁으로 들어갔다. 술집 사장 찬성 형이 얼떨떨한 표정으로 우리를 보다 픽 웃었다.

"아까 마시던 데킬라 마저 마시러 왔어요."

그리고 우린 반쯤 남은 데킬라를 비우기 시작했다. 그녀는 나보다 한 살 많은 대학 졸업반이었다. 연대 국문과에 다닌다고 했다.

"아까 저랑 같이 있던 원석이라는 친구가 연대 다니는데. 경영학과."

"그 친군 좀 느끼한 것 같던데?"

"누나가 몰라서 그렇지 그 친구, 여자 잘 꼬셔요."

"그래 보여서 느끼하다는 거야. 넌 안 그래 보이고."

자연스럽게 누나라고 부르며 말을 높였다. 그녀 역시 자연스럽게 나를 친동생처럼 대했다. 우리는 많은 대화를 나눴다. 그녀는 세 살 많은 남자 친구와 헤어진 지 한 달밖에 안 됐다고 했다.

"그놈이 작년에 LG 전자에 입사했거든. 대기업에 들어가더니 재미없던 녀석이 더 재미없어졌어. 계속 사귀다가는 결혼이라도 해야 할 것 같아서 헤어졌지. 나중에 후회할라나? 재미없는 것 빼고 다 괜찮은 남자였는데."

"저도 참 괜찮은 여자 친구랑 헤어진 지 얼마 안 됐어요."

"너는 왜 헤어졌는데?"

"요즘 제가 지내는 꼴이 개판이라서요."

"차였구나."

"아뇨. 제가 헤어지자고 했어요."

내 말에 그녀는 깔깔대며 웃었다.

"뭐야? 사랑해서 보내줬다, 뭐 이런 거야?"

"아뇨. 사랑하지 않는 것 같아서요."

"이 녀석 봐라? 마인드가 괜찮은데? 너 누나랑 만날래?"

"그럼, 부탁이 있어요."

"초면에 부탁부터? 돈 빌려달라는 얘기 아니면 다 괜찮아."

"유럽 가봤어요?"

"아니."

"다음 달에 유럽 여행을 갈까 하는데, 같이 갈 수 있어요?"

그녀는 잠시 머뭇거리더니 대답했다.

"다섯 번만 만나보고 대답해주면 안 돼?"

바에서 나온 우리는 택시를 타고 헤어졌다. 바래다주려 했지만 그녀는 남자가 집까지 바래다주는 게 너무 싫다며 고집을 피웠다.

그녀의 이름은 지선이었다. 이지선.

그날 이후, 거의 매일 데이트를 했다. 그녀는 함께 있으면 재미있고 즐거운 사람이었다. 록 음악을 좋아하는 여자치고는 정말 드물게 예뻤다. 취향이 좀 어두운 편이긴 했다. 짐 모리슨의 열렬한 팬이고, 레인 스탤리의 음색이 너무 좋아서 하루 종일 앨리스 인 체인스의 음악만 들을 때도 있다고 했다.

일주일쯤 뒤, 정확히 다섯 번째 만나는 날이었다. 포켓볼을 치고 로데오 골목의 로바다야키에서 술을 마셨다. 그녀가 문득 물었다.

"유럽에 같이 가자는 제안, 아직도 유효해?"

나는 대답 대신 그녀에게 키스했다.

두 달 뒤, 우리는 런던 공항에 손을 잡고 내렸다. 여행 기간은 한 달이었다. 런던, 파리, 로마, 바르셀로나, 브뤼셀…. 우리는 수많은 도시의 낯선 호텔에서 수없이 사랑을 나누었다. 아침에 진이 빠지도록 섹스를 해서 아예 관광을 못하고 호텔에 머무른 날도 있었다. 단체 관광에서 자꾸 빠진다고 가이드의 눈총이 심했지만 우린 눈에 뵈는 게 없었다.

유진과의 연애가 착하고 바람직했다면, 지선과의 연애는 위험하고 불안했다. 결혼은 물론 인생 자체에 냉소적인 태도를 가진 여자였다. 우리 관계에 대해서도 종종 이렇게 말하곤 했다.

─사랑이 뭐 있냐? 좋아지면 만나는 거고 지겨워지면 헤어지는 거지.

그러면 나는 아이처럼 응석을 부렸다.

─그럼, 누나는 내가 싫어지면 그냥 휙 가버릴 거야?

─그냥은 아니겠지. 나 그렇게 싸가지 없는 년은 아니야. 분명히 말해주고 떠나겠지. 이별을 할 때도 예의는 필요하니까. 너도 그러길 바랄게.

그러면서도 2년 2개월이라는 군 생활 내내 나를 기다리고 만나줬다. 영원히 변치 말자며 대놓고 떠들다가도 조금 소원해지면 바로 등 돌리고 가버리는 여자들보다 250배는 나았다.

나는 평택의 미군 부대 캠프 험프리스에서 카투사로 근무했다. 주중에 근무를 하고 매주 금요일이면 서울로 올라와 일요일 저녁까지 자유 시간을 보냈다. 말이 군 생활이지 지방에서 하는 직장 생활 비슷한 패턴이었다. 군 생활을 하는 사이 IMF가 터졌다. 700원 하던 달러가 2000원이 넘었다. 그때는 나라가 망하는 줄만 알았다. 실직자가 거리에 넘쳤다. 파산하는 사람들, 노숙하는 사람들, 자살하는 사람들이 줄을 이었다. 흉흉한 뉴스는 1년 가까이 이어졌다.

내가 막 상병을 달자마자 그녀는 광고 대행사인 제일기획에 카피라이터로 입사했다. 물론 무척 바빴다. 그만큼 주말에 하는 데이트가 소중해졌다. 광고 회사에는 자유분방한 남자들이 많다는데, 혹시 회사에서 다른 녀석과 엮이지 않을까 했던 심약한 걱정은 기우에 지나지 않았다. 그녀는 독점적인 사랑의 가치를 아는 사람이었다.

우린 프린세스호텔의 단골 중 단골이었다. 지금이야 홈시어터 시설을 갖춘 러브호텔이 많지만 그 당시엔 CD 플레이어를 설치한 러브호텔도 드물었다. 프린세스호텔도 그중 하나였다. 우리의 데이트 패턴은 비슷했다. 술 마시고 잔뜩 취해서 질펀한 정사를 나눈 다음 침대 위에 늘어진 채로 레인 스탤리의 노래를 듣곤 했다.

"이게 사람 목소리야? 미치겠어. 목소리만 들어도 약을 하는 것 같지 않니?"

"누나는 약 해본 사람처럼 말하네?"

"이런 기분일 것 같아."

"이런 기분이 어떤 기분인데?"

"죽여주는 기분."

1998년 11월 5일. 2년 2개월의 복무 기간이 끝났다. 카투사 생활이 너무 편해서였는지 좀 아쉽기까지 했다. 미군 부대에서만 파는 앤서니(Anthony) 피자와 막사 건물 뒤에서 종종 열리던 바비큐 파티 등이 그리워질 것도 같았다. 그녀가 제대 축하 파티를 열어주었다.

"오늘은 이 누나가 짠 데이트 코스대로 따라오기. 오케이?"

직접 차를 몰고 부대 앞까지 마중 나온 그녀는 프린세스호텔로 나를 데려갔다. 매일 가던 일반실이 아닌 특실을 빌려두었다. 2년이 넘도록 다녔지만 특실은 처음이었다. 게다가 미리 준비한 케이크와 와인으로 축하 기분까지 제대로 내줬다. 우리는 몹시 길고 휘감기는 섹스를 즐겼다. 그녀가 내 가슴 위에 머리를 얹고 누웠다.

"너 왜 그러니?"

문득 그녀가 물었다.

"내가 뭘?"

"아무 걱정도 없어야 할 것처럼 보이는데, 정작 마음에 커다란 짐이 있는 사람 같아."

"왜 걱정이 없을 것 같아?"

"누구나 다 그렇게 생각할걸? 압구정동에서 태어나 자라고 서울대학교를 다니는 건강한 남자는 아무 걱정도 없겠지, 라고 말이야. 아, 물론 나는 그렇게 생각하지 않아. 어떤 이들에겐 사치스러운 고민으로 보여도 당사자에겐 목숨을 끊을 만큼 절실한 결핍일 수도 있는 거니까. 그 반대일 수도 있고."

"그 반대?"

"저러고 어떻게 사나, 싶은 사람도 밝고 씩씩하게 살 수 있는 거거든. 노인네 같은 얘기해서 미안한데, 결국 행복이라는 건 사건이나 환경이 아니라 마음에 달린 거니까."

그 순간 노인네까지는 아니어도 그녀가 훌쩍 어른같이 느껴졌다. 행복은 마음먹기에 달렸다는, 진부하기 짝이 없는 교훈적인 표현이었음에도 그녀의 입에서 나온 그 말은 베테랑 간호사가 놓아준 주사 같았다. 내 마음에 정확하게 꽂혀 효력을 발휘했다.

나는 대웅 그리고 연희와 관련해 겪은 일들을 차분히 털어놓았다. 그녀는 사려 깊게 내 말을 들어주었다. 그리고 내 뺨을 가볍게 감싸고 입을 맞췄다.

"대웅이라는 친구, 듣기만 해도 피곤한 사람 같구나. 그 친구랑 맞서려 하다간 인생이 불행해질 것 같아. 그런 사람들이 있지. 언제나 이기고 가지려는 사람. 그런 사람들은 자기 능력만큼 주변을 황폐화시켜. 능력이 크면 클수록 더 무서운 존재가 되지. 네 말을 들으니 그 친구의 욕망이 블랙홀처럼 위험하고 무서워 보여."

그녀는 분위기가 너무 심각해진 걸 알고는 장난스럽게 내 배 위에 올라탔다.

"또 다른 의미의 립 서비스를 보여줄게."

그러곤 내 몸 곳곳에 입을 맞추었다. 그녀의 입맞춤은 진심으로 나를 위로해주는 마음이 담겨 있었다.

밤늦게까지 있을 줄 알았는데 그녀는 날이 어두워지기 전에 호텔을 나서자고 했다.

"갈 데가 있어서 그래."

그러곤 나를 차에 태우고 어딘가로 향했다. 낯선 동네였다. 대략 학교가 있는 신림동 방향이라고 짐작될 뿐 도로 표지판의 지명들이 낯설었다. 흔히 말하는 강남 촌놈인 나는 지금까지 36년 동안 동작대교와 영동대교 사이의 강변에서만 살아왔다. 사람들이 강남 한강변이라고 칭하는 동네들이다. 반포에서 태어났고 압구정동, 잠원동 그리고 지금의 청담동. 그 외의 동네라고는 대학이 있는 신림동과 시내의 광화문과 명동, 신촌 정도만 익숙했다.

"여기가 우리 집이야."

그녀는 복잡한 주택가 골목에 차를 세웠다. 붉은 벽돌로 지은 연립 주택과 2층짜리 다세대 주택이 좁은 골목을 혈관처럼 사이에 두고 빽빽하게 늘어서 있었다. 낡은 전봇대들이 우두커니 서 있고 골목길에서는 아이들이 소리를 지르며 뛰어다녔다. 그 틈으로 배달 오토바이들이 위태롭게 달렸다.

우리는 팔짱을 끼고 천천히 움직였다. 그녀의 발길을 따라 걸었다.

"이 동네는 처음이지?"

"응. 이쪽은 처음 와봐."

"누나는 여기서 태어나고 살았어. 어릴 때는 몰랐는데, 고등학교에 올라가면서 가리봉동이라는 이름이 그렇게 창피할 수가 없었어. 구로고등학교라고 들어봤어? 나도 세화여고나 청담고등학교처럼 이름만 들어도 예쁘고 멋진 고등학교에 다니면 얼마나 좋을까, 그런 생각을 많이 했어. 다행히 어릴 때부터 세상의 질서를 알았지. 구질구질한 생활, 구질구질한 이름에서 벗어나려면 공부밖에 없다는 걸 알았지. 쉽진 않았어. 집안 형편 때문에 학원이나 과외를 못했거든. 아버지는 전파사를 하셨는데, 내가 고등학교 들어갈 무렵부터는 거의 벌이가 없었어. 대신 엄마가 대학교에서 청소 용역으로 일하며 번 돈으로 네 식구가 살았지. 주변에 나처럼 사는 친구 없지?"

나는 대답도 고갯짓도 하지 않았다. 첫사랑과 꿈, 친구 타령을 했던 나 자신이 민망했다.

"아무튼 그렇게 졸라게 공부해서 원하던 대학에 입학했어. 여기까지만 들으면 인간 승리, 희망찬 미래의 시작 같지? 나도 그런 줄 알았어. 딱한 학기를 다녀보니까, 이제 고생길 시작이더라고. 등록금을 벌기 위해 미친 듯이 과외를 해야 했고, 집안 형편은 갈수록 어려워졌어. 엄마가 허리를 다쳐 일을 그만뒀거든. 하나 있는 남동생은 사고를 쳐서 실업계 고등학교를 4년이나 다녔어. 아, 씨발, 얘기하다보니까 진짜 구질구질하다 그치?"

그녀의 욕설이 거슬리지 않았다. 나는 충분히 더 들을 자세가 되어 있다는 표정으로 시선을 마주했다.

"정말 정신없이 바쁘게 대학 생활을 했어. 3학년이 되자 졸업 후의 내 삶이 보이더라. 좋은 직장에 취직하는 것까지는 할 수 있겠지. 물론 그렇게 해도 부모님 제대로 모시기도 힘에 부치겠지만. 그래도 하는 데까지 해보자는 생각에 더 열심히 공부하고 더 열심히 과외를 했어. 그러다 남자를 만났지."

"그때 헤어졌다는 그 남자?"

"응. 재미없어서 헤어졌다는 건 거짓말이야."

"그럼?"

"그 오빠도 너처럼 강남 키드였어. 서초동에서 쭉 자라고 컸어. 반포고등학교를 나왔고, 우리 학교 경영학과를 다녔어. 인물도 멀끔하고 어릴 때부터 여자들한테 꽤 인기가 많았었나봐. 집도 꽤 부유해서 이 남자랑 결혼하면 적어도 시부모 생활비 떼 드릴 일은 없겠구나 싶었어. 그래. 계집애들의 싸가지 없는 생각이지. 속물. 부인하지 않겠어. 게다가 나를 참 많이 좋아해줬어. 그런데 관계가 깊어질수록 알겠더라. 내가 그 남자를 사랑하는 게 아니라 그 남자를 통해 구질구질한 현실에서 벗어나고 싶어 한다는 걸."

"누구나 상대에게 뭔가를 원하잖아. 서로 결핍을 채워주는 게 나쁜가? 어쩌면 그것도 사랑의 한 종류일 수 있어."

"결핍은 타인이 채워줄 수 없어. 그런 것처럼 착각을 하고 살 뿐이지."

"잘 모르겠다, 누나."

"넌 그런 식의 결핍을 겪어보지 못했잖아. 가난과 질병은 겪어보지 않은 사람은 몰라. 오르가슴을 경험해본 적도 없는 사람한테 멀티 오르가슴에 대해 한 시간 동안 설명해주면 공감할 수 있을까?"

그녀는 잠시 하늘을 올려다본 뒤 말을 이었다.

"그 사람은 졸업하고 LG 전자에 입사했어. 아버지도 대기업 간부였지. 입사하고 며칠 안 되어서 그 사람이 회사로 나를 불렀어. 아버지를 소개해주겠다고 했지. 난 내가 갖고 있는 것 중 가장 비싼 옷을 입고 식사 자리로 나갔어. 점심시간. LG 트윈타워의 일식집 다다미방이었어. 정말 그 자리는 평생 잊지 못할 거야. 나를 보던 그 사람 아버지의 얼굴. 그 불편한 친절함. 그 사람은 속물이 아니었어. 그러나 그 사람 아버지는 나처럼 속물이었지. 진짜 속물이 뭔지 알아? 자신의 속물근성을 부인하는 사람들이야. 나도 그렇고 그 사람 아버지도 그랬어. 난 그 사람의 부유함과 안정된 집안하고 상관없이 그 사람을 사랑하는 척했고, 그 사람 아버지는 내 궁핍에 신경 쓰지 않는 척 친절을 베풀었어. 그거 알아? 그런 식의 위선은 훤히 들여다보인다는 것?"

"너무 예민하게 굴었다는 생각은 안 해?"

"해. 왜 안 하겠어. 그 길로 바로 그 사람하고 헤어졌으니까. 너무 예민했지. 그 사람 잘못이 아냐. 뿌리 깊은 내 열등감 때문이지. 가질 수 없는 것들에 대한 동경이라고 해도 좋아. 그런 마음을 내려놓지 않고서는 사랑도 사회생활도 제대로 할 수 없다는 사실을 깨달았어. 그래서 잠시 놓기로 했어. 일주일 내내 저녁 시간을 차지하던 과외 아르바이트도 줄이고, 항상 A를 받으려 했던 학점 집착도 버렸어. 그냥 술 마시고 노래하고 춤추고. 그렇게 4학년을 보냈지."

"그때 날 만났구나."

"사실 지금까지 그런 생활을 이어오고 있지. 한때 나는 독수리처럼 비상하고 싶었어. 지금 나는 참새처럼 가볍게 살고 있다고 생각해. 부모님에 대해 최소한의 의무를 다한다는 생각으로 한 달에 100만 원 생활비를 대는 것 외에는 어떤 의무도 지고 있지 않아. 두렵지도 않아. 그냥 이렇게 살면 되지 않을까 싶어."

"아까 누나가 물어봤지? 내 주변에 누나처럼 사는 친구 있냐고. 없어. 내 주변에서 누나가 제일 멋진 사람이야."

우리는 잠시 말없이 걸어 마을 공터에 도착했다.

"3년 동안 만나면서 우리 동네에 온 건 처음이지?"

"집에 못 바래다주게 했잖아."

"아무렇지도 않은 척하는 네 표정을 볼까봐 두려웠어. 그 사람 아버지가 그랬던 것처럼."

"좀 놀라긴 했어. 이런 동네 풍경은 처음이라서."

우리가 있는 공터에는 연탄재와 쓰레기가 곳곳에 흩어져 있었다. 담벼락에는 라커로 음담패설을 휘갈겨 썼고 열 살쯤 되어 보이는 아이들이 고무줄놀이를 하고 있었다. 저쪽 구석에는 침을 찍찍 뱉으며 담배를 피우는 교복 차림의 여자 중학생들도 보였다.

"동네가 후지긴 했다."

내 말에 그녀는 큰 소리로 웃었다. 담배를 피우던 여학생 한 명이 우리 쪽을 힐금 돌아봤다.

"야! 압구정동 사는 오빠가 니네 후지대! 존나 후지대!"

그녀가 아이들을 보며 소리쳤다. 불량소녀들에게 둘러싸여 봉변이라도 당하지 않을까 겁이 났지만 다행히 제대로 못 들은 듯 여자애들은 시선을 거두고 자기들끼리 떠들었다.

"가리봉 촌년들."

그렇게 말하며 소녀들을 바라보는 그녀의 시선에는 분명 애정이 묻어 있었다.

"누나가 더 후져. 말투가 그게 뭐야? 애들도 아니고 제일기획 카피라이터께서."

내가 핀잔을 줬다.

"사랑스러워. 몰티즈 새끼만큼."

그녀가 내 목을 끌어안고 포옹했다. 잊을 수 없는 제대 파티. 잊을 수 없는 가리봉동. 이제는 '가산동'이라는 새 이름을 얻어 옛날이야기에나 등장할 가리봉동.

변하지 않을 듯했던 우리는 4년 동안의 열렬한 연애를 뒤로하고 서로에게 이별을 고했다. 특별한 계기는 없었다. 서로에 대한 사랑이 전원 꺼진 전기난로처럼 천천히 식었기 때문이다. 약속한 것처럼 서로에게 예의를 지키며 안녕.

그 사이 대웅은 사법고시에 합격했다. 윤우도 얼마 안 있어 회계사 자격증을 땄다. 나는 여느 과 친구들처럼 언론사 시험을 봤다. 신문사는 제외하고 방송 3사에 원서를 넣었다. 직종은 라디오 PD. 경쟁률은 방송사에 따라 달랐는데, 많게는 1000대 1에 육박했다. 다들 하는 언론 고시 스터디 같은 기본적인 준비도 없이 그냥 본 시험이었다. 결과는 방송 3사 모두 불합격. 별로 실망하지도 않았다. 집에서는 1년 동안 더 준비해서 한 번 더 시험을 보겠지, 하는 눈치였다. 하지만 나는 미련 없이 지금의 잡지사에 취직했다. 집에는 회사를 좀 다니면서 방송사 PD 시험을 준비하겠다고 둘러댔다. 그럴 마음은 없었지만.

연봉은 많지 않았지만 적당한 업무에 무엇보다 자유로운 근무 환경이 마음에 들었다. 성실하게 회사 생활을 했다. 일상의 구석구석에서 불쑥불쑥 그녀를 보고 싶은 열망이 솟구치곤 했다. 추억을 위해 억눌렀다. 가끔씩 문자와 이메일로 안부를 전하며 지냈다.

황사와 벚꽃이 번갈아 흩날리던 2002년 4월. 6월에 우리나라에서 열리는 월드컵을 앞두고 분위기가 서서히 고조될 즈음이었다. 앨리스 인 체인스의 보컬리스트 레인 스탤리가 자신의 콘도에서 사망했다. 마약과다 복용이 원인이었다. 죽은 지 3주나 지나 발견되어 육안으로는 시신을 확인하기 어려울 정도로 부패한 상태였다고 했다.

사망 기사를 보는 컴퓨터 모니터에서 냉기가 흘러나오는 것 같았다. 가슴 한구석이 얼어붙는 느낌이었다. 대학 시절 길을 걷다 김일성이 사망했다는 호외를 봤을 때보다 더 충격이 컸다.

일을 마치고 홀린 듯이 강남역으로 향했다. 발길이 닿은 곳은 우드스탁. 5년 만이었다. 그 사이 우드스탁은 사라지고, 그 자리에 일본식 선술집이 생겼다.

휘청거리는 걸음으로 강남역 뒷골목을 헤매고 다녔다. 지금은 이름도 기억나지 않는 다른 리퀘스트 바에 들어가 혼자 술을 마셨다. 주인도 레인 스탤리의 사망 소식을 들었는지 앨리스 인 체인스의 노래를 신청할 때마다 빼먹지 않고 틀어줬다. 그녀와 함께 프린세스호텔 침대에 알몸으로 늘어져 있던 순간이 생생히 떠올랐다. 섹스와 알코올에 절어 있던, 막막했지만 좋았던 시절.

레인 스탤리가 노래했다.

—그래 이젠 다 끝났지. 하지만 겨우 숨은 쉴 수 있어. 다 닳아 없어졌으니 차라리 그냥 갈래. 거기 내 앞에 서서 내 눈을 똑바로 보면서 말해줄 수 있겠니? 이제 다 끝났다고 말이야. 우린 언젠가 대가를 치러야 해. 그래 언젠가는 대가를 치러야만 해.

—이게 사람 목소리야? 미치겠어. 목소리만 들어도 약을 하는 것 같지 않니?

누나, 어디 있어? 지금 뭐하고 있어? 몇 번이나 핸드폰을 꺼냈다 집어넣기를 반복했다. 그때 핸드폰이 드르륵 떨었다. 텔레파시처럼 그녀의 문자가 들어왔다.

—슬퍼하지 말기를. 마음속에 살아 있다면 정말로 죽은 게 아니잖아^^

입에 침이 고일 정도로 반가웠다. 위스키 콕을 마시면서 한 글자 한 글자 흐뭇하게 벅찬 느낌을 천천히 음미했다. 답장을 보냈다.

―슬프지 않아. 참새처럼 가볍게 살고 있으니까

그리고 1년쯤 뒤, 회사로 청첩장이 날아왔다. 웨딩드레스를 입은 그녀가 보고 싶었다. 그녀 곁에 선 남자의 얼굴도 궁금했다. 하지만 고민 끝에 결혼식에는 참석하지 않았다. 축의금 대신 청첩장에 찍힌 그녀의 친정집 주소로 선물을 보냈다.

'Alice in Chains: Music Bank.' 몇 년 전 발매된 앨리스 인 체인스의 박스 세트였다. 네 장의 CD에 그들의 거의 모든 노래와 라이브 트랙, 데모 버전을 수록했다.

그녀와의 이별을 어느 정도 예감하던 1999년 가을이었던 걸로 기억한다. 쇼핑몰에서 데이트를 하다 잠깐 들른 대형 레코드 숍. 그녀는 박스 세트를 몇 번이나 집었다 놓았다. 10만 원 가까운 가격도 부담이었을 테지만, 그전에 낸 앨범을 모조리 갖고 있기에 굳이 베스트 앨범 성격의 박스 세트는 살 필요가 없기도 했다.

그녀에게 결혼 선물을 부친 날은 아침부터 비가 축축하게 내렸다. 회사 근처 우체국에 가서 직접 택배를 부쳤다. 포장하기 전, CD와 책자가 들어 있는 검은색 상자를 손으로 쓰다듬었다. 구정고등학교 운동장 한쪽에 파묻힌 박스가 떠올랐다. 또 앨리스 인 체인스의 노래 'Man in the Box'도 귓가에 맴돌았다. 안녕. 상자 속에 내 삶의 한 부분을 툭 잘라 넣어 떠나보내는 기분이었다.

누군가가 그런 말을 했다. 결혼 상대자는 인생에서 가장 뜨겁게 사랑한 사람이 아니라 결혼을 해야겠다고 마음먹은 시기에 곁에 있는 사람이라고 지금 돌이켜보니 그녀와의 사랑이 20대 후반에 걸쳐 있었다면, 조금 더 오래 연애를 지속했더라면 그녀와 결혼했을지도 모른다는 생각이 든다.

어느새 미국 유학을 마치고 대웅이 한국으로 돌아온 것도 그 즈음이었다. 녀석은 귀국하고 며칠 지나지 않아 압구정 소년들과 세화여고 3총사에게 연락을 돌렸다. 나는 별다른 이유 없이 모임에 불참했다. 대신 혼자 집에서 영화를 봤다. 10년 전에 해체된 스쿨 밴드에서 비로소 탈퇴하는 순간이었다.

쇼는 계속되어야한다

The Show Must Go on – Queen

"다들 고맙다."

대웅이 말했다. 그리고 오른손에 가볍게 쥔 와인 병을 기울여 다섯 개의 잔에 골고루 따랐다.

연희를 제외한 압구정 소년들과 반포 소녀들이 모두 모였다. 그가 우리를 초대한 자리는 가로수길 초입에 있는 이탤리언 레스토랑 베네세라였다. 생각보다 캐주얼한 곳이라 조금 의외였다.

"일 치르고 바로 너희들을 봤어야 했는데. 너무 충격이 커서 경황이 없었어."

대웅의 목소리는 그가 입은 검은색 노타이 정장처럼 건조했다.

연희가 죽은 지 두 달이 지났다. 경찰은 결국 CCTV 속 인물의 정체를 밝히지 못하고 미결로 사건을 종결하려는 듯했다. 하지만 나에겐 다른 누구보다 많은 의혹이 있었다. 물론 답은 아직 없었다.

"대웅이 네가 마음고생 많이 했다."

윤우가 잔을 들었다. 모두 건배했다.

"그래. 다들 잘 지내지?"

대웅이 형식적인 미소를 지으며 우리의 시선을 한 명씩 마주했다. 녀석과 일대일로 눈이 마주치는 순간 가벼운 전율마저 느꼈다. 당장 녀석의 목을 틀어쥐고 모든 사건의 전모를 털어놓으라고 다그치고 싶은 심정이었다. 나는 테이블 밑에서 주먹을 꽉 쥐었다.

"와, 이 와인 진짜 오래된 거네?"

윤우가 와인 병을 들어 보였다. 대웅이 따로 가져온 와인이었다. 한눈에 봐도 요즘 와인 같아 보이지 않았다. 병에는 1993년산이라는 숫자가 또렷이 찍혀 있었다.

"샤토 무통 로칠드. 1993년산이야."

대웅이 말했다.

1993년. 우리가 함께했던, 헤어졌던, 마지막 고교 시절. 그리고 타임캡슐….

"와아, 오래됐네. 그럼, 이것도 빈티지 와인인 거냐? 난 와인에는 문외한이라서."

윤우가 또 물었다. 빈티지의 뜻을 잘 모르고 한 말이었다. 그의 말에 대웅은 빙긋 웃기만 했다. 원석이 대신 설명했다.

"아, 진짜 무식한 회계사 놈. 빈티지라고 하니까 무슨 구제 청바지 얘기하는 줄 아나? 와인에서 빈티지는 생산 연도를 얘기하는 거야. 와인이 날씨를 많이 타거든. 해마다 날씨가 다 다르니까 와인 품질에 영향을 미친단 말이야. 그래서 꼭 생산 연도를 표기하는 거지. 그게 빈티지야. 예를 들면 올해 수확한 포도로 만드는 와인은 2010년 빈티지가 되는 거야. 그러니까 이 와인은 1993년 빈티지, 즉 1993년에 수확한 포도로 만든 와인이란 거지."

"똑똑해서 좋겠다, 인마."

윤우가 원석을 보며 빈정거렸다.

"사실 1991년부터 1993년까지 빈티지는 품질이 아주 좋진 않아. 몇 년째 이어진 흉작이었거든. 그래도 그중에서 제일 나은 놈으로 골라온 거야. 맛이 괜찮지?"

대웅이 다시 잔을 들었다. 예상대로, 녀석은 일부러 1993년이라는 연도를 택한 것이었다.

다들 구경거리라도 난 것처럼 와인 병을 돌아가면서 손에 쥐고 쳐다보았다. 병에는 비스듬히 누운 여자의 나신이 스케치로 그려져 있었다.

"에티켓이 특이하지?"

다시 병을 받아든 대웅이 라벨을 가리키며 말했다.

"에티켓?"

윤우가 또 되물었다.

"아, 와인 병의 라벨을 에티켓이라고 하거든."

대웅이 말했다.

그건 나도 몰랐다.

"프랑스 화가 발튀스의 연필 드로잉이야. 제목은 '성적 매력이 있는 어린 소녀.' 지금 보면 무난하게 눈에 들어오지만 그때만 해도 꽤 반향을 일으켰어. 미국에서는 주류협회하고 무기협회에서 미국 내 판매 불가를 결정할 정도였지. 미성년자를 성적 대상으로 삼은 누드화를 용납할 수 없다는 거였지. 엉뚱하게도 그런 점에서는 미국이 보수적인 사회잖아. 결국 무통 로칠드는 미국에서 모든 와인을 수거했어. 그리고 발튀스의 작품을 존중하는 의미에서, 아무 그림도 없는 에티켓을 붙인 와인을 미국에서 판매했지. 한마디로 예술에 무지한 미국 놈들, 엿이나 먹어라, 이거였지. 결국 에티켓에 소녀의 누드화가 있는 와인하고 없는 와인이 모두 관심을 불러일으켰어. 두 개 다 와인 애호가들의 수집 대상이지."

대웅의 해박한 설명에 다들 빠져들었다. 나조차도.

"원래 라벨, 아니 에티켓에 그림이 그려져 있니? 다른 와인은 아니잖아?"

원석이 물었다.

"1945년은 2차 세계대전이 끝난 해이기도 했고, 와인의 역사로 보자면 20세기 들어 최고로 작황이 좋은 해였어. 종전을 기념하기 위해 샤토 무통 로칠드는 승리의 빅토리(V) 사인이 들어간 필리프 줄리앙의 그림을 1945년 빈티지 와인의 에티켓에 그려 넣었지. 그걸 시작으로 매년 와인 병의 에티켓을 유명 화가가 그리는 문화 마케팅을 실시한 거야. 그래서 샤토 무통 로칠드의 에티켓은 현대 회화 컬렉션이라 불리기도 해.
피카소, 달리, 앤디 워홀, 마티스, 칸딘스키 등등 당대 최고의 화가들이
작품을 내놨지."

"나도 와인 좋아하는 편인데, 너 아주 와인 박사구나."

미진이 감탄했다.

"와인에 맛들인 지는 얼마 안 됐어."

대웅이 미진의 빈 글라스를 채워주었다.

"이런 와인은 얼마쯤 하냐?"

원석이 물었다.

"가격은 잘 모르겠어."

대웅이 어깨를 으쓱 올렸다.

그렇겠지. 직원이 준비할 테니까.

"미국에는 언제 들어가요?"

소원이 물었다.

"다음 주 월요일. 서울에 좀 더 있고 싶은데, 오래 비울 수가 없네."

식사가 나왔다. 캐주얼해 보이는 분위기와 달리 파스타 맛이 일품이
었다. 유래를 알고 나니 와인도 더 맛있게 느껴졌다. 우리는 한 병을 금
방 비웠다. 원석이 종업원에게 와인 리스트를 부탁하려 하자 대웅이 손
을 들어 막았다. 그러고는 구석 테이블에서 식사하던 사내 둘에게 눈짓
을 했다. 사내 중 한 명이 우리 테이블로 왔다.

"네, 피디님."

사내가 대웅에게 머리를 숙였다.

"트렁크에서 한 병 더 갖고 와."

대웅이 테이블 위에 있는 빈 와인 병을 턱으로 가리키며 말했다. 사내는 꾸벅 인사하더니 레스토랑을 나갔다. 다들 어안이 벙벙해졌다. 우리는 사내들의 존재조차 모르고 있었다.

"누구야?"

미진이 물었다.

"매니저. 내가 있는 곳엔 항상 따라다니는 친구들이야."

대웅이 별일 아니라는 표정으로 말했다.

"보디가드 같은 건가? 좀 짱이다."

원석이 중얼거렸다.

"그런데 왜 널 피디라고 불러?"

내가 물었다.

"대표라는 말은 좀 딱딱하고 멀게 느껴지잖아. 크리에이티브하지도 않고. 어차피 음반이든 영화든 내가 프로듀서 역할을 할 때도 있으니까 틀린 말은 아니지. 그냥 피디라고 불리는 게 마음도 더 편해."

지시를 받은 매니저는 오래지 않아 우리가 마신 와인과 똑같은 것을 한 병 더 가져왔다.

"대체 그 와인을 몇 병이나 갖고 있는 거야?"

미진이 물었다.

"한 병으로는 부족할 것 같아서 두 병 준비했어."

"1993년."

내가 와인 에티켓을 보며 중얼거렸다. 그러다 문득 생각난 것처럼 말
했다.

"타임캡슐!"

잠시 멍한 표정이던 친구들은 곧 무슨 말인지 알아차렸다.

"맞다! 그때 그걸 묻었는데."

미진이 추억에 잠긴 얼굴로 말했다.

다들 기억을 더듬으며 타임캡슐 안에 뭘 넣었는지 떠올리는 듯했다.

"아직도 있을까?"

원석이 물었다.

"있겠지. 학교가 그대로 있는데."

윤우였다.

"맞다. 이제 우리 그거 파내도 되잖아?"

원석이 타임캡슐의 시한이 다 되었음을 일깨웠다.

의외로 다들 시들한 표정이었다. 하긴 나도 연희 일이 아니었다면 굳
이 타임캡슐에 관심을 기울이진 않았을 것이다. 어릴 때 열광하던 장난
감처럼 세월이 흐르면 효용 가치가 고갈되는 추억 속의 물건일 뿐이다.
자연스럽게 타임캡슐은 그냥 그 자리에 묻어두자는 쪽으로 의견이 모아
졌다. 내가 반문했다.

"그때는 약속이 달랐어. 18년이 지난 다음에 파보기로 했잖아."

"그럼, 지금 삽 들고 가서 파보자고?"

귀찮은 건 질색인 원석이 인상을 썼다.

"다들 별 흥미가 없다면, 나 혼자 파봐도 불만 없는 거야?"

나는 조금 고집을 부렸다.

"내 생각엔 그래도 상관없을 것 같은데? 다른 사람들은 어때?"

대웅이 물었다. 다들 어깨를 으쓱하며 상관없다는 표정을 지었다.

"정말 파볼 거면, 내 편지나 전해줘."

원석이 말했다. 그 말에 다른 친구들도 똑같은 부탁을 했다. 그 말에 나 역시 욕망이 수그러들었다. 그래, 그런 추억은 그냥 내버려두는 게 맞아.

화제는 친구들의 근황으로 옮겨갔다. 다들 잘 지내고 있었다. 대웅은 대화 내내 적당한 미소를 잃지 않았다. 내가 불쑥 노골적인 질문을 던지기 전까지는.

"태범이랑 세희는 어떻게 된 거야?"

모두의 시선이 화살처럼 내 얼굴에 꽂혔다. 다들 '너 오늘 왜 그래?' 하는 식이었다. 대웅의 평화로운 미소도 흐트러졌다. 하지만 곧 표정을 수습하고 내 질문을 받았다.

"그게 무슨 얘기지?"

"대체 무슨 일 때문에 그룹에서 나와야 했는지 궁금해서."

"기자님께서 다른 기자들의 기사는 안 보시나보네? 기사에 나온 그대로야."

"구체적으로 무슨 이유 때문인지 궁금해서 그래. 그룹 활동을 계속할 수 없을 정도의 태도라는 게 뭔지."

"회사의 방침과 규정을 너무 자주 어겼어. 다른 멤버나 다른 연예인들을 위해서라도 희생할 수밖에 없었어. 재주도 많고 인기도 많은 친구였는데, 자기 관리가 너무 안 됐던 거지."

"내가 좀 찾아봤거든. 태범이라는 친구, 보통이 아니던데? 몸이 흐트러진다면서 술도 아예 안 마시고, 작곡 공부도 따로 하고, 병역 문제로 시끄러워질까봐 미국 시민권도 포기했다고 하던데? 그런 친구가 자기 관리를 못했다고?"

나도 모르게 따지듯이 묻고 있었다. 내 옆에 앉은 소원이 그만하라며 테이블 밑으로 내 손을 꾹 잡았다.

"학교를 졸업하고도 너희들이 좋은 친구로 남아 있는 것처럼 우리 회사를 떠났어도 태범이는 나한테 좋은 동생이야. 태범이의 사생활과 관련된 부분이라서 더 이상은 말해줄 수 없다. 게다가 너는 직업이 기자잖아. 나중에, 충분히 시간이 흐른 뒤에는 말해줄 수 있겠지. 기사화된 부분 외엔 아무 일도 없다고 생각하면 돼. 모든 게 다 정당해."

정당하다…. 대웅은 나와 달리 침착함을 잃지 않았다. 하지만 나는 확신했다. 녀석에게 숨기고 싶은 비밀이 있음을.

그거 아니, 대웅아? 나도 많은 사실을 알아냈어. 상민이라는 친구의 존재. 그의 석연치 않은 죽음. 누군가가 사주해서 태범이를 흠집 내는 기사를 냈고 또 누군가는 그 기사를 쓴 기자에게 돈까지 전달했지. 태범이는 어떤 이유에선지 그 기자를 직접 찾아갔고, 이런데도 아무 일이 없다고? 정당하다고? 하긴, 네 제국이니까, 네 기분이 곧 정의겠지. 하지만 지금은 따지지 않을 거야. 묻지도 않을 거야. 성급하게 그런 바보짓은 하지 않아.

나는 알겠다는 표정으로 고개를 끄덕이며 1993년산 빈티지 샤토 무통 로칠드 와인을 한 모금 마셨다. 성찬이 차려진 테이블 한가운데, 와인 에티켓에 누운 '성적 매력이 있는 어린 소녀'가 알몸으로 나를 바라보고 있었다. 그 너머로 또 다른 시선이 있었다. 그때 나를 보는 대웅의 눈빛은 처음 경험하는 것이었다. 서늘했다. 너무나도 서늘해 맥이 풀렸다.

특집 기사를 쓴다는 핑계로 ESP 탄생 무렵부터의 상황을 꼼꼼하게 살펴보기 시작했다. 방대한 작업이었다. 박대웅은 법무관으로 군 생활을 마친 직후 '김앤장'에서 2년 동안 근무했다. 그리고 돌연 로펌을 그만두었다. 그의 로펌 시절이 궁금해 직접 김앤장을 찾아갔다. 물어물어 찾은 끝에 대웅과 함께 근무했던 변호사 한 명을 겨우 만날 수 있었다.

─박대웅은 아주 퍼펙트했지요. 로펌 일이라는 게 정말 지치거든요. 근데 그 친구는 아주 신나게 일했어요. 뭐라고 표현할까? 일을 하면서 뭔가를 흡수하는 것 같았다고나 할까? 지금이야 워낙 거물이 되었지만 계속 회사에 있었어도 아주 잘나가는 변호사가 됐을 겁니다. 그만둘 때는 파트너 변호사들까지 나서서 다들 말렸죠.

이 부분은 패스. 그다음은 몇 달간의 미국 체류 시절이었다. 이 시기의 박대웅에 대해 확인할 방법은 마땅치 않았다. 녀석은 혼자 떠났고 혼자 움직였고 혼자 머물렀으니까. 2년 동안 로펌 생활을 했으니 본인도 충분한 여행 경비가 있었을 테고 집도 넉넉하니 원하는 곳은 전부 가보고 보고 싶은 것은 전부 본 여행이었을 것이다. 뭘 봤을까? 내가 대웅이었다면 미국의 대중문화와 연예계 시스템을 흡수하고 싶었을 것이다. 녀석은 나이는 어려도 넓은 인맥과 뛰어난 지적 능력을 갖추었다. 남들이 몇 년씩 유학을 해야 얻을 수 있는 경험과 느낌을 머리와 가슴에 담아왔을 것이다.

좋아. 그다음 행보는?

대웅은 귀국해서 음반 기획사 동아음반의 이사로 입사했다. 나는 은미향 기자에게 전화를 걸었다.

"오, 반가워요!"

그녀는 기분 좋게 전화를 받았다.

"뭐 좀 여쭤볼 게 있어서요. 동아음반에 있던 사람들 좀 아세요?"

"대표님을 좀 알아요. 처녀 시절에 절 예뻐라 해주셨거든요. 김정훈 씨라고, 10년 전에는 연예 비즈니스계의 거물급이었죠."

"소개해주실 수 있어요? 여쭤볼 게 좀 있어서요."

"특집 기획을 준비하신다더니, 그것 때문인가요?"

"네. 오래 걸리진 않을 겁니다."

"소개해드리는 건 어렵지 않아요. 장소가 좀 불편하실 텐데."

"장소요?"

"지금 들어가 계시거든요. 교도소에."

헉. 예상 못한 상황이었다. 내가 머뭇거리는 사이 그녀가 말을 이었다.

"회사 접고 몇 년 쉬시다 재작년에 지인들하고 이쪽에 펀딩을 준비하셨나봐요. 그 과정에서 공금 횡령, 주가 조작, 공갈 협박 등등 혐의로 5년을 받았어요. 깡이 워낙 좋은 분이라 들어가시기 전에 당신이 아는 사람들한테 일일이 연락을 돌렸죠. 몇 년 쉬다 나오겠다고. 저도 연락을 받아서 알게 됐죠."

"괜찮으시다면 면회를 주선해주실 수 있겠습니까?"

"재밌겠는데요? 저도 그 자리에 같이 있을 수 있나요?"

역시 베테랑 기자는 다르다 싶었다. 그녀는 자연스럽게 나와 거래를 하고 있었다. 고? 스톱? 아니다. 재협상.

"기자님이 옆에 계시면 제가 편하게 인터뷰를 못할 것 같은데요? 제가 워낙 예민하고 소심해서요."

내 말에 그녀는 키득키득 소리 내어 웃었다.

"현 기자님은 좀 특이해요. 이런 얘기 처음 들어봐요?"

"가끔 들어요. 이름이 특이하다고."

"아, 웃겨. 나중에 우리 꼭 술 한잔해요. 김 회장님 면회는 제가 알아볼 테니까 술 사요. 오케이?"

"좋은 데서 살게요."

"내일쯤 연락드릴게요."

나이스.

전화를 끊고 사무실 의자에 몸을 기댔다. 핸드폰이 짧게 드르륵 울렸다. 문자를 확인했다.

—만나서 반가웠다. 여긴 공항이야. 이제 나 들어간다. 우주야. 우리
친구 맞지? 겨울 햇살이 참 좋구나.

　대웅이었다. 알 수 없는 섬뜩함에 몸을 부르르 떨었다. 우리가 친구였
던 적이 있었나? 그랬었니, 대웅아?

　뭐라고 답장을 보내야 할지 몰랐다. 예상 못한 문자였다. 녀석의 성격
상 이렇게 자상하게 작별 문자를 보낼 리가 없는데. 게다가 친구 모두에
게 한꺼번에 보내는 문자도 아니고, 내 이름을 정확히 써서, 지극히 개인
적인 감정을 드러냈다. 나는 한참 핸드폰을 만지다 답문을 썼다.

　—그래 햇살이 참 좋네. 사업 계속 번창하기를 빌게. 몸조심해.

　적당한 답장 같았다. 전송 버튼을 눌렀다.

　"그 썩을 놈 얘기는 하덜 말어. 아주 열이 뻗치니까."

　김정훈 회장은 나지막이 욕설을 내뱉었다. 면회실 분위기가 순식간에
싸늘해졌다.

　한때 연예계 큰손이었던 김 회장은 원래 사채업자 출신이었다. 교도
소로 가는 차 안에서 은미향 기자가 해준 설명에 따르면, 김 회장 아버
지가 광주 지역 제일의 현금 부자였다고 했다. 그는 자금력을 바탕으로
서울로 진출했다. 쉰 살이 넘어서 당시 최고 음반 기획사였던 동아음반
을 인수하며 일약 연예계의 거물로 등장했다.

　"박대웅이 좋아서 여쭤보는 게 아닙니다. 박대웅 주변에 있는 여러 가
지 의혹을 밝히고 싶어서 옛날 일들을 알아보는 중입니다."

나는 솔직하게 용건을 털어놓았다. 뱀눈을 가진 노인네에게 얕은 거짓말을 해봤자 먹힐 리 없다는 판단이 들었다. 그는 심문하듯 나를 지켜보다 입을 열었다.

"의혹? 무슨 의혹?"

"뉴스는 보셔서 아시죠? 서연희 씨가 죽었습니다. 그게 자살이든 타살이든 남편인 박대웅과 어떤 식으로든 연관이 있다고 생각합니다."

김 회장이 한쪽 입꼬리를 올리며 픽 웃었다.

"오랜만에 마음에 쏙 드는 야그를 해주는 분을 만났고만?"

그가 손을 내밀었다. 나는 두텁고 주름진 노인의 손에 파묻히듯 악수했다.

"그 새끼는 그러고도 남지. 나도 뉴스를 딱 보는 순간, 아, 저거는 그놈이 한 짓이다, 딱 생각을 했지. 설령 그러지 않았다 하더라도 와이프가지 혼자 꼴까닥 숨이 넘어가게 만들었을 것이여."

"왜 그런 생각을 하셨습니까?"

"그놈을 나만큼 아는 사람도 없으니까."

"이야기를 좀 해주시죠. 오래전이긴 하지만 박대웅 씨가 회장님 회사에서 일하다 독립하던 시절에 대해서요."

"따지고 보면 내 꼬라지가 요로코롬 되어 있는 것도 다 그놈 탓이여."

김 회장은 가래 긴 목소리를 몇 번 다듬고 긴 이야기를 시작했다.

"처음 일할 때는 아주 마음에 쏙 들었제. 일단 변호사니까 복잡한 문제를 깔끔하게 해결해줬거든. 그런데다 제법 음악도 많이 알고, 듣는 귀도 있고, 그렇더라고. 나는 골프나 치러 다니고 그놈이 회사 일을 다 맡아서 하다시피 했지. 그게 내 불찰이었어. 그렇게 믿어버린 게 에러였던 거여."

박대웅이 동아음반에서 일한 기간은 3년도 채 안 되었다. 그러나 그기간 동안 소속 연예인 대부분과 막역한 사이가 되었고, 회사의 매니저들하고도 형·동생 하면서 친해졌다. 게다가 회사의 껄끄러운 부분, 일테면 비밀 장부와 방송국 PD를 대상으로 한 불법적인 로비 활동, 성 접대 등등의 치부까지 파악하게 되었다. 모든 준비를 마치자 녀석은 김 회장에게 장군을 불렀다. 멍군이 없는 외통수였다.

"내가 헛살았다는 생각을 했지. 그동안 거두고 챙겨준 아그들이 전부 그 어린놈의 새끼한테 혹해가지고 넘어갔더라고. 아부지 말씀에 머리 까만 짐승은 거두는 것이 아니라고 했는데. 그 말이 참말로 맞았제."

박대웅은 동아음반에 소속된 가수 대부분과 계약을 해지한 다음 데리고 나갔다. 아직 계약 기간이 남아 있었지만 소용없었다. 박대웅 본인은 물론 놈이 데려온 다른 변호사들이 그런 불공정한 계약은 무효라는 근거를 들이댔다. 김 회장도 분개하며 법적으로 맞서겠다고 나섰다.

"그것뿐 아니었어. 그놈의 새끼가 나를 협박하더라고. 내가 회사 돈을 횡령했다는 거여. 사실은 그 돈을 로비하는 데 쓰고 그러느라 비자금으로 조성한 거거든. 어차피 불법 로비라서 내가 증명할 수 없을 거라는 걸 알고 협박한 거지. 정말 꼼짝없이 당한 거여. 눈앞에서 회사가 아작이 나더라고."

"많이 당황하셨겠네요."

"당황? 그런 말로는 표현이 안 되지. 그놈을 죽이고 나도 죽으려 했어. 그런데 이놈의 새끼, 나쁜 물은 빨리 든다고, 옆에 건달 같은 놈들까지 달고 다니더라고."

"건달이요?"

"내가 누구여? 무등산 아래서 내 이름을 부르면 건달 놈들이 무조건 열 명은 모인다고 했던 김정훈이여."

잠시 말을 멈춘 노인은 아련한 기억을 떠올리는 듯 눈을 껌벅이다 입을 열었다.

"제일 똘똘하다는 아그들 딱 열 명을 데불고 그놈의 ESP인가 뭐신가 하는 사무실로 찾아갔어. 짭새가 오기 전에 아작을 내고 발라버리기로 겐또를 세운 거여. 회사로 무조건 밀고 들어갔지. 그놈 방에 들어가려고 하는데 건달같이 생긴 놈들 세 명이 막아서더라고. 아직도 잊히질 안 혀. 그 세 놈이 우리 애들 열 놈을 아작 내부렀으니까. 그냥 건달이 아니었어. 몸을 움직이는 것도 그렇고, 상황을 정리하는 솜씨가 차원이 달랐던 거여. 데불고 갔던 애들 열 명이 전부 바닥에 퍼져불고, 그제야 박대웅이가 지 방에서 딱 나오더라고. 한 손에는 샌드위치를 들고 씹으면서."

김 회장은 떠올리기 싫은 듯 인상을 찌푸리고 한숨을 쉬었다.

"악마 같은 새끼."

턱이 부르르 떨렸다. 긴 침묵이 흘렀다.

"그놈은 나한테 털끝 하나 손을 대지 않았어. 내 앞에 딱 서서 말했지.

회장님, 큰 실수 하셨습니다. 아, 씨발, 그놈 눈깔을 잊을 수가 없어."

박대웅은 김정훈 회장에게 말했다. 아니, 명령했다.

─사과하십시오. 정확히 이렇게요. 박대웅 회장님, 죽을죄를 졌습니다. 다시는 이러지 않겠습니다. 용서해주십시오. 외울 수 있지요?

김 회장은 죽으면 죽었지 도저히 그렇게 말할 수는 없었다.

─딱 10초 드리겠습니다. 정중한 사과가 없다면, 거지꼴로 내쫓아버릴 겁니다.

10초가 흘렀다. 박대웅은 사냥개 같은 심복 세 명에게 지시했다.

─깨끗하게 만들어서 밖으로 모셔드려라.

그러고는 김 회장 앞에 얼굴을 바싹 들이대고 말했다.

─저 무척 바쁜 사람입니다. 한 번만 더 귀찮게 하면 영영 숟가락 놓게 되십니다. 아시겠지요, 이 씨발놈아?

그러곤 있는 힘껏 김 회장의 뺨을 갈겼다. 일격을 당한 김 회장은 코에서 피를 뿜으며 바닥에 쓰러졌다. 대웅은 아무 일도 없었다는 듯 방으로 들어갔다. 동시에 대웅의 심복들이 달려들어 옷을 벗기기 시작했다. 김 회장은 발버둥을 쳤다. 사내 중 한 명이 배에 주먹을 꽂았다. 그는 정신을 잃었다.

다시 눈을 떴을 때, 김 회장은 정말 실오라기 하나 안 걸친 초라한 알몸으로 건물 계단 위에 쓰러져 있었다. 겁이 나고 두려워서 위로 올라갈 수도 없었다. 예순을 눈앞에 둔 늙은 알몸으로 건물 밖으로 나갔다. 미친놈처럼 사람들이 쳐다보았다. 아래를 움켜쥐고 거리를 달리다 경찰차에 실려 지구대로 끌려갔다. 음란죄로 벌금까지 내고서야 겨우 풀려날 수 있었다.

"그 꼴을 당한 뒤로 신경쇠약이 왔어. 억울하고 무섭고. 이러다가 말라 죽겠구나 싶더라고. 고향에 내려가서 몇 년을 쉬었지. 정신 병원에도 다니고, 약도 많이 먹었어. 그러다 몇 년 전에 아는 사람들하고 일을 좀 해보려고 했는데, 바로 경찰에서 뜨더라고. 나는 알고 있어. 이번에도 그놈이 날 엮었다는 걸 말이여. 이젠 다 포기했어. 복수할 생각도 없고, 그럴 수 없다는 것도 아니게. 그 악마 같은 새끼한테 천벌이 떨어지기를, 기도나 하면서 살 생각이여."

기억을 떠올리는 것만 해도 힘이 드는지 김 회장의 이마에는 땀이 송골송골 맺혀 있었다.

"그 외에 다른 일은 없었나요?"

"나하고 있었던 일은 그게 전부여. 그런데 다른 회사 애들을 빼오거나 일을 정리할 때도 그런 식으로 처리했다더라고, 듣기로는."

"그런 식이라니요?"

"이 바닥은 법으로만 해결되는 곳이 아니여. 원체 지금 기획사 하는 애들 중에 건달 출신이 많거든. 건달하고 엮인 놈들도 많고. 또 가수 애들은 업소나 행사 쪽이 벌이가 되거든. 그런데 그쪽 바닥이 전부 아사리 판인 거여. 건달 양아치 지방 애들이 꼬여 있단 말이여. 박대웅이가 처음 회사를 시작할 때, 다 법적으로 해결을 본 거 같제? 천만의 말씀 만만의 콩떡이여. 배운 놈이 더 독하다고 다들 그랬응께. 한 손으로는 법을 들이 밀고, 또 한 손으로는 깡패들을 지휘한 것이여."

"다른 기획사나 업소에도 회사를 비호해주는 조직이 있지 않나요?"

"그러니까 그놈이 무섭다는 것이제. 어디서 그렇게 독한 애들을 데불고 왔는지 몰라도 살벌했지. 이 바닥에 있던 건달 애들은 상대가 안 되었응께. 아, 물론 온전히 주먹만 갖고 붙었으면 오래 못 가고 깨졌겠지. 근데 그놈은 머리도 좋고 법에도 빠삭했으니께. 머리 나쁜 딴따라 깡패 술장사하는 넘들이 당해낼 재간이 있겠어? 내 밑에서 3년을 지내며 이 바닥 생리를 확실하게 파악한 것이지. 나중에 연예인들 사이에서는 이런 말도 돌았어. ESP에 들어가면 어느 행사, 어느 업소를 가도 걱정이 없다고."

박대웅과 깡패라. 어울리지 않는 조합이었다. 그러나 김 회장이 거짓말을 할 이유는 없었다. 나는 정중히 인사하고 면회실을 떠났다.

집에 돌아와서 소파에 몸을 묻고 쉬는데 문자가 왔다.

─투다리 약속 기억해요?

소원이었다. 답장을 보냈다.

─매일 되새겼다면 거짓말이고 니 문자 보니까 기억이 나네^^ 언제가지?

금방 답장이 왔다.

─오늘 어때요?

학창 시절에 가던 압구정점이 없어져 집에서 가까운 청담점에서 보기로 했다. 나는 약속 시간보다 조금 일찍 가서 기다렸다. 투다리는 대학을 졸업하고 처음이었다. 인테리어는 분명 바뀌었는데 익숙한 느낌은 남아 있었다. 목재를 위주로 한 구성과 특유의 심벌 덕분이리라.

20분쯤 기다리자 소원이 들어왔다. 반갑게 인사를 나누었다.

"와, 오랜만이다. 이런 데 와본 지 한 10년 넘은 것 같네요."

그러곤 메뉴판을 들어 안주를 훑어보았다.

"모듬꼬치 어때요?"

"좋아. 투다리는 뭐니 뭐니 해도 모듬꼬치에 어묵이지."

주문을 한 지 10분도 되지 않아 안주가 나왔다. 닭 모래주머니, 마늘, 염통, 은행 등등이 긴 나무 꼬챙이에 꿰어져 있었다. 소원은 손을 써가며 맛있게 안주를 먹었다. 그녀에게서 한결같은 향수 냄새가 났다. 아, 이제야 향수 이름이 떠올랐다. 돌체 앤드 가바나 라이트 블루.

"예전부터 물어보려고 했는데, 계속 이 향수를 쓰는 이유가 뭐야?"

"어? 어떻게 알았어요? 같은 향수만 쓰는 거?"

"되게 오래되지 않았나?"

"바보, 자기가 선물로 사주고서는."

"어?"

"서른 살 생일 선물이라면서 줬잖아요. 생일 한참 지나서."

그제야 기억이 났다. 라이트 블루 향수가 출시된 지 얼마 안 되었을 때였다. 우리 잡지에서 한정 사은품을 증정하는 프로모션 이벤트를 걸었는데, 사무실에 몇 개 남아 있던 향수를 챙겨놨다가 소원을 만났을 때 준 것이다.

"그걸 아직까지 쓰고 있는 거야?"

"아뇨. 향이 마음에 들어서. 지금이 세 병쨴가, 네 병쨴가. 다른 걸로 못 바꾸겠어요."

"내가 더 좋은 향수 알아볼게. 마흔 살 생일 선물로 줄까?"

내 농담에 소원은 웃지 않고 살짝 인상을 찌푸렸다. 흠칫 놀란 내가 눈치를 살피자 곧 그녀다운 발랄한 톤으로 돌아왔다.

"알아보고 있는 일은 잘 돼가요?"

"일이 자꾸 커지네. 수습은 잘 안 되고."

나는 그동안 있었던 놀라운 수수께끼를 하나씩 말해주었다. 그녀는 예전과 달리 진지한 얼굴로 경과보고를 들은 뒤 고개를 끄덕이며 말했다.

"나도 최근에 이상한 얘기를 들은 게 있어요."

"뭔데?"

"오빠가 하도 이상하다, 이상하다 해서 저도 모르게 신경을 쓰고 있었나봐요. 대응 오빠하고 관련된 일이라면 손톱만 한 일이라도 귀에 걸리더라고요. 평소 같으면 그냥 지나쳤을 얘긴데."

"뭔데. 빨리 말해봐."

"신사동에 DK 성형외과라고 있어요. 규모가 커요. 연예인들이 많이 오죠. 특히 ESP 쪽 사람들은 거의 전부 그곳에서 수술을 받는대요."

"그런데?"

"작년까지 거기 있던 의사 중에 저하고 학교 동창인 친구가 있어요.

일도 너무 지친다, 삶의 질이 어쩌고저쩌고 하더니 결국 작년에 그만두고 온 가족이 캐나다로 이민을 갔어요. 한국에 자주 들르기는 하죠. 남편 사업체가 한국에 있거든요."

나는 조용히 고개를 끄덕이며 소원의 말을 경청했다. 그녀는 소주 한 잔을 마신 뒤 본론을 꺼냈다.

"지난주에 그 친구가 한국에 들렀어요. 올 때마다 저랑은 밥 한 번 정도는 같이 먹거든요. 이런 이야기 저런 이야기를 하는데, 불쑥 그러는 거예요. 박대웅을 밴쿠버에서 봤다고요."

"박대웅을 밴쿠버에서 봤다…. 그게 뭐가 이상해?"

"문제는 그다음 파트예요. 박대웅 옆에 자기 병원에 다니던 남자가 있었대요."

나는 소원이 무슨 소리를 하는지 잘 이해되지 않았다.

"이상한 환자였대요. 원래 잘생겼는데 몇 년째 병원을 다니면서 얼굴을 아예 다른 사람으로 만들어버렸다는 거예요. 수술을 다섯 번이나 하면서요. 그래서 몇 년 전 처음 왔을 때하고 지금은 거의 알아볼 수 없을 정도로 다른 사람이 됐대요. 참 이상한 사람이다 싶었는데, 박대웅 옆에 그 사람이 있었다는 거예요. 좀 이상하죠?"

아마 평소였다면 그냥 지나쳤을 것이다. 그러나 이미 많은 증거를 기억하고 있는 내 머리가 화학 작용을 시작했다. 긴 침묵이 흘렀다. 생각이 정리되자 나는 조용히 물었다.

"그 친구, 언제 출국하니?"

"모레 저녁 비행기라고 들었어요."

"10분이라도 좋으니 출국하기 전에 만날 수 있게 해줘."

다음 날 오전 11시, 그 여자를 만났다. 그녀는 친정에 머무르고 있었
다. 내가 친정이 있는 도곡동으로 넘어갔다. 타워팰리스 1차 건물 1층에
있는 스타벅스였다. 그녀는 약속 시간보다 일찍 와서 기다리고 있었다.
나이보다 어려 보이는 외모에 크림색 스웨터를 입었다. 손에는 기욤 뮈
소의 책이 들려 있었다. 가게 안에 혼자 있는 여자 손님은 그녀뿐이었다.
금방 알아볼 수 있었다.

"이정은 씨죠?"

그녀 앞으로 다가가며 물었다.

"아, 네. 현 기자님?"

그녀는 빙긋 웃으며 인사를 받았다.

공통의 친구인 소원을 놓고 잠시 가벼운 대화를 나눴다. 그리고 본론
으로 들어갔다.

"소원이한테 대충 얘기는 들으셨죠? 밴쿠버에서 박대웅하고 선생님의
환자분이 같이 있는 걸 봤다는 얘기를 좀 자세히 듣고 싶어서요."

"정확히 말하면, 제 담당 환자는 아니었어요. 항상 원장님이 직접 면담
하고 수술했죠. 원장 선생님이 수술 전날 교통사고가 나는 바람에 제가
딱 한 번 맡은 적은 있어요. 그 뒤로는 원장 선생님이 직접 했고요."

"밴쿠버 어디에서 보신 건가요?"

"밴쿠버 다운타운에 있는 일본 레스토랑이었어요. '토조스'라고, 유명하고 큰 식당이에요. 단골은 아니고 가끔 들르는 식당이죠. 남편하고 골프를 치고 나서 식사하러 들렀을 때였어요. 그 사람이 혼자 밥을 먹고 있더라고요. 딱 보니까 그 환자분인 거예요. 저는 그 사람 얼굴을 알아봤지만 그 사람은 제 얼굴을 기억 못하는 것 같았어요. 굳이 인사할 필요도 없고, 또 뭐랄까, 그런 느낌 있죠? 이 사람은 방해를 받기 싫어하는구나, 싶은 느낌."

나는 동의하는 표시로 고개를 끄덕였다.

"토조스는 꽤 큰 식당이거든요. 우리는 구석 테이블에 있고, 그 사람은 주방장 앞 바 자리에 앉아 있었어요. 전 그 사람한테서 눈을 뗄 수가 없었죠. 한국에 있을 때도 그 손님은 저한테 미스터리였거든요."

"그 사람이 처음 병원을 찾아온 게 언제였나요?"

"첫 수술은 5년 전이었어요."

5년 전. 그 말이 나오기를 기다렸던 걸까. 심장이 쿵쿵 빨리 뛰기 시작했다. 그녀가 말을 이었다.

"환자 파일에서 수술 전 사진을 쭉 봤어요. 제가 보기엔 처음부터 전혀 수술할 필요가 없는 얼굴이었어요. 꽃미남까지는 아니어도 충분히 매력 있는 얼굴이었거든요. 여러 번 수술을 거치면서 오히려 매력이 떨어지는 평범한 얼굴로 바뀌었다고나 할까?"

"그게 성형 수술로 가능한가요?"

"한 번에는 안 되죠. 처음엔 눈과 코, 다음에는 턱, 그다음에는 윤곽술

245

그리고 그분 같은 경우엔 제가 병원을 그만두기 직전 자가지방삽입술까지 받은 걸로 알고 있어요. 아마 수술 전에 그 사람하고 사귀었던 여자라도 지금 얼굴을 보면 못 알아볼 걸요?"

"그런 환자가 더러 있나요?"

"가끔 있긴 하죠. 자기 얼굴을 싫어하는 사람들, 자기혐오에 사로잡힌 사람들이 있어요. 그런데 그 남자는 달랐어요."

"그 사람이 밴쿠버에서 박대웅을 만났다?"

"네. 남편하고 식사하면서 그 사람을 훔쳐봤죠. 남편도 그 환자 얘길 예전에 저한테 들어서 알고 있었어요. 그 스토리의 주인공을 실제로 보고는 신기해했죠. 그런데 누군가가 그 사람 맞은편에 앉는 거예요. 캐주얼한 점퍼에 베이스볼 캡까지 푹 눌러쓴 모습이었어요. 처음에는 박대웅인지 못 알아봤어요. 근데 몇 번 흘깃거리던 남편이 저 사람 혹시 박대웅 아니냐고 그러더라고요. 그제야 자세히 봤죠. 박대웅이 맞더라고요. 원래 얼굴이 좀 특이하게 생겼잖아요. 한국에서 보던 정장 차림하고는 딴판이었어요. 아마 그냥 봤다면 못 알아보고 지나쳤겠죠."

"그게 언제죠?"

"반년쯤 전인 것 같네요."

"그럼, 서연희가 죽기 전이네요?"

"그렇죠."

"무슨 이야기를 나눴는지는 모르고요?"

"모르죠. 박대웅이 계속 뭔가를 말했고, 그 사람은 주로 듣기만 했어요. 그 사람은 아예 무표정한 얼굴이고, 박대웅은 몹시 심각한 표정이었어요. 그런데도 둘 사이에 묘한 친밀감이 느껴졌어요. 사이가 좋아 보였다는 말은 아니고요, 아군 적군 상관없이, 아주 오랫동안 알고 지낸 사이에서만 느껴지는 그런 친밀감. 알죠?"

"잘 알죠. 특별한 건 없었고요?"

"그 사람, 밴쿠버에 사는 게 확실해요."

"왜죠?"

"또 봤거든요."

"그다음은 언제, 어디서요?"

"얼마 안 됐어요. 한 달쯤 전인가?"

"그럼, 서연희가 죽은 후군요."

"서연희 씨하고 그 사람하고 무슨 관련이라도 있나요?"

평온해 보이던 그녀가 갑자기 번득이는 눈빛으로 물었다. 너무 생각 없이 중얼거렸다. 내 앞에 있는 사람은 A급 성형외과 의사다. 메스 날만큼이나 예리한 판단력을 지닌.

"아, 제가 요즘 박대웅 서연희 커플에 대한 특집 기사를 쓰고 있어서 자꾸 그 사건을 기준으로 말하는 버릇이 생겼어요. 신경 안 쓰셔도 됩니다. 두 번째 봤을 때도 그 식당이었나요?"

"아뇨. 스탠리 파크였어요."

"스탠리 파크요?"

"밴쿠버에 있는 큰 공원이에요. 서울로 치면 서울 숲이라고 할까? 물론 훨씬 더 크고 울창하지만. 그 사람은 운동을 하러 나온 트레이닝복 차림이었어요. 관광객 옷차림은 아니었죠. 게다가 스탠리 파크에 여러 번 와본 듯 혼자서 편안하게 조깅을 하더라고요. 전 아침에 개를 데리고 산책하고 있었는데 하마터면 인사를 할 뻔했죠."

"그 환자분 이름이 뭔가요?"

잠시 머뭇거리더니 결국 고개를 가로저었다.

"죄송하지만, 그건 말씀드릴 수 없어요."

예상 못한 걸림돌이었다. 당황했다. 그녀가 어쩔 수 없다는 표정으로 나를 보았다. 우리 사이에 어색한 겨울 햇살이 차곡차곡 쌓여갔다. 그녀가 읽고 있던 기욤 뮈소의 소설 제목이 눈에 들어왔다.《구해줘》.

"왜죠?"

"비록 지금은 일을 쉬고 있지만 저는 의사예요. 아까 했던 이야기는 의사가 아니라 일반인으로도 충분히 할 수 있는 가십거리지요. 하지만 이름이나 주소, 전화번호 같은 신상 정보는 알려드릴 수 없어요."

괜히 서연희 이야기를 내뱉은 내 입을 때리고 싶었다.

"좋습니다. 그러면 제가 어떤 이름을 말씀드리면 맞다, 아니다, 정도는 얘기해주실 수 있나요?"

"아뇨."

원칙주의자였다. 게다가 내가 쓸데없는 소리를 해서 경계심까지 발동한 상태였다. 병신! 눈앞에서 탐스러운 먹잇감을 놓친 것 같아 조바심이 났다.

"죄송해요. 어쩔 수가 없네요."

그녀는 막 일어서려는 눈치였다. 마지막 수단을 써야 했다.

"그럼, 이것 좀 봐주시겠습니까?"

나는 가방을 열고 준비한 물건을 꺼냈다. 전날 밤 이혁에게 전화를 걸어 얻어낸 물건이었다. 그는 갑자기 무슨 소리냐며 황당해했지만 나는 꼭 필요하다며 고집을 부렸다. 새벽 2시까지 그의 집 앞에서 기다리다 일을 마치고 돌아온 그에게서 받아낸 것이었다. 그는 필요 없으니 돌려주지 않아도 된다고 했다.

―저기요, 무슨 일을 벌이고 있는지 모르지만 다시는 저한테 찾아오거나 연락을 안 했으면 좋겠어요. 그냥 좀 찜찜해서 그래요. 알겠죠?

내가 무슨 쿠데타를 꾸미고 있기라도 한 듯 이혁은 그렇게 부탁했다.

탁자 위에 현대고등학교 제8회 졸업 앨범을 꺼냈다. 그리고 3학년 2반 페이지를 찾아 펼쳤다. 한 학생의 사진을 가리켰다. 아직 앳된 티가 묻어나는, 이제 막 어른이 되기 직전의 소년이 우리를 보고 있었다. 소년의 이름은 지상민이었다.

"혹시, 그 환자분이 이 사람인가요?"

그녀는 대답하지 않았다. 그러나 이미 흔들리는 눈빛에서 대답을 들었다. 그녀가 뭔가에 홀린 듯 중얼거렸다. 아마도 나처럼 실수를 한 것이리라.

"이름이… 다르네요."

지상민은 살아 있었다. 이름도, 얼굴도 바꾼 채 다른 사람으로.

회사에 하루 휴가를 냈다. 집에 틀어박혀 정적 속에 몸을 묻고 시간을 보냈다.

지상민이 살아 있다. 그리고 대웅과 함께 있다. 뭔가 그림이 안 맞는다. 대웅과 상민은 연희를 사이에 두고 삼각관계라고 했는데?

논리와 추론으로 풀 수 있는 문제가 아니었다. 상상력과 가설을 통해 답을 찾아야 했다.

동아음반 김 회장이 말한 '날아다니던' 박대웅의 건달 중 한 명이 지상민이라는 가설을 세웠다. 그럴듯했다. 고등학교 때부터 또래 아이들하고는 차원이 다른 싸움꾼이라고 하지 않았던가. 그렇다면 언제 어떻게 상민이 박대웅 사단에 들어가게 되었을까? 연희도 그런 사실을 알고 있었을까?

5년 전 지상민이 죽은 교통사고는 위장된 것이다. 사고 자체를 만들어 냈을 것 같지는 않다. 사망자를 확인하는 서류 작업 과정에서 돈을 쓰거나 해서 사망자와 지상민을 바꿔치기했을 것이다. 그런 일은 박대웅이 계획하고 진행했겠지.

여기까지다.

그전에는 느껴본 적 없는 종류의 공포감이 나를 에워쌌다. 누군가가 물리적으로 나를 해칠 수도 있다는, 그런 구체적인 공포감이었다.

경찰을 찾아갈까? 어디서부터 이야기를 해야 하지? 안 믿어주겠지. 아직은 뚜렷한 증거도 없어. 명명백백한 증거가 있다 해도 거물들은 법망을 피해나가지. 게다가 지상민은 외국에 있어. 지금쯤은 박대웅이 캐나다 시민권자로 만들어버렸을 수도 있어.

고? 스톱?

감상실로 들어갔다. 그룹 퀸의 앨범 'Innuendo'를 걸었다. 1991년에 발표한 앨범이다. 보컬 프레디 머큐리(Freddie Mercury)가 살아 있을 때 발표한 마지막 작품이기도 하다. 이 앨범을 낸 뒤 그는 에이즈로 인한 폐렴으로 사망했다. 앨범을 작업할 당시 이미 기력이 쇠진해 있었다. 의사들은 그에게 앨범 작업을 만류했다. 앨범이 발매될 때까지 생존할 가능성도 극히 적을 거라고 경고했다. 그러나 프레디 머큐리는 남아 있는 생명의 불꽃을 모두 이 앨범에 쏟아 부었다.

그가 죽은 뒤 'Made in Heaven'이라는 앨범(국내에서 히트한 'I Was Born to Love You'가 수록되었다)이 나오기도 했지만 기존의 미발표곡과 그룹 멤버들의 솔로 곡을 모은 컴필레이션 성격이 강했다. 한 그룹의 탄생과 소멸이라는 맥락에서 볼 때 나는 이것을 그룹 퀸의 마지막 앨범으로 본다.

프레디 머큐리는 레드 제플린의 로버트 플랜트(Robert Plant)와 더불어 가장 위대한 록 보컬리스트로 꼽힌다. 카리스마와 대중적 인기 그리고 실력. 나는 이 세 가지를 보컬리스트를 평가하는 기준이라고 생각한다. 그렇게 본다면 로버트 플랜트와 프레디 머큐리를 넘어서는 록 보컬리스트는 앞으로도 나오기 힘들 듯하다. U2의 리더 보노(Bono) 정도를 함께 세울 수 있지만 정치색이 짙어서 오히려 록 보컬리스트로서의 순도가 떨어지는 감이 있다.

프레디 머큐리의 죽음이라는 드라마틱한 사건 때문에 오히려 이 앨범 자체에 대한 찬사는 부당하리만큼 인색했다. 그러나 분명 이 앨범은 소름 끼치는 감동을 품고 있는 작품이다. 모든 곡이 대부분 수준 이상이고 멤버들의 퍼포먼스 또한 원숙하고 조화롭다. 리듬 파트는 절제의 미학을 실천하고, 보컬과 기타는 초절기교를 겨루듯 큰 폭에서 함께 어울려 움직인다. 읊조리다 비상하고, 고공비행을 하다 뚝 자유 낙하를 하기도 한다. 앨범 어디에서도 죽음이나 최후를 앞둔 연약함은 찾아볼 수 없다. 마지막 트랙의 제목을 보라. '쇼는 계속되어야 한다(The Show Must Go on).'

CD를 넣고 플레이 버튼을 눌렀다. 비장한 현악 연주와 함께 프레디의 목소리가 흘러나왔다. 눈앞까지 밀고 들어온 죽음과 맞선 한 사나이의 마지막 음성. 또렷하게 자신의 최후를 직시하는 로커의, 스스로를 위한 레퀴엠.

—쇼는 계속되어야 해. 가슴이 찢어지고 분장이 지워져도 내 미소는 남아 있을 거야. 나는 주인공이 될 거야. 나는 찬사를 받을 거야. 쇼는 계속되어야 해.

프레디 머큐리는 힘에서도 기술에서도 전성기에서 한 치의 모자람 없이 노래했다. 그의 소울메이트이자 이 시대 최고의 기타리스트 중 한 명인 브라이언 메이(Brian May)는 앨범 내내 자신의 존재감을 뽐어내다 이 마지막 트랙에서만큼은 프레디에게 모든 몫을 양보했다. 첫 번째 솔로, 한껏 화려함을 과시해야 할 타이밍에서 그는 한 발 뒤로 물러선다. 노래 끝부분의 마지막 솔로조차 프레디의 보컬 사이사이를 메우는 역할로 대신했다.

4분 35초 동안, 슬픔과 공포 그리고 사명감과 각오로 뒤섞인 복잡한 감정이 물밀듯 내 가슴을 채웠다. 노래가 끝났다.

감상실에서 나와 샤워를 했다. 옷을 챙겨 입고 외출했다. 집 안에만 있어 시간관념이 없었는데 아직도 해가 남아 있는 오후였다.

잠원동 강남 킴스로 차를 몰았다. 지하 1층 공구 코너에서 삽과 가위, 목장갑 그리고 그것들을 넣을 기다란 천가방을 구입했다.

현대고등학교 뒤쪽으로 연결된 한강시민공원을 하릴없이 어슬렁거렸다. 겨울이라 사람들은 많지 않았다. 한강의 야경을 보며 스킨십을 즐기는 커플들의 입김이 주차장 곳곳의 자동차 유리창에 하얀 자국을 남겼다. N타워로 이름을 바꾼 남산타워는 추위와 어둠 속에서 꼿꼿하게 서 있고 오른쪽으로는 한남대교, 왼쪽으로는 반포대교의 조명이 빛났다.

정확히 자정에 나의 모교로 향했다. 아파트 단지 안 도로가에 차를 세우고 트렁크에서 천가방을 꺼냈다. 지켜보는 사람이 있을지도 모른다고 생각했다. 상관없었다. 불법적인 일을 저지르는 것도 아니다. 묻혀 있는 내 어린 시절을 찾으려는 것뿐이다.

압구정중학교와 압구정고등학교는 나란히 붙어 있다. 벤치와 담장 사이의 빈 공간. 그날 이후 18년 동안 와보지 않은 장소였다. 그런데도 바로 엊그제 상자를 묻은 것처럼 분명하게 위치를 찾을 수 있었다.

새벽 1시. 겨울바람이 부는 학교 운동장에는 아무도 없었다. 나는 삽을 꺼내 땅에 날을 꽂았다. 겨울이라 단단하게 뭉친 흙바닥은 삽날이 잘 먹지 않았다. 땀을 뻘뻘 흘리며 한 시간가량 땅을 팠다. 삽 끝이 흙이 아닌 다른 물질에 탁 부딪히는 느낌이 들었다. 상자는 그대로 있었다! 위에 덮인 흙을 손으로 쓸어내자 철제 상자가 드러났다. 상자와 삽이 부딪히면 큰 소리가 날 것 같아 조심스럽게 상자 주위의 흙을 파냈다. 그렇게 또 한 시간이 걸려서야 상자의 몸체가 온전히 드러났다.

잠시 숨을 고르며 벤치에 앉았다. 하늘 한쪽에 반달이 떠 있었다. 맑은 겨울 밤하늘에는 별도 많았다. 목이 말랐다. 갈증을 참으며 침을 삼켰다. 몸 곳곳이 욱신거렸다. 오랜만의 육체노동으로 팔과 어깨 그리고 옆구리 근육이 놀란 모양이었다.

다시 일어나 구덩이 쪽으로 갔다. 철제 상자의 무게 때문에 힘이 꽤 들었다. 끙끙대며 상자를 구덩이에서 빼냈다. 상자는 모서리 부분의 칠이 벗겨지고 곳곳에 녹이 슬어 있는 것만 빼면 18년 전 그대로였다. 상자에 어지럽게 감겨 있는 노끈을 미리 준비해온 가위로 잘라냈다.

심호흡을 길게 했다. 폐가의 대문처럼 닫혀 있는 철제 상자의 뚜껑을 열었다.

오, 하느님. 상자는 휑하니 비어 있었다. 깨끗하게.

나는 주저앉고 말았다. 대웅. 원석. 윤우. 미진. 소원. 그리고 어쩌면 연희까지. 빨리감기 화면처럼 친구들의 얼굴이 스쳐 지나갔다. 누굴까? 우리의 추억을 훔친 도둑은? 모두가 용의자다.

—자, 약속해. 지금 이 시간부터 이 상자는 아무도 열 수 없어. 18년

뒤, 우리 중 누군가가 먼저 연락해서 모두의 동의를 얻은 다음 상자를 열기로 하자. 오케이? 우리 중 누구라도 이 상자를 먼저 열어보는 사람은 없겠지? 만약 그런 사람이 있다면 어떤 응징을 받아도 좋다는 데 동의해? 죽어도 좋지?

대웅은 그렇게 물었고, 우리는 모두 동의했다. 그렇게 무서운 약속을 왜 아무도 반대하지 않았을까? 죽을 각오를 하고 상자를 열어본 사람은 또 누굴까?

다시 묻기 전에 손전등으로 상자 안을 자세히 비춰보았다. 비어 있긴 했지만 완벽한 무(無)는 아니었다. 작고 납작한 물건이 바닥 구석에 깔려 있었다. 칼이다. 섬뜩했다. 게다가 뭔지 알 것 같은 짙은 얼룩이 칼날 곳곳에 묻어 있었다. 그리고 손바닥만 한 메모지. 황급히 메모지를 꺼내 펼쳤다.

―사람을 죽였다.

순간, 겨울바람이 무섭도록 차갑게 느껴졌다. 동시에 교문 쪽에서 어떤 움직임이 느껴졌다. 착각이 아니었다. 누군가가 나를 보고 있다 재빨리 몸을 숨기는 모습이 보였다. 급하게 도망가는 기색이 역력했다.

공포보다는 호기심이 더 컸다. 달렸다. 정체불명의 누군가를 쫓아서. 퓨마 운동화의 얇은 밑창으로 흙바닥의 단단함이 고스란히 전해졌다. 교문까지 달려가서 양쪽 옆을 확인했다. 왼쪽 오른쪽, 어느 쪽도 사람의 흔적은 보이지 않았다. 늦은 새벽의 압구정동 현대아파트 단지는 고요 속에 잠들어 있었다. 눈을 감고 청각에 집중했다. 혹 수상쩍은 발걸음 소리라도 들리지 않을까 해서. 그러나 소리 역시 잡히지 않았다. 힘이 탁 풀리면서 주저앉고 말았다. 고개를 드니 교문 앞에 걸린 현판이 보였다.

　—압구정고등학교.

　프레디 머큐리가 노래했잖아. 쇼는 계속되어야 한다고.

천국으로 가는 계단

Stairway to Heaven – Led Zeppelin

둑은 무너졌다. 고삐는 풀렸다. 사건의 핵심을 향해 내달리기로 결정했다.

타임캡슐에 들어 있던 칼을 들고 강남경찰서로 향했다. 등산을 갔다가 우연히 주웠는데 혹시 살인사건과 관련이 있는 건 아닌가 싶어 가져왔다고 둘러댔다.

"여기 묻어 있는 피가 얼마나 오래된 건지 알아낼 수 있을까요?"

"그럼요. 국과수에 맡기면 결과가 나오죠. 그런데 그건 왜요?"

나보다 어려 보이는데도 머리가 반쯤 벗겨진 형사는 미심쩍은 시선으로 나를 보았다.

"개인적인 호기심입니다. 사실은 기자거든요. 이 칼이 꼭 어떤 사건과 얽혀 있을 것 같은 예감이 들어서요."

명함을 건네면서 또 물었다.

"누구 피인지도 알 수 있나요?"

"그거는 DNA를 대조해야 되는데. 지금 수사 중인 살인사건 피해자들 DNA하고 맞춰봐야지요."

"금방은 안 되겠네요?"

"아무래도 그렇겠지요."

"칼에 지문도 남아 있을까요?"

형사는 미간을 찌푸리며 칼을 살펴보았다.

"글쎄요. 좀 오래되어 보이기는 하는데. 일단 국과수에 맡겨봐야 알겠네요."

"결과가 나오면 꼭 좀 연락 주시겠습니까?"

"그러지요. 궁금해하시니까."

칼을 전해준 지 일주일이 지났을 때 형사에게서 전화가 왔다.

"하도 오래돼서 정확한 날짜를 추정하는 건 불가능하답니다. 다만 10년은 훨씬 넘었을 거라고 하네요."

"지문은요?"

"지문은 안 나왔답니다. 10년이 넘었다는데, 지문 같은 게 남아 있겠습니까, 상식적으로."

"그럼, 어떤 사건하고 연관이 있는 건지도 알 수 없는 겁니까?"

"아니, 상식적으로 생각해보세요."

형사는 자꾸만 상식을 강조했다.

"자, 생각해봅시다. 기자님 호기심대로, 그 칼이 어떤 살인사건의 흉기였다고 칩시다. 그리고 만약 그 사건이 미결로 남아 있다고 쳐요. 공소시효라는 게 있습니다. 들어보셨지요? 살인사건도 보통은 15년만 지나면 공소시효가 말소된다, 이 말입니다. 국과수 말대로 10년을 훌쩍 넘었다면, 이미 공소시효가 지난 사건일 가능성도 많다, 이겁니다. 해결이 된 사건일 수도 있고."

"하지만 공소시효도 안 지났고 범인도 안 잡혀 미결로 남아 있는 사건의 증거물일 가능성도 있잖습니까?"

"거 참 답답하네. 제가 상식선에서 생각을 해보자고 했잖습니까? 그렇게 오래된 사건은 피해자 DNA 기록이 안 남아 있어요. 일일이 맞춰볼 수가 없다고요."

"일단 미결 살인사건들을 살펴보기라도 해야 되는 거 아닙니까?"

나도 모르게 다그치는 말투가 되었다.

"이봐요!"

형사도 화를 냈다.

"약은 약사에게, 진료는 의사에게, 수사는 형사에게! 알아서 할 테니까 이제 신경 끄세요."

그래. 상식적으로 다시 끄집어내기에는 너무 오랜 시간이 지났을지도 몰라. 경찰에 타임캡슐 이야기를 모두 털어놓을 수도 없고. 그런다고 믿어줄 것 같지도 않고.

—사람을 죽였다.

내 손바닥 위의 쪽지에는 또렷하게 여섯 글자가 적혀 있다. 누가 쓴 글씨인지는 알 수 없다. 누가 누구를 죽였는지도 알 수 없다. 가능한 추리는 이 쪽지를 쓴 사람이 사람을 죽였고, 우리의 타임캡슐을 파내 갔다는 것이다.

나는 회사의 비상구 계단에 쪼그리고 앉아 한참 동안 머리를 굴렸다. 아래위에서 계단을 오르내리는 발소리가 차가운 공기를 가르며 진동했다. 알 수 있었다. 정면 승부 외에는 답이 없다는 것을.

"출장?"

편집장이 나를 보며 인상을 썼다. 그와 나 사이에 있는 사무용 책상이 무척 넓고 멀게만 느껴졌다.

"네. ESP 인터내셔널 미국 본사도 취재하고, 박대웅도 인터뷰할 생각입니다."

편집장은 잠시 고심하다 물었다.

"왜 자꾸 판을 키우는 거야? 굳이 그렇게까지 해야 되나?"

"네."

충분한 설명을 원했겠지만 난 짧은 대답밖에 해줄 수 없었다.

"며칠이나?"

"열흘이요."

내 말에 편집장은 더 이상 참을 수 없다는 표정으로 변했다. 두 손을 책상 위에 탁 소리 나게 내려놓으며 말했다.

"이봐, 정도껏 해야지. 요즘 왜 그래?"

"네?"

"날 속일 수 있을 것 같아?"

그러면서 정말 부담스러운 눈으로 나를 응시했다. 독심술로 내 마음을 읽어내려는 것처럼.

"출장 기간이 너무 길다고 생각되시면 개인 휴가라도 붙여서 다녀오겠습니다. 그럼, 생각해보시고 말씀 주십시오."

나는 좀처럼 쓰지 않는 딱딱한 어투로 말했다. 인사를 하고 돌아서려는데 편집장이 불렀다.

"현 에디터."

낮은 목소리였다.

"네?"

"다녀와. 열흘 줄게."

"고맙습니다."

"자네를 믿어서가 아냐."

묘한 여운이 담긴 말을 하며 내 얼굴을 바라보았다.

"자네 과거를 믿어서야. 지금까지 잘해왔으니까. 침착하게. 과하지도 모자라지도 않게 잘해왔으니까."

"정량제 에디터…"

나는 그가 붙여준 별명을 중얼거렸다. 그제야 편집장은 긴장을 풀고 하하 소리 내어 웃었다.

"무슨 꿍꿍이인지는 모르겠지만 속아준다. 볼일 잘 보고, 좋은 글 만들어 와."

그렇게 나는 열흘의 시간을 얻을 수 있었다. 목적지는 미국이 아니었다. 아직은 옛 친구를 만날 준비가 안 되었다.

퇴근하고 곧바로 소원을 만났다. 그녀는 피곤한지 눈이 발갛게 충혈되어 있었다. 이번에는 내 차로 드라이브를 했다. 코스는 북악스카이웨이. 조수석에 앉은 그녀는 편안하게 등을 기대고 휴식을 취하는 모습이었다.

"많이 피곤하구나?"

"항상 그렇죠 뭐."

"기대해. 오늘 저녁은 정말 특별한 곳으로 모실 테니까."

북악스카이웨이를 느긋하게 달린 후, 성북동 꼭대기에 있는 레스토랑 '곰의 집'으로 향했다. 레스토랑 아래쪽 야외 주차장에 차를 대고 나왔다. 겨울바람이 많이 찼다. 그녀가 추워, 하면서 내 팔짱을 꼈다.

"와, 여기 멋지다!"

소원은 아래로 내려다보이는 서울의 야경에 탄성을 질렀다.

"여기 처음이야?"

"그동안 연애했던 놈들은 왜 이런 데를 안 데려왔을까?"

"더 좋은 데로 모셨겠지."

곰의 집은 박정희 시대 때 생긴 레스토랑이다. 그 당시의 고풍스러운 분위기가 고스란히 남아 있는 식당이었다. 외관도 외국의 산장과 비슷한 인상을 준다. 뾰족한 지붕에 벽돌로 만든 입구의 긴 계단. 무엇보다도 레스토랑 주변을 둘러싸고 있는 잘 가꾼 정원이 인상적이다. 짙은 색으로 칠한 원목 인테리어도 세월의 흔적을 고스란히 머금었다. 테이블도 구식 나무 테이블 그대로다.

놀랍게도 웨이터 중엔 수십 년 동안 일한 할아버지들이 꽤 있다. 머리가 희끗한, 일흔은 됐음직한 웨이터들이 벨벳 조끼에 검은색 양복바지를 갖춰 입고 손님을 모신다. 주 메뉴는 정통 스테이크이고 커피와 차도 팔았다. 한 자리에서 원래 모습을 그대로 지켜온 걸로 치면 양식뿐만 아니라 모든 종류의 식당 중에서도 가장 오래된 축에 들 터였다.

"오빠, 분위기 깨서 미안한데, 나 스테이크 말고 저기로 가면 안 돼요?"

소원이 손을 뻗어 가리킨 곳은 곰의 집 옆에 있는 쌈밥집 '고향산천'이었다. 그 집은 곰의 집처럼 유서 깊은 곳은 아니었다. 물론 음식은 훌륭하다. 고기도 쌈도 밑반찬도 푸짐하게 나온다. 1만 2000원짜리 쌈밥 정식이 일품이다. 특히 찬으로 깔리는 나물류가 맛있다.

"안 될 게 뭐 있어? 한식이 당기는구나?"

"점심에도 샌드위치를 먹었거든. 스테이크는 다음에 꼭 먹어요. 오케이?"

나는 고개를 끄덕이고 그녀와 함께 식당으로 들어갔다. 결과는 대만족이었다. 그녀는 연신 탄복하면서 밥을 먹었다. 얼마나 배가 고팠으면, 하는 안쓰러운 마음이 들 정도로.

밥을 먹고 나오면서 그녀가 또 팔짱을 꼈다. 우리 입에서 나온 하얀 입김이 한데 모여 엉켰다. 겨울 밤하늘에는 달도 별도 참 밝았다.

"저기서 커피 마시고 가요."

소원이 곰의 집을 손으로 가리켰다. 좋은 아이디어였다. 우리는 연인처럼 다정하게 팔짱을 낀 채 레스토랑으로 들어갔다. 돋보기안경을 쓴 웨이터 할아버지가 우리를 맞았다. 밖이 잘 내다보이는 창가에 자리를 잡고 커피를 주문했다.

음악이 낮게 깔리고 있었다. 노고지리의 '찻잔.'

—너무 진하지 않은 향기를 담고 진한 갈색 탁자에 다소곳이. 말을 건네기도 어색하게 너는 너무도 조용히 지키고 있구나. 너를 만지면 손끝이 따뜻해. 온몸에 너의 열기가 퍼져. 소리 없는 정이 내게로 흐른다.

산울림의 리더 김창환이 작사 작곡한 노래다. 김창환의 노래는 그만의 향기가 분명하다. 커피로 치면 사향고양이 커피처럼 도드라지는 느낌을 준다. '찻잔'도 노고지리가 부르긴 했지만 산울림의 노래라 해도 이상하지 않을 만큼 그의 향기가 분명하다.

우리는 찻잔을 두 손에 감싸 쥐고 마주보며 앉아 있었다. 말없이 쌓이는 침묵이 불편하지 않았다. 평일 저녁의 오래된 레스토랑은 손님이 별로 없어 분위기가 더욱 고즈넉했다.

"이런 데는 어떻게 알았어요?"

"여긴 아버지 땜에 왔어. 딱 2년 전이었지."

아버지는 예순일곱, 많지 않은 나이에 돌아가셨다. 작년, 내가 서른다섯 살 때.

평생을 별만 보고 사셨다. 천문학과 교수로 세속의 물정에는 관심도 적고 계산도 느렸던 분이다. 재테크는 늘 엄마 몫이었다. 아버지의 월급은 빤했지만 엄마는 부동산을 통해 놀랄 만큼 재산을 불렸다. 아버지는 엄마의 표현처럼 평생을 학처럼 살다 가셨다. 그렇게 평온하게 사신 분이 왜 암이라는 독한 병에 걸렸는지 이해가 안 된다.

지금도 나는 아버지가 오랫동안 본인의 병을 숨겨왔다고 믿는다. 아버지는 돌아가시기 1년 전에야 암이 있다는 이야기를 가족에게 털어놓았다.

"그날을 못 잊지. 바로 여기서 저녁을 먹었거든. 평소 외식을 별로 안 하시는 분인데 군이 식구들을 데리고 여기로 오신 거야. 동료 교수들하고 가끔 온 레스토랑인데 식구들하고 꼭 한 번 와보고 싶었다면서."

―이 집이 말이야, 호텔을 제외하면 우리나라에서 최초로 생긴 양식당이란다. 박정희 대통령이 외국 손님한테 제대로 된 식사 대접을 할 수 있는 레스토랑을 만들라고 명령해서 생긴 거지. 내가 여기에 처음 온 건 20년 전, 정교수로 부임한 날이었어. 우리 학과장 교수가 나를 데리고 왔지. 스테이크를 먹고 나오는데, 하… 밤하늘에 별이 가득하더라고. 산꼭대기 레스토랑에서 저녁을 먹고 별빛을 맞으며 나오던 그 순간, 참 좋았지. 요즘 사람들은 즙이 많은 스테이크를 좋아해서 입맛에 안 맞을 수도

있지만 맛이 한결같아. 그만큼 전통에 대한 자부심이 있는 거지.

아버지는 레스토랑에 대해 설명하며 무척 뿌듯해했다. 나는 그런 것보다 1인분에 9만 원이 넘는 세트 메뉴 가격에 놀랐다. 최소한 가격에 대해서는 정말 자부심 있는 집이군. 이런 생각을 했다.

"저녁을 먹고 잠깐 산책을 하다 집으로 돌아왔는데, 아버지가 당신의 병에 대해 말씀하셨어. 모두 패닉 상태에 빠졌지만, 정작 당신은 담담하시더라고. 1년 동안 투병하면서도 아버지가 불평하는 걸 들어본 적이 없어. 돌아가시기 며칠 전이었지. 퇴근하고 병실에 들렀는데 불쑥 말씀하시는 거야. 곰의 집에 가고 싶다고. 그때는 침대에서 일어나지도 못할 만큼 몸이 약해져 스테이크를 먹을 기력도 없으셨는데."

—몸 좋아지시면 저랑 같이 가요, 아빠.

나는 그렇게 말했다. 아버지는 미소를 지으며 고개를 끄덕였다. 내가 기억하는 아버지의 마지막 웃음이었다.

"고마워요, 오빠. 그렇게 의미 있는 곳에 절 데려와줘서."

"별말씀을요."

우리는 평화로운 시간을 잠시 더 즐긴 후 식당에서 나왔다. 레스토랑 옆에는 작은 정원처럼 산책로가 꾸며져 있었다. 제법 춥긴 했지만 공기가 상쾌했다. 소원도 나와 같은 생각인지 정원 쪽으로 걸음을 옮겼다.

"나, 다음 주에 출국해."

"출국? 어딜 가는데요?"

"밴쿠버."

내 대답에 소원이 멈칫했다.

"정은이가 해준 얘기 때문에?"

나는 대답 대신 고개를 끄덕였다.

"제가 알면 안 되나요?"

"알아야 돼. 네가 도와줘야 할 일도 있고."

나는 이정은이 해준 지상민 이야기를 소원에게 설명해주었다. 소원도 적잖이 충격을 받은 듯했다. 타임캡슐과 피 묻은 칼 그리고 나를 지켜보다 사라진 사람에 대해서는 말하지 않았다. 안 그래도 소원의 얼굴엔 걱정하는 표정이 가득했다.

"그럼, 지상민을 찾으러 가겠다는 거예요?"

"호랑이를 잡으려면 호랑이 굴에 들어가야지."

"위험할 텐데요?"

"가야겠어. 아무리 생각해도."

"지상민이라는 사람의 얼굴이 바뀌었다면서요. 못 알아볼지도 몰라요."

"그래서 너한테 부탁하려는 거야."

소원이 큰 눈을 반짝이며 나를 보았다.

"지상민의 최근 사진을 구해줘."

그녀가 잠시 혼란스러운 표정을 지었다.

"제가, 어떻게요?"

"이정은 씨가 다니던 병원에 기록이 남아 있을 거야. 구해줄 수 있겠어?"

무리한 부탁인 줄은 알고 있었다. 그럼에도 일부러 강한 어조로 힘주어 말했다. 거절하면 안 돼. 다른 방법이 없다고.

"정은이는 안 된다고 할 거예요. 걔는 한 번 안 된다면 죽어도 안 되니까. 원칙주의자거든요."

"알아. 나도 만나봤으니까. 정은 씨한테 부탁하면 안 될 거야."

"그럼요?"

"몰래 빼내야지."

내 말에 소원은 하, 하며 힘 빠지는 웃음소리를 냈다. 나는 물러서지 않고 시선을 마주보았다. 결국 그녀는 힘없이 말했다.

"방법을 알아볼게요. 하지만 안 될 수도 있어요."

될 거야. 그래야만 하니까. 나는 기도하는 심정으로 그녀를 보았다. 미안함과 고마움이 동시에 교차했다.

갑자기 그녀가 나를 끌어안았다. 내 등을 손으로 쓰다듬으며 말했다.

"걱정돼요. 오빠가 다칠까봐."

"괜찮을 거야."

그녀의 포옹은 놀랍도록 따스했다.

혼자 살면서 가장 귀찮은 것은 장을 보는 일이다. 밥을 집에서 잘 안 해먹기 때문에 자주 장을 볼 일은 없지만 살 것들은 생기게 마련이다. 집에서 거리로는 현대백화점 무역센터점이 가까운데도 압구정 본점을 이용했다. 무역센터점은 너무 크다. 반포의 신세계 강남점처럼 주차도 오래 걸리고 동선도 멀고 복잡하다.

일요일 오후의 백화점은 쇼핑객으로 넘쳤다. 현기증이 날 만큼 붐볐다. 주류 코너에서 위스키를 두 병 샀다. 섬유 유연제와 저지방 우유, 방울토마토도 한 봉지 카트에 넣었다.

결혼하지 않은 싱글의 시선으로 보면 중년 부부들의 표정은 놀라우리만큼 암울하다. 서로에 대해 어떤 흥미도 남아 있지 않은 시선으로 서로를 대한다. 일상생활에서는 용건이 없으면 할 말도 없는 것 같다. 푸드코트에서 밥을 먹는 부부들을 보며 얼핏 그런 생각을 했다. 나도 결혼해서 누군가와 오래 살게 되면 저렇게 될까? 그래도 혼자 사는 것보다는 나을까?

계산을 하고 빠른 걸음으로 주차장을 가로질렀다. 트렁크에 쇼핑백을 넣고 시동을 걸었다. 그때 핸드폰이 몸을 떨었다. 저장해놓지 않은 그러나 낯설지 않은 번호가 액정에 떴다. D로 옮겨놨던 기어를 다시 중립으로 바꾸고 전화를 받았다.

"네."

"안녕하세요? 저 기억하시죠?"

차분하게 가라앉은 젊은 여자의 목소리.

누구더라. 물어보기 전에 기억해내려고 애썼다.

"일간스포츠 유지은 기자예요."

"아! 기자님. 네. 오랜만입니다. 잘 지내셨어요?"

"네. 혹시 시간 괜찮으면 오늘 잠깐 뵐 수 있을까요?"

"오늘요?" 하며 시계를 확인했다. 오후 5시.

"그럴까요? 용건을 여쭤봐도 될까요, 기자님?"

"기자라고 부르지 마세요. 지난주에 퇴사했으니까."

우리는 한남동의 한 커피숍에서 만났다. 집에 들르는 게 번거로워 장을 본 쇼핑백을 트렁크에 실은 채였다. 청바지에 오리털 파카를 입은 그녀는 대학생이라 해도 믿을 만큼 어려 보였다.

"신문사를 그만둬서 그런지 한층 더 어려 보이시네요."

"그런가요?"

표정이 별로 밝아 보이지 않았다. 우리는 주문한 커피를 몇 모금 마셨다. 그녀는 뭔가에 쫓기기라도 하듯 바로 용건을 꺼냈다.

"태범이를 만났어요."

"B2B의 태범?"

"네. 회사를 그만두면서 태범이 미니 홈피에 글을 남겼죠. 미안하다고. 이제 기자 아니니까 편한 누나로 지냈으면 좋겠다고. 지금은 많이 힘들겠지만 결국 잘 해낼 수 있을 거라는 얘기도 남겼죠."

"좋네요."

"그런데 며칠 뒤 태범이한테서 불쑥 전화가 온 거예요."

"지금 미국에 있지 않나요?"

"네. 사촌형 결혼식 때문에 곧 한국에 들를 거라면서 그때 만날 수 있냐고 묻더라고요. 그래서 약속을 잡고 만났죠. 이틀 전에요."

"잘 지낸대요?"

"임금님 귀는 당나귀 귀. 아시죠?"

"네?"

"비밀은 누군가 꼭 한 사람한테는 털어놓게 마련이죠. 태범이가 저한테 자신의 비밀을 털어놓았어요."

침이 꿀꺽 넘어갔다. 그 비밀을 지금 나한테 털어놓으시겠다? 나는 그녀의 결심이 흔들리기라도 할까봐 잠자코 있었다. 그녀는 주변을 둘러본 후 더없이 신중한 표정으로 말했다.

"태범이하고 세희한테 무슨 일이 있었는지 궁금하시죠?"

나는 고개를 끄덕였다.

"전 알고 싶지 않았어요. 태범이하고의 그 사건 이후로 연예계에서 눈을 돌리고 싶었거든요. 회사를 그만둔 것도 그래서고요. 어쩌면 처음부터 연예부 기자를 하기에는 마음이 너무 여렸던 걸지도 모르죠. 하여튼… 태범이도 너무 괴로웠나봐요. 왜 저를 선택했는지는 모르지만, 어쨌든 태범이는 저한테 괴로운 짐을 내려놓았어요. 지금부터 제가 하는 이야기, 기사로 안 쓰실 거라고 약속하면 말씀드릴게요."

나는 머뭇거리지 않고 확신에 찬 표정으로 고개를 끄덕였다. 그녀는 차분하게, 때로는 흔들리는 목소리로 비밀을 털어놓았다. 혼자 가슴에 담아두면 위험한 바이러스를 옮기듯.

남태범은 B2B 활동을 시작하고 얼마 안 되어 세희와 사귀었다. 워낙 잘 놀고 여자를 좋아하는 남태범이었지만, 세희와의 만남은 진지하기도 하고 조심스럽기도 했다. 기획사 대표인 박대웅이 소속사 연예인끼리의 스캔들은 절대로 용납하지 않겠다고 공언했기 때문이다. 그러나 불붙은 사랑을 멈출 수가 없었다. 바쁜 스케줄과 짧은 만남 속에서 둘의 감정은 더욱 애틋해졌다.

그러던 중 남태범은 세희와 관련된 이상한 루머를 듣게 되었다. 세희가 박대웅과 잠자리를 같이하는 사이라는 소문이었다. 인터넷 게시판에서 떠도는 루머를 태범의 친구 한 명이 알려준 것이었다. 그는 믿지 않았다. 그러나 셰익스피어의 희극 〈오셀로〉에도 나오는 대사처럼, 질투는 푸른 눈을 한 괴물이어서 상대방을 실컷 데리고 논 다음에 잡아먹어버린다. 태범은 질투에 사로잡혀 하지 말아야 할 행동을 하고 말았다. 자신이 활동을 안 하고 쉬는 시기에 세희를 미행한 것이다. 그리고 직접 보게 되었다. 미국에서 대웅이 거주하는 저택에 세희가 드나드는 장면을. 어떤 때는 밤을 보내고 다음 날에 나오기도 했다.

태범은 세희를 다그쳤다. 세희는 아니라고, 그런 적이 없다고 변명했다. 태범은 차마 미행을 했다는 말은 하지 못했다. 다만 속으로 삭일 뿐이었다. 다 봤어. 다 봤다고. 이젠 돌이킬 수 없어. 그는 울며 매달리는 그녀와 이별했다. 오히려 미운 건 그녀가 아니라 박대웅이었다. 스무 살이나 어린 소녀를 집으로까지 끌어들이다니, 용서할 수가 없었다.

그러나 같은 꼭두각시 처지인 남태범으로서는 선택의 여지가 없었다. 겨우 싸이월드 미니 홈피에 박대웅에 대한 증오와 환멸을 끼적거리는 수밖에.

—어른? 나는 어른이 되지 않을 거다. 가증스러운… 필요 없다. 꺼져

라. 죽어라. 죽여버리고 싶다.

그리고 그 글 때문에 1년 뒤 엄청난 홍역까지 치렀다.

"이제야 알겠어요. 그 글을 제보한 자는 박대웅 쪽 사람이었을 거예요. 태범이한테 겁을 주려고, 길을 들이려고 했던 거죠. 의욕에 불타는 신입 기자였던 저를 이용해서요."

그녀는 고통스러운 표정으로 계속 말했다.

박대웅은 태범의 반항적이고 적대적인 태도에 무척 분노했다. 태범에게 암시적으로 몇 번 경고를 했다고 한다. 그래도 태범은 굴복하지 않았다. 그래서 기회를 엿보다 둘을 함께 방출시켜버린 것이다.

"태범이는 연예계 복귀를 준비하고 있어요. 그 길만이 박대웅에게 복수할 수 있는 길이라고 생각해요. 대단한 집념을 가진 아이죠."

"그럼 태범이의 섹스 비디오 루머는 어떻게 된 거죠?"

"제가 물어봤어요. 그런 건 없대요. 둘은 잔 적도 없다고 태범이가 맹세하더군요. 그렇게 아껴주다가 그런 일을 알게 되었으니 얼마나 가슴이 아팠겠어요."

열여섯 살 때부터 섹스 파트너로 길들여졌다니…. 그녀의 말을 들으면서 가슴이 울렁거렸다. 박대웅이 세희를 유린하는 장면이 눈에 선했다. 묘하게도 어린 시절의 한 장면이 떠올랐다. 투다리 화장실에서 연희 앞을 가로막고 키스하던 박대웅. 오직 나만이 목격한 그 순간. 그때 연희는 열여덟 살이었다. 지금 세희도 열여덟 살이다. 개자식.

"세희뿐만이 아닐 거예요. 아이돌 멤버가 되고 싶어 하는 어린 연예인

지망생을 여럿 건드렸겠죠. 그쪽에서는 쉬쉬하는 소문이에요."

그런데 연희는 이런 사실을 다 알고 있었을까? 무시무시한 욕망으로 주변을 황폐화시키는 남편 옆에서 말라비틀어지다 못해 뛰어내린 걸까? 아니면 증권가의 루머처럼 홧김에 태범과 그렇고 그런 관계가 되어버린 걸까? 공통의 적을 가진 둘이 함께 복수를?

"혹시, 그 소문도 들으셨어요?"

조심스럽게 운을 뗐다. 그녀는 기자 출신답게 본론을 듣지 않고도 내가 무슨 말을 하려는지 알아차렸다.

"그럴 리가 없어요."

그녀가 잘라 말했다. 내내 가슴 한쪽을 불편하게 만들던 통증이 싹 가시는 기분이었다. 그래, 그럴 리가 없다잖아!

"왜죠?"

"태범이는 그럴 애가 아니에요. 제가 아는 서연희도 그럴 사람이 아니고요. 둘 다 그런 식으로 행동할 사람들이 아니에요."

그래, 맞다. 결국 믿어야 하는 것 아닐까. 태범이 그럴 애가 아니라니까. 내가 아는 연희도 그럴 사람이 아니고. 일단 그 의혹은 마음속에서 버리기로 했다. 그녀가 좀 가벼워진 목소리로 말했다.

"태범이 이야기를 듣고 현 기자님 생각이 났어요."

"왜요?"

"그때 그러셨잖아요. 진실을 알고 싶어서, 라고."

잠시 침묵이 흘렀다. 다시 그녀가 말했다.

"어쨌든 고마워요. 이런 무거운 이야기를 털어놓게 해주셔서. 전 그러지 못했지만, 기자님은 혼자서만 알고 계셨으면 좋겠어요. 그럴 만큼 단단한 분이라고 믿어요. 설령 기사화된다 해도 박대웅 측에서 가만히 있지는 않을 거예요. 태범이도 그러더군요. 혹시라도 이 사실이 기사화된다면 자기는 부인할 수밖에 없다고. 아직 박대웅에게 맞설 힘이 없기 때문이기도 하지만 세희의 앞날을 위해라면서. 아마 세희도 같은 입장일 거예요. 결국 이런 이야기는 루머로만 남게 되겠죠. 가해자도 피해자도 진실에 눈을 감는 상황."

긴 얘기를 마친 그녀는 속이 후련한 표정이었다.

"태범이가 다짐하더군요. 반드시 성공해서 사람들에게 보여주겠다고. 자신이 생각 없는 꼭두각시가 아니라 음악과 춤을 사랑하는 아티스트라는 걸 말이에요. 그렇게 혼자 설 수 있을 때 박대웅과 당당하게 맞서겠다고. 그래야 세희도 행복해질 거라고. 전 이제 기자가 아니라 태범이 팬이 되기로 했어요."

그녀는 마지막으로 빙긋 웃어 보였다. 우리는 가볍게 악수를 나누고 헤어졌다.

그날 밤 내내 박대웅이 어린 소녀를 탐하는 상상에 잠을 이루지 못했다. 소녀는 세희이기도 했고, 연희이기도 했고, 또 다른 누구이기도 했다.

잠 없는 밤을 괴롭게 뒤척이다 거실로 나왔다. 가끔 잠이 잘 오지 않을 때 거실 소파에 누워서 잠을 청하면 쉽게 잠들곤 했다. 소파에 누워서도 명료한 정신은 빳빳한 고개를 숙이지 않았다. 결국 잠을 포기하고 감상실로 들어갔다.

레드 제플린의 네 번째 앨범 LP판을 골랐다. 앨범 재킷에는 타이틀도, 그룹 이름도 적혀 있지 않다. 자기 몸보다 더 큰 나뭇짐을 등에 진 노인 그림이 든 액자가 낡은 벽에 걸려 있다. 낡고 찢어진 벽지를 그냥 찍은 사진일 뿐인데도 묘한 느낌을 줬다.

1971년. 정확히 40년 전에 발매된 앨범이다. 단언컨대 록이라는 장르에 한해서는 아직까지 이 앨범을 넘어서는 작품이 나오지 않았다. 나뿐 아니라 다른 음악 평론가도 이 앨범에 대해서만큼은 일관적인 찬사를 보내며 다른 앨범과의 비교를 거부한다. 결코 과장된 수사가 아니라고 생각한다. 평론가들의 잣대만이 아니다. 무시무시한 판매량은 이 앨범이 가진 보편적인 매력을 증명한다. 무려 1600만 장이 팔렸다.

첫 곡은 'Black Dog.' 최전성기 때 로버트 플랜트의 목소리는 그야말로 쩡쩡하다. 록 역사상 가장 훌륭한 리프 메이커 지미 페이지(Jimmy Page)는 한 번만 들어도 뇌리에 새겨지듯 인상적인 기타 리프를 쏟아낸다. 존 폴 존스(John Paul Jones)의 베이스와 존 본햄(John Bonham)의 드럼도 변칙적인 리듬을 안정적으로 밀고 나간다.

그다음 곡은 존 본햄의 소름 끼치는 드러밍으로 시작한다. 제목부터가 'Rock and Roll.' 로큰롤이란 모름지기 어때야 하는지를 보여주는 노래라고나 할까. 4분이 조금 안 되는 짧은 시간 동안 그들은 신나는 리듬과 흥겨운 멜로디, 머리를 울리는 고음의 보컬, 짜릿한 기타 솔로 등록의 모든 구성 요소를 완벽하게 결합해 선보인다.

세 번째 곡 'The Battle of Evermore'는 레드 제플린의 또 다른 음악적 뿌리인 포크 음악에 기반을 둔 노래다. 앞에서 연이어 바짝 날 선 하드록으로 청취자를 녹다운시킨 그들은 여유 있는 러닝 타임과 느린 템포로 여유와 즐거움을 준다.

그리고 네 번째 트랙 'Stairway to Heaven.' 8분이라는 긴 러닝 타임에도 불구하고 전 세계적으로 라디오에서 가장 많이 흘러나온 곡이라는 기네스북 기록을 갖고 있다. 예술적인 지향점과 대중성이 완벽하게 일치를 이룬다. 알듯 모를 듯 가사에 표현된 신비주의가 거부감 없이 강력한 중력으로 듣는 이들을 끌어당긴다.

로버트 플랜트가 노래한다.

―반짝이는 건 모두 금이라고 믿는 여인이 있었지. 그런 그녀가 천국으로 가는 계단을 사려고 해.

들릴 듯 말듯 가냘픈 어쿠스틱 기타 인트로로 시작한 노래는 뒤로 가면 갈수록 무거움이 더해진다. 절정에 이르면 성량을 최대치로 사용하는 로버트 플랜트의 고음과 쉴 새 없이 몰아치는 드럼, 지미 페이지의 드라마틱한 기타 솔로까지 더해진다.

적당한 욕망은 우리를 살아 있게 만든다. 그러나 욕망이 넘치면 눈과 귀가 멀게 된다. 반짝이는 건 모두 금이라고 믿는 환각에 사로잡힌다. 욕망이 자가 증식 단계에 이르면 우리가 욕망을 통제하는 게 아니라 욕망이 우리를 조종하게 된다. 혹자는 인류 문명의 결정적인 발전은 그런 넘치는 욕망의 산물이라고 말하기도 한다. 그러나 욕망이 항상 발전적이고 긍정적인 방향으로 향하는 것은 아니다.

LP판의 A면을 모두 들은 다음 B면으로 판을 뒤집지 않았다. 조용히, 상처 입은 짐승처럼 웅크린 채 잠이 들었다. 토굴 같은 감상실에서 월요일 아침을 맞이했다.

출근해서 얼마 안 되었을 때 퀵 서비스를 받았다. 봉투에 보낸 사람의 이름이 적혀 있었다. 소원.

책상에 앉아 심호흡을 한 번 하고 봉투를 열었다. 사진 한 장이 들어 있었다. 복잡한 미스터리 굽이굽이 흔적을 남긴, 죽었으나 죽지 않은 인물의 얼굴 사진.

비교적 짧고 단정한 머리에 검게 탄 피부. 쌍꺼풀 없는 눈은 우묵했다. 힘주어 인상을 쓰지 않았는데도 빈틈없이 다문 입술에서 단호함이 엿보였다. 분명히 현대고등학교 8회 졸업 앨범에서 본 3학년 2반 지상민과는 다른 사람이었다. 'Thriller' 앨범 발표 전과 성형 수술 후의 마이클 잭슨이 다른 사람인 것처럼.

소원에게 전화를 걸었다. 금방 전화를 받았다.

"잘 받았어. 어떻게 구했어?"

"우리 병원에서 같이 일하던 간호사가 DK에 있거든요. 특별히 부탁을 했죠."

"고마워. 진심으로. 네가 도와줄 줄 알았어."

"좋아서 한 일 아니에요. 정말 갈 거예요?"

"가야지."

"몸조심하세요. 혹시라도 어려운 일이 생기면 연락하고요."

"말만이라도 고마워."

"말로만 그러는 거 아니에요. 정말 예감이 불안해서 그래요. 지금이라도 안 갔으면 좋겠어요."

나는 잠시 침묵을 지키다 말했다.

"이미 너무 많이 와버렸어. 끝까지 간 다음에야 돌아올 수 있을 거야. 돌아올게. 걱정하지 마."

전화를 끊고 사무실을 둘러보았다. 아예 사무실을 완전히 떠나는 사람처럼 짠한 느낌이 가슴을 눌렀다.

지상민의 사진을 가방에 챙겨 넣었다. 낯선 캐나다 땅에서 유일하게 믿을 수 있는 지도인 셈이었다.

그때 핸드폰이 드르륵 울렸다. 문자를 확인했다. 발신자를 감춘 문자였다.

—이쯤에서 그만해 널 다치게 하고 싶지 않아

손끝에서 팔뚝 그리고 등으로 소름이 쫙 돋았다. 본능적으로 고개를 돌려 주변을 둘러보았다. 일상적이고 당연한 풍경이다. 제각기 자기 일에 열중하는 잡지사 사무실. 나를 엿보는 사람은 없다.

하긴 그렇다. 박대웅 정도 되는 거물은 마음만 먹으면 나 같은 소시민 하나쯤 얼마든지 눈에 띄지 않게 감시할 수 있고 해칠 수도 있을 것이다. 그걸 인정하지 않는다면 비겁한 거다. 막연한 위협이 아니라 목 뒤를 겨눈 칼날처럼 구체적으로 위험이 다가왔다. 마음이 위축되지 않을 수 없었다. 나는 스스로를 위로하듯 천천히 심호흡을 했다.

천국으로 가는 계단을 사려는 여자처럼 어쩌면 나도 닿을 수 없는 곳에 닿으려고 애쓰는 건지도 몰랐다. 그래도 간다. 가야 한다. 기다려, 개자식아.

track 10

지옥으로 가는 고속도로
Highway to Hell–AC/DC

공항이라는 장소는 그 자체로 묘한 감상을 준다. 버스 정류장이나 기차역보다는 비교적 더 긴 여행, 더 긴 이별이 이뤄지는 공간이기 때문이겠지.

머리에 쓴 젠하이저 헤드폰에서 힙합 듀오 아웃캐스트(Outkast)의 2003년 앨범 'Speakerboxxx & The Love Below'가 흘러나오고 있었다. 경직된 기분을 띄우기 위해 애써 비트에 맞춰 발장단을 까닥거렸다. 비행시간이 될 때까지 꼼짝하지 않고 그렇게 음악을 들었다. 면세점을 둘러볼 마음의 여유도 없고 뭘 먹고 싶은 욕구도 들지 않았다.

비행기가 출발하기 전에 소원에게 문자를 보냈다.

─걱정하지 마 시간이 우리를 데려다줄 거야

열세 시간에 달하는 긴 비행이었다. 승객은 많지 않았다. 창가 자리에 앉아 지금까지의 상황과 도착 후의 동선을 반복해서 되짚었다. 출발하기 전에 이미 여행 서적과 인터넷을 통해 밴쿠버에 대한 정보를 최대한 습득했다. 거기에서 살아본 사람 같은 기분이 들 정도로. 그리고 틈이 날 때마다 지상민의 얼굴 사진을 꺼내 보았다. 이젠 멀리 떨어져 있거나 스치고 지나가기만 해도 알아볼 수 있는 가장 익숙한 얼굴이 되었다.

비행기는 오호츠크 해 위를 날아서 러시아 동쪽 연안을 스치고 알래스카를 가로질렀다. 비행기 창으로 해가 지고, 별이 뜨고, 얼음 조각으로 뒤덮인 바다가 머무르다 사라졌다. 알래스카 근해를 지날 때쯤 잠이 들었다. 오랜만의 달콤한 토막잠이었다.

밴쿠버 도착 한 시간 전에 잠에서 깼다. 나도 모르게 주변을 둘러보았다. 최근 들어 누군가가 나를 엿본다고 생각하면서 생긴 버릇이다. 승객들은 저마다의 방법으로 긴 비행의 지루함을 견디고 있었다. 자는 사람, 책을 읽는 사람, 음악을 듣는 사람, 앞좌석 헤드레스트의 화면으로 영화를 보는 사람.

밴쿠버에 무사히 도착했다. 날씨는 조금 쌀쌀하면서도 청명했다. 피부로 느껴지는 체감 기온은 한국보다 따뜻했다. 자동으로 로밍되는 핸드폰 전원을 켰다. 문자 두 개가 들어와 있었다. 먼저 편집장의 문자.

—취재 잘하고 와 머리도 좀 식히고

그리고 소원의 문자.

—잘 도착했어요? 서울에는 갑자기 비가 오네요 이번 겨울에는 왜 이

리 겨울비가 잦은지 몸조심하고 밥 잘 챙겨먹어요 짬날 때 연락 자주 하고요

열흘 동안 머무를 숙소는 밴쿠버 교외의 '킹즈 웨스틴' 호텔 체인이었다. 2층짜리 건물이 여러 동 이어진 구조였다. 호텔은 럭셔리한 느낌은 전혀 없어도 충분히 깔끔하고 편리했다. 1층에는 아침을 무료로 먹을 수 있는 중식당이 있고 길 건너편의 헬스클럽도 이용 가능했다.

호텔에 짐을 풀었다. 여러 장 복사해온 지상민의 사진 중 하나를 침대 머리맡 테이블에 놓고 하나는 메고 다닐 백팩에 넣었다.

밖으로 나왔다. 오후 5시가 조금 안 된 시간이었다. 막연한 흥분 때문일까? 시차로 인한 피로감은 별로 없었다.

10분쯤 걸으니 스카이 트레인(Sky Train)이 보였다. 스카이 트레인은 우리로 치면 지상철쯤 되는 교통수단이다. 밴쿠버의 주요 지역을 전부 관통한다고 보면 된다. 우리나라 지하철보다는 크기도, 수용 인원도 훨씬 작았다. 노선도 겨우 두 개밖에 되지 않았다. 대신 두 배쯤 더 자주 승객을 실어 날랐다. 앞으로 내가 매일 타게 될 녀석이었다.

숙소에서 가장 가까운 로열 오크(Royal Oak) 역에서 스카이 트레인을 탔다. 객차 안의 풍경은 조금 생경했다. 아시아계 시민들의 비율이 너무 많았기 때문이다. 과장 안 보태고 절반은 동양인이었다. 중국인이 제일 많고 인도와 중동 사람도 꽤 있었다. 흑인까지 빼고 나면, 백인은 전체 승객의 절반도 되지 않았다.

'워터프런트'는 밴쿠버의 다운타운과 맞닿은 역이었다. 역에서 내려

밖으로 나왔다. 워터프런트 산책로를 걸었다. 오른쪽으로 길게 이어진 물결이 강인지 바다인지 언뜻 잘 구분이 되질 않았다. 시민들은 많지 않았다. 관광객으로 보이는 사람들이 띄엄띄엄 서서 사진을 찍거나 난간에 기대 풍경을 보고 있었다.

작전? 그런 건 없다. 열흘 동안 두 군데를 집중적으로 다녀볼 생각이다. 스시 레스토랑 토조스. 그리고 밴쿠버의 자랑 스탠리 파크. 아침에는 스탠리 파크를 산책하고, 점심과 저녁은 모두 토조스에서 먹을 것이다. 그렇게 지상민과 마주칠 가능성을 최대한 높인다. 그게 나의 작전 아닌 작전이었다.

저녁을 먹기엔 조금 일렀지만 토조스로 향했다. 밴쿠버 웨스트브로드웨이 가에 있는 식당 앞. 넓은 보도 위에 'Tojo's Restaurant'이라는 간판이 보였다. 검은색 바탕에 하얀 글씨. 세로로 붙어 있는 간판이었다. 문에는 입구 반경 20피트(약 6미터) 안에서는 흡연을 삼가달라는 경고성 문구와 각종 대회에서 받은 상과 레스토랑을 소개한 유명 잡지들의 표지가 붙어 있었다.

입구에서는 몰랐는데, 안으로 들어가니 예상보다 넓은 실내에 가슴이 탁 트였다. 천장도 무척 높았다. 서울에서 인터넷으로 검색한 사진하고는 또 달랐다.

영어 발음으로는 토조스이지만 일본식 발음으로 하면 '도조스'다. 이 식당을 처음 연 사람이 '도조'라는 성을 가진 일본인이기 때문이다. 1988년 작은 규모로 시작한 식당은 20년 만인 2007년 몇 배로 성장해

자리를 옮겼다. 이제는 서울에서도 쉽게 접할 수 있는 '캘리포니아 롤'이라는 음식을 처음 만든 사람이 바로 도조상이며, 그 탄생지가 바로 이 레스토랑이다.

유명한 곳이라 붐빌 거라고 짐작했는데 꽤 이른 시간이라 그런지 자리는 넉넉해 보였다. 유니폼을 입은 동양 남자가 큰 소리로 인사하며 달려왔다. 짙은 남색에 '토조스'라는 식당 이름을 하얀 글씨로 선명하게 새긴 유니폼이 깔끔해 보였다.

"예약하셨습니까?"

종업원이 영어로 물었다. 억양이 다소 어색했다.

"아뇨."

내 말에 좀 놀란 눈치였다.

"그럼, 이쪽으로 오시죠."

그러면서 2인용 테이블로 나를 안내했다. 나는 이왕이면 바에 앉고 싶었다. 식당 한가운데 직사각형 바가 있고, 그 안에서 요리사 몇 명이 저녁 시간을 준비하느라 바쁘게 움직이고 있었다.

"바 자리에 앉을 수 있을까요?"

나는 바의 요리사 앞자리를 가리키며 물었다.

"아, 손님. 그 자리는 무제한 석입니다."

종업원이 친절하게 웃으며 대답했다.

"무제한 석?"

"매우 비쌀 겁니다."

그제야 무슨 말인지 이해가 되었다. 밴쿠버를 떠나기 전 꼭 한 번 저 자리에 앉아보리라 생각하면서 일단 종업원이 안내해준 자리에 앉았다. 유니폼에 '나카시마'라는 명찰이 붙어 있었다. 미소가 선량해 보이는 남자. 나이는 서른쯤 되었을까?

테이블에는 하얀 원형 접시와 '토조스'라는 글자가 인쇄된 종이 커버에 들어 있는 젓가락 그리고 요리와 사케 리스트 메뉴판이 따로 놓여 있었다. 술 생각이 없어 사케 메뉴판을 옆으로 밀어놓고 요리를 살펴보았다. 스시나 롤 등의 단품 메뉴는 30달러에서 50달러 정도였다. 뭐가 맛있는지 알 수 없었다. 그리고 다양한 코스 요리가 눈에 들어왔다. 채식 코스가 70달러, 5코스가 80달러, 6코스가 120달러, 와큐 코스가 200달러였다. 가격이 꽤 비싸다는 것도 인터넷을 통해 미리 확인했지만 예상보다 훨씬 비쌌다. 제일 싼 코스도 세금과 팁을 포함하면 우리 돈 10만 원에 육박하는 가격이다. 나는 5코스를 시켰다.

주문을 하고 나니 허기가 몰려들었다. 10분이 지나자 녹차 한 잔을 들고 온 웨이터 나카시마가 생글생글 웃으며 어디에서 왔냐고 물었다. 외지인 티가 나는 것일까?

"한국에서 왔습니다."

"오, 서울?"

"네."

"저도 두 번 가봤습니다. 저희 누나가 한국 사람하고 결혼해서 서울에서 살거든요. 불광동 아세요?"

"그럼요."

나카시마는 불쾌하지 않을 정도의 친절함과 거리를 둘 줄 아는 웨이터였다.

"이 식당은 처음이시죠?"

"네."

"다른 식당보다 요리가 좀 천천히 나올 겁니다. 마음 편히 기다려주세요."

나카시마는 그렇게 미리 양해를 구하고는 "도조!" 큰 소리로 외치며 다른 손님을 받으러 입구로 달려갔다.

잠시 후, 첫 번째 요리가 나왔다. 참치를 으깨서 채소와 버무린 전채 요리였다. 한 젓가락에 먹어 치웠다. 맛은 아주 정갈했다. 소스의 간장 맛이 특이했는데, 입맛을 버릴 정도는 아니었다. 다음 요리까지 또 10여 분을 기다렸다. 두 번째는 세 가지 회로 꽃 모양을 만들고 그 아래 삶은 새우와 채소를 깐 요리였다. 일단 보는 맛이 괜찮았다. 세 번째로 스시가 나왔다. 장어와 방어 그리고 새우 초밥이었다. 그렇게 먹는 데만 한 시간 가까이 걸렸다. 주변을 둘러보았다. 혼자서 식사하는 사람은 내가 유일했다. 그랬다. 가격도 그렇고 요리가 나오는 시간도 그렇고 널찍한 테이블들도 그렇고, 이곳은 혼자 와서 밥을 먹는 레스토랑이 아니었다.

자, 되짚어 생각해보자. 지상민은 이곳을 어떻게 알았을까? 박대웅이 약속 장소로 여기를 정한 것일까, 아니면 밴쿠버에 사는 지상민이 가끔 들르는 곳일까? 후자일 가능성이 많다. 이정은의 말에 따르면, 지상민은 혼자 와서 익숙한 듯 식사를 했고 그 뒤에 박대웅이 찾아왔다고 했으니까. 분명히 지상민은 바의 주방장 앞자리에서 식사를 했다고 했다. 하급 코스가 80달러고 와큐 코스가 200달러라면 나카시마가 비싸다고 강조한 무제한 석의 가격은 최소 200달러는 넘을 것이다. 그렇다면 재정적으로 충분히 윤택한 상황이라는 얘기다. 이곳에서 직업이 있는 걸까, 아니면 박대웅에게 경제적인 지원을 받는 걸까? 어쨌든 그런 손님이라면 분명히 눈에 띌 것이다.

생각을 정리하는 동안 네 번째, 메인 요리가 나왔다. 돔 머릿살을 발라서 오랫동안 졸인 듯한 소스와 버무린 퓨전 스타일의 요리였다. 재료의 맛이 고스란히 살아 있었다. 씹는 맛도 텁텁하지 않고 신선했다. 이어서 나온 요리는 코스 중에서 유일하게 자극적인 맛이 났다. 참치 덩어리를 네모나게 자른 후 김으로 옷을 입혀 튀겨낸 요리였다. 소스에서 처음 먹어보는 독특한 향이 났다. 그리고 마지막으로 토조스 식당의 자랑, 캘리포니아 롤이 등장했다. 정갈한 모양처럼 맛이 담백했다.

그렇게 식사를 끝내고 디저트로 나온 푸딩을 비우니 기분 좋은 포만감이 느껴졌다. 정확히 한 시간 반 동안의 식사였다. 식당 안에서 수상한 움직임은 없는지 슬그머니 둘러보았다. 알아챌 수 없었다. 나는 형사도 아니고 탐정도 아니고 특수 훈련을 받은 요원은 더더욱 아니다. 평생 이런 일은 처음이다.

안쪽에 따로 주방이 있는데도 바에서 세 명이나 되는 요리사가 부지런히 스시를 만들고 있었다. 그때까진 몰랐는데, 문득 인터넷에서 본 도조상의 모습이 눈에 띄었다. 1950년생이라고 했으니 환갑인 셈이다. 작은 키에 훤하게 벗겨진 머리, 초승달처럼 끝이 처져서 순하게 보이는 눈매, 그러면서도 다부져 보이는 입술과 회색 콧수염. 분명 도조상이었다. 그는 다른 요리사와 똑같은 옷을 입고 똑같이 일하고 있었다. 이 레스토랑이 잘될 수밖에 없는 이유를 알 것 같았다.

갑자기 충동이 일었다. 백팩에 든 지상민의 사진을 보여주며 아는 사람이냐고 물어보고 싶었다. 분명 알고 있으리라. 그러나 섣불리 접근했다가는 입을 닫아버릴 것이다. 시간이 좀 더 필요하다.

카드로 계산을 했다. 코스 요리 80달러에 팁이 10달러. 세금까지 계산하니 100달러 가까운 금액이 찍혔다.

"맛있게 드셨습니까?"

나카시마가 다가와서 물었다.

"잘 먹었습니다."

"원하시면 도조상과 기념사진을 찍으셔도 됩니다."

생각지 못한 말이었다. 나쁠 것 없다 싶어 그러겠노라 했다. 나카시마가 나를 도조상에게 안내했다. 먼저 가볍게 손을 잡고 악수했다. 그의 손은 만들어내는 요리처럼 부드러웠다.

"맛있게 드셨습니까?"

도조상이 미소를 지으며 물었다.

"네, 정말 잘 먹었습니다."

그리고 핸드폰으로 찰칵.

식당에서 나왔을 때 밖은 이미 어두웠다. 한 시간 정도 다운타운 거리를 걸었다. 밴쿠버의 번화가는 강남의 역삼동이나 시내와 크게 다르지 않았다. 건물은 높고 사람들의 왕래도 많았다. 서울만큼 술집이 많지 않고 안마시술소나 룸살롱처럼 대놓고 영업하는 매춘 업소가 없다는 점이 달랐다. 그러고 보니 큰 차이점이다.

한국인 같아 보이는 사람들도 눈에 꽤 띄었다. 롭슨(Robson) 스트리트에 특히 유학생이 많았다. 이 도시, 어쩌면 이 거리 어딘가에 지상민이 살고 있다. 그런 생각을 하니 외국의 도시에서 느슨해지던 마음이 바싹 조여졌다.

스카이 트레인을 타고 다시 로열 오크 역에 내렸다. 역에서 호텔까지는 빠른 걸음으로 10여 분 거리였다. 걷는 동안 사람을 거의 볼 수 없을 정도로 한적한 동네였다. 바람과 별과 달을 충분히 느끼면서 천천히 걸었다. 호텔에 도착해 더운물로 샤워를 하고 누웠다.

지상민을 찾을 수 있을까? 찾는다 해도 내가 원하는 '진실'을 알아낼 수 있을까? 그는 킬러일지도 모르는데, 간단하게 나를 죽여버리지는 않을까?

복잡한 걱정에도 불구하고, 시차로 인한 피로감이 슬슬 밀려왔다. 잠들기 전에 도조상과 함께 찍은 핸드폰의 사진을 보았다. 편안하게 웃고 있는 도조상과 달리 내 얼굴은 너무 경직되어 있었다. 항상 편안한 얼굴이라는 말을 듣곤 했는데. 다시 은둔자의 평화로운 삶으로 돌아갈 수 있을까?

스탠리 파크는 그 자체로서 하나의 생태계였다. 크다는 말만 들어서는 그 규모를 짐작할 수 없다. 지도를 보면 밴쿠버의 다운타운 지역에서 잉글리시 베이 쪽으로 툭 튀어나온 반도에 위치한 공원이다. 면적이 무려 400만 제곱미터에 달했다. 서울 숲의 네 배에 달하는 크기다. 공원 입구에 서자 사람을 압도하는 자연의 거대함에 막막해졌다. 너무 순진했다. 매일 아침 공원을 걷다 보면 조깅하는 지상민과 마주칠지도 모른다는 발상을 하다니. 여기가 무슨 도산공원도 아니고.

그래도 다른 곳보다는 그와 마주칠 확률이 많지 않은가. 아침마다 울창한 숲을 뛰어보는 것도 나쁘지 않고. 나는 둘째 날 아침부터 부지런히 조깅을 하며 스탠리 파크를 구경했다. 점심시간 전까지 두 시간을 달렸는데도 숲의 한 귀퉁이밖에 보지 못했다. 캐나다에 제일 많은 게, 쉽게 말해 널리고 널린 게 나무인데도 캐나다에서 가장 소중하게 다루는 자원 역시 나무였다. 자기 소유의 산림에 있는 나무라 할지라도 국가의 허락 없이는 함부로 벨 수 없다고 했다. 더더구나 스탠리 파크 같은 국립공원에서는 태풍에 쓰러져 죽은 나무도 그냥 그 자리에 가만히 놔둬 썩게 했다. 있는 그대로. 자연의 섭리대로. 캐나다인들의 느긋한 정서는 그랬다.

11시 30분에 토조스 레스토랑 도착. 이번에는 가벼운 롤 하나를 먹었다. 이틀 연속으로 온 나를 나카시마가 반갑게 맞이했다. 느긋하게 먹으면서 가게 안을 드나드는 손님들의 얼굴을 하나하나 확인했다. 지상민은 보이지 않았다. 그냥 앉아서 시간을 보내는 것도 고역일뿐더러 종업원들도 이상하게 여길 것 같았다. 나카시마를 불렀다.

"밴쿠버에 열흘쯤 머무를 건데, 이 식당이 너무 마음에 드네요. 자리를 좀 오래 차지하고 있어도 실례가 되지 않을까요? 느긋하게 책도 보고 글도 쓰면서 혼자 밥 먹는 걸 좋아해서요."

"그럼요. 이곳을 좋아하신다니, 저희로서도 영광입니다."

오후 2시가 조금 넘어서 가게를 나왔다. 오후 시간에는 시내를 쏘다녔다. 터미네이터가 목표물의 얼굴을 찾는 장면이 떠올랐다. 지나다니는 수많은 사람의 얼굴로 시선을 이리저리 옮기며 정처 없이 걸었다. 중간에 노트와 펜을 하나 샀다. 노트북을 등에 지고 종일 걷기에는 너무 무거워 식당에서 시간을 보내며 노트에 기사를 쓸 생각이었다. 그렇게 걷다 보니 금세 배가 고팠다. 오후 5시가 조금 넘었다. 저녁 식사 시간이 본격적으로 시작되기 전에 토조스로 돌아갔다.

"이런. 또 오셨네요?"

나카시마는 조금 놀란 듯했다. 하지만 얼굴은 친절한 미소 그대로였다.

"매일 이렇게 들를 텐데요."

진심이었지만 나카시마는 내 말을 안 믿는 눈치였다.

저녁 시간은 어제보다 더 많은 손님들로 북적였다. 역시 지상민의 얼굴은 보이지 않았다. 무려 세 시간이 넘도록 식당에서 보냈다. 노트에 특집 기사의 얼개를 적으면서.

9시에 토조스를 나왔다. 밤 시간을 괜히 낭비할 필요는 없었다. 차라리 일찍 잠을 자고 이른 아침부터 스탠리 파크에 가는 편이 더 나을 것이다. 호텔 앞까지 오니 맥주 생각이 간절했다. 호텔 근처에 편의점도 있고 대형 마트도 있었지만 제기랄, 미국처럼 리쿼 스토어가 아닌 곳에서는 주류를 판매하지 않았다. 그냥 잠을 청해야 하나? 아쉬워하고 있는데 호텔 맞은편에 술집처럼 보이는 간판이 반짝였다.

라쿠 라쿠(Raku Raku). 그리고 간판 아래 분명히 한글로 이렇게 적혀 있었다. '한국식 포장마차.' 그런데 막상 가게 문 앞까지 가서는 머뭇거렸다. 술 마시고 싶을 때 술 마시고, 쉬고 싶을 때 쉬고, 그러려고 여기까지 온 게 아니잖아? 절제해야 한다는 명령을 스스로에게 내렸다.

발길을 돌렸다. 대신 멀지 않은 곳에 있는 피트니스 클럽으로 향했다. 호텔 카드키를 보여주자 시설을 무료로 사용할 수 있게 해줬다.

오랜만의 웨이트 트레이닝이었다. 여자 친구를 사귀는 동안에는 운동을 게을리 하게 된다. 아무래도 시간을 많이 뺏기니까. 운동량이 줄면서 당연히 근육도 줄고 반면에 섹스 횟수가 많아짐에 따라 몸 안의 단백질은 더 많이 빠져나간다. 맛있는 음식과 술자리가 늘면서 칼로리 섭취도 고삐가 풀린다. 모든 면에서 뜨거운 연애는 그 온도와 비례해 몸매를 형편없게 만들어버린다.

문득 처녀 행세를 하다 날 차버린 유부녀 얼굴이 떠올랐다. 1년이 넘는 뜨거운 연애 기간 동안 백번은 넘게 쏟아낸 정액과 그 속의 단백질이 아까웠다. 그렇게 사망한 정자는 모두 몇 마리일까? 한 번의 사정에 수억 마리의 정자가 방출된다니, 백번만 쳐도 백억 마리. 아, 존나 처절한 개죽음. 대학살이다. 한 마리도 죽지 않고 고스란히 제 역할을 다했다면 지구상의 모든 인간을 새로 만들어낼 수 있었을 텐데. 그렇다면 나와 반쯤 닮은 인간들로 지구를 모두 채울 수 있다는 얘긴가? 대박. 헐.

잠깐 쓸데없는 생각을 하다 가볍게 몸을 풀었다. 거구의 외국인들이 거친 숨을 내쉬며 100파운드가 넘는 웨이트 기구에 힘을 쏟는 모습이 곳곳에 보였다. 비어 있는 벤치 프레스를 찾았다. 바벨 봉에 50파운드짜리 두 개를 얹었다. 대충 50킬로그램쯤 되는 역기인 셈이다. 한참 헬스클럽을 다닐 때는 스무 개씩 3세트를 가볍게 해낸 무게였다. 누워서 봉을 잡았는데 예상보다 훨씬 무겁게 느껴졌다.

그래도 한다!

힘주어 봉을 밀어 올렸다. 한 번 두 번 세 번. 그렇게 몇 번 들어 올리자 중량에 적응이 되었다. 줄어든 근육만큼 힘이 들었다. 스무 개는커녕 열 개에서 힘이 부치기 시작했다. 그래도 열다섯 개는 해야겠다는 생각에 팔과 가슴의 남은 근력을 짜냈다. 그러다 그만 역기에 눌려버렸다. 나도 모르게 비명을 질렀다. 무모한 시도는 이런 결과를 낳는다. 마치 이곳에 온 일, 바로 그 시도가 무모하다는 걸 보여주는 징조 같기도 했다.

왼쪽 팔과 가슴에 찢어지는 고통을 느끼는 순간, 끔찍한 무게가 사라졌다. 누군가가 바벨을 들어준 걸 알 수 있었다.

"고맙습니다. 오랜만에 역기를 들다보니." 하며 몸을 일으켰다.

남자는 내 어깨를 한 번 툭 친 후 등을 돌리고 떠났다. 창피한 마음에 남자의 얼굴을 제대로 보지도 못했다. 벽면에 붙은 거울에 막 피트니스 클럽을 나가는 동양인 남자의 얼굴이 비쳤다.

지상민이었다!

온몸이 역기에 눌린 것처럼 위축되었다. 그가 완전히 사라질 때까지 꼼짝도 하지 못했다. 겨우 정신을 차리고 밖으로 나갔을 때, 그의 모습은 보이지 않았다. 캄캄한 이국의 밤하늘이 비웃듯 나를 내려다보고 있었다.

일주일 동안 매일 같은 패턴의 일상이 반복되었다.

아침 6시 기상.

아침 7시부터 10시까지 스탠리 파크 조깅.

오전 11시 30분부터 오후 2시까지 토조스 레스토랑에서 점심 식사.

오후 2시부터 저녁 6시까지 다운타운 걷기.

저녁 6시부터 밤 9시까지 토조스 레스토랑에서 저녁 식사.

밤 10시부터 11시 30분까지 로열 오크 피트니스 센터에서 운동.

밤 12시 취침.

토조스에서 나는 명물 비슷한 취급을 받았다. 이제는 나카시마의 얼굴에서도 미소가 아닌 의심의 눈초리가 느껴졌다. 나라도 그랬을 것이다. 매일 점심 저녁을 한 레스토랑에서 사 먹는다? 한 번의 예외도 없이?

5일쯤 되던 날, 나카시마가 물었다. 무척 조심스럽게.

"결례가 되지 않는다면… 뭐 하나 여쭤봐도 될까요?"

"괜찮습니다."

"혹시 이렇게 매 식사 때마다 찾아오는 특별한 이유가 있나요?"

"글쎄요, 제가 지금까지 다녀본 식당 중에서 최고인 것 같아서요. 자기가 아는 최고의 여자하고 사는 사람처럼, 자기가 제일 하고 싶은 일을 하면서 살아가는 사람처럼 전 지금 만족하고 있어요."

나는 대충 둘러댔다. 나카시마는 선한 눈동자를 껌벅거리며 관찰하듯 나를 바라볼 뿐이었다. 저쪽 바에서 도조상도 넌지시 나에게 시선을 두고 있었다.

결국 허락된 시간이 다 끝났다. 지상민은 다시 내 앞에 모습을 드러내지 않았다.

마지막 날 아침이 밝았다. 이른 아침부터 오전 시간을 스탠리 파크에서 보냈다. 이 푸른 거대함을 언제 다시 마주할 수 있을까. 이제 단념해야 하는 건가? 나는 공원 입구에서 내 팔로 다 감쌀 수 없을 만큼 굵은 나무를 툭툭 두드리며 인사했다.

그리고 토조스에서 점심 식사. 열흘 동안 토조스의 메뉴에 있는 단품 식사는 한 가지도 안 빼놓고 다 먹어본 셈이다. 내가 생각해도 대단하다. 아무리 충성스러운 단골이라도 이런 사람이 또 있을까? 도조상이 내 마음을 읽기라도 했나보다. 나를 응시하던 그가 둥근 턱을 손으로 만지며 고개를 끄덕였다. 수십 년 동안 진두지휘한 전투함 같은 스시 바 안에서. 누군지 모르는 상태로 다른 장소에서 만났다면 눈길조차 주지 않았을 초라한 체구의 노인이 거인처럼 위대해 보였다.

시계 알람처럼 오후 2시에 토조스를 나왔다. 이제는 압구정 로데오 거리만큼 익숙한 롭슨 거리를 걸었다. 밴쿠버는 비가 하도 많이 와서 '레인쿠버'라는 별칭으로 불리기도 한다. 그런데 내가 있는 열흘 동안은 단 한 번도 비가 오지 않았다. 나카시마는 이런 날씨는 밴쿠버에서 거의 없다고 했다. 특히 겨울철에는. 마지막 날 오후는 금방이라도 비가 올 것처럼 하늘이 꾸물거렸다. 저녁을 먹으러 토조스로 막 들어갈 무렵 빗방울이 떨어지기 시작했다. 나는 머리가 살짝 젖은 채 레스토랑으로 들어섰다.

"도조상이 뵙자고 하십니다."

나카시마는 전에 본 적 없는 진지한 표정이었다. 나를 바로 데리고 가더니 무제한 석에 세팅을 해주었다. 도조상이 바에서 나와 내 곁에 섰다.

"그동안 손님을 쭉 지켜보았습니다. 어떤 사연이 있는지 모르겠으나 내 요리를 이렇게 연속으로 드신 손님은 지금껏 처음입니다. 오늘 저녁이 마지막 식사라고 들었습니다. 제가 알고 있는 게 맞습니까?"

"네, 그렇습니다."

"그렇다면 여태껏 어느 손님에게도 대접한 적 없는 코스 요리를 대접해드리고 싶습니다. 물론 돈은 받지 않겠습니다."

그는 작고 검은 눈을 반짝이며 말했다.

"저로선 영광이지요."

나도 진심이었다.

그날 저녁 맛본 요리에 대해서는 설명하지 않겠다. 형용사가 부족하니까. 장인의 마음을 담은 형형색색의 요리가 심란한 내 마음을 적잖이 위로해주었다. 딱 한 시간 동안 코스 요리가 나왔다. 나는 오른손 엄지손가락을 들어 도조상에게 예를 갖췄다. 도조상도 웃는 얼굴로 엄지손가락을 들어 보였다.

도조상은 다른 손님을 맞기 위해 내 앞을 떠나고 나카시마가 디저트를 가져왔다.

"도조상께 이런 대접을 받은 사람은 미스터 현이 두 번쨉니다."

"첫 번째는 누구죠?"

"고이즈미 총리요."

그때 내 옆에 누군가가 사뿐히 앉았다. 옆모습만 보고도 알 수 있었다. 정확히 말하면 5년 전까지 지상민이라는 이름으로 불리던 사내.

그는 나를 알아보지 못했다. 일주일 전 피트니스 클럽에서 우연히 마주친 남자의 얼굴을 기억하지 못하는 건 당연한 일인지도 몰랐다. 나는 쿵쾅거리는 심장 박동을 느끼며 아무렇지도 않은 척하려고 애를 썼다. 검은깨로 만든 푸딩 디저트를 먹고 조용히 자리에서 일어났다. 입구에서 나카시마와 포옹하고 다시 한 번 도조상과 엄지손가락을 들어 보이는 인사를 주고받은 다음 식당을 나왔다. 마치 도조상이 나에게 행운을 가져다준 듯했다.

식당 맞은편 건물 옆 좁은 골목에 몸을 숨기고 기다렸다. 어느새 비는 멈췄다. 쿵쿵쿵. 혈관을 도는 피가 보통 때보다 더 강하게 심장을 두드렸다. 그동안 쫓아온 미스터리가 밝혀질지도 모른다. 내가 다치게 될지도 모른다. 어쩌면 죽을 수도 있다. 괴물이 득실거리는 집 앞에 선 공포 영화의 주인공처럼 바들바들 떨면서도 포기하지 않았다.

한 시간쯤 지났을까. 가게 문이 열리고 상민이 나왔다. 그는 나같이 유목적적인 단골이 아니라 진정 토조스의 맛을 사랑하는 손님인 듯했다.

무제한 석에서 먹고도 오른손에 포장한 음식을 들고 있었다. 그는 빠르지도 느리지도 않은 걸음으로 뚜벅뚜벅 걸었다. 가게 앞에서는 곤란하다. 조금 더 따라가다 불러보자.

지상민 씨—.

어떤 반응을 보일까? 나와의 대화에 응할까? 순순히 비밀을 털어놓을까? 해코지할 걱정은 어느 정도 덜었다. 여전히 거리에는 사람들이 많았으니까. 비밀스러운 생활을 하는 상황에서 사람들의 이목을 끄는 일은 하지 않을 거라는 계산이었다.

청바지에 평범한 감색 점퍼를 입은 그는 유유히 거리를 걸었다. 밴쿠버 생활을 어느 정도 해서인지 이방인이라는 느낌이 전혀 들지 않았다. 워낙 동양인이 많은 도시여서 더 자연스럽게 녹아들었을지도 모른다.

거리에 주차한 자동차를 향해 가는 것 같았다. 문득 마음이 급해졌다. 10미터쯤 뒤떨어져 걷다 점점 거리를 좁혔다. 그가 주머니에 손을 넣었다. 더 이상 머뭇거릴 시간이 없었다. 달리듯 빠른 걸음으로 바짝 다가섰다. 그가 막 자동차 열쇠를 주머니에서 꺼냈을 때 불렀다.

"지상민 씨?"

동영상 화면의 일시정지 버튼을 누른 듯 그가 동작을 멈췄다. 그리고 천천히 돌아보았다. 그는 아무 말도 하지 않고 그렇게 서 있었다. 나도 마찬가지였다. 그다음 말도, 그다음 동작도 준비 못했다. 이런 방면에서 나는 프로페셔널이 아니다.

"사람을 잘못 보신 것 같은데요?"

예상했던 반응이 돌아왔다. 세게 치고 나가야 한다.

"다 알고 왔습니다, 지상민 씨. 현대고등학교 8회 졸업생이시죠? 박대웅 씨하고도 절친한 관계고요."

그는 싸움에는 프로페셔널일지 몰라도 심리전에는 아마추어였다. 예상치 못한 상황에 턱 주위까지 파르르 떨었다. 나는 공격을 계속했다. 동시에 그를 안심시키고 또 나를 보호해야 했다.

"지상민 씨께 몇 가지 여쭤볼 게 있습니다. 저에게도 지상민 씨에게도 중요한 일입니다. 지상민 씨가 모르는 사실도 있을 겁니다. 어디 들어가서 얘기를 좀 나누시죠."

그는 표정이 사라진 얼굴로 고개를 끄덕였다. 그러더니 갑자기 달리기 시작했다.

예상치 못한 상황이었다. 나도 무조건 달렸다. 이국의 도시에서, 두 남자의 추격전이 시작되었다. 그는 무척 걸음이 빨랐다. 본의 아니게 열흘 동안 집중적으로 운동을 한 덕분에 내 체력도 최고의 컨디션이었다. 매일 두 시간 넘게 조깅을 하고 한 시간씩 웨이트 트레이닝을 하고 고단백 건강식을 먹고 충분한 휴식을 취했다. 그리고 무엇보다 집념이 내 체력의 한계치를 높여주었다.

이름도 알 수 없는 거리를 미친 듯이 달렸다. 느긋한 성향의 캐나다 사람들이 질주하는 두 명의 동양인 남자에게 수상한 시선을 보냈다. 모퉁이를 돌고 골목을 빠져나가고 자동차 도로를 무단으로 건너고 차들이 아슬아슬하게 멈춰 서고 심장이 터질 듯 고동쳤다. 역시 그는 나보다 한 수 위였다. 어느 순간, 나는 인적 없는 골목에서 그를 놓쳤다.

얼마나 뛰었을까? 허리를 굽혀 무릎에 손을 짚고 가쁜 숨을 달랬다. 녀석은 어디로 갔을까. 이렇게 어이없이 놓치다니. 미칠 것 같았다.

그때, 뺑!

목 뒤로 전해진 뜨거운 느낌에 나는 정신을 잃고 말았다.

정신이 들었다. 의식은 깨어났으나 몸은 여전히 자유롭지 않았다. 조명이 아예 없는 어두운 공간이었다. 팔과 다리가 의자에 묶여 있었다. 여기가 어딘지 시간이 몇 시인지 짐작도 가지 않았다. 다만 한 가지는 알 수 있었다. 그 공간에 있는 타인의 존재를. 낮게 깔리는 숨소리. 애써 자신의 존재를 감추려 하지 않는 자연스러운 숨소리.

"현우주?"

지상민이었다.

"제 이름을 어떻게 알죠?"

오랫동안 말을 하지 않아 목소리가 갈라졌다. 나는 헛기침을 몇 번 하면서 목을 가다듬었다.

"지갑에서 신분증을 봤다."

"여긴 어딥니까?"

"알 필요 없어."

"왜 저를 여기로 데리고 왔습니까?"

"기다려. 나는 대답하지 않아. 물어보기만 할 거야."

"뭘 물어볼 건데요?"

"배고픈가?"

"네?"

이해가 되지 않았다. 이 상황에서 배가 고프냐고? 내가 누군지, 왜 왔는지, 이런 걸 물어봐야 하는 것 아냐?

"아뇨, 배고프지 않아요."

"그럼 됐어. 화장실에 가고 싶나?"

"아뇨."

"배가 고파지거나 화장실이 급하면 나를 불러."

"어떻게요?"

"소리를 질러. 멀지 않은 곳에 있을 테니까."

자리에서 일어서는 인기척이 들렸다.

"이봐요, 어딜 가요?"

대답이 없었다.

"여기가 어디냐고? 날 왜 이렇게 묶어놨어? 빨리 풀어줘!"

대답 대신, 멀어지는 발소리가 들렸다.

"당신, 지금 실수하는 거야! 내가 밴쿠버에 온 것 우리 회사에서 다 알고 있어! 내가 제 시간에 귀국하지 않으면 경찰이 찾아 나설 거야. 당신, 곤란해질 거라고! 빨리 풀어줘!"

내 다급한 고함에도 그의 발걸음은 흐트러지지 않았다. 말없이 문을 열고 나갔다. 문을 여닫을 때 옅은 빛이 새들어왔다. 하지만 문 쪽을 등지고 묶여 있어 그 빛이 어디에서 나오는 것인지 짐작조차 할 수 없었다.

그리고 오랫동안 정적과 암흑의 시간이 흘렀다. 내가 느낀 공포와 막막함 그리고 초조함에 대해서는 설명하지 않겠다. 꼬박 하루가 걸린 듯하다. 화장실에 가고 싶어 소리를 질렀더니 지상민이 왔다. 그리고 내 눈을 가린 채 발을 풀어주고 화장실로 데려갔다. 나는 그가 이끄는 대로 눈을 가리고 손이 묶인 채 볼일을 봐야 했다. 배가 고파졌을 때도 그를 소리쳐 불렀다. 그는 샌드위치와 팩 우유를 가져왔다. 역시 눈을 가린 채 손을 풀고 발이 묶인 자세로 샌드위치와 우유를 먹었다.

"언제까지 이렇게 묶어둘 겁니까?"

그는 대답하지 않았다. 이러다 죽일 셈인가? 나를 어떻게 처리할지 고민하고 있는 건가?

사람의 의지는 극한 상황 앞에서 쉽사리 무너진다. 특히 생명이 위태로운 상황에서는.

"살려주세요. 살려주시면 그냥 조용히 돌아갈게요. 네? 제발 풀어주세요. 더 이상 귀찮게 하지 않을게요."

나는 비굴함을 여과 없이 드러냈다. 아니, 그걸 비굴함이라고 말할 수는 없다.

"기다려."

그는 딱 한마디 말을 남기고 또 사라졌다. 뭘 기다리라는 거야? 폭행을? 고문을? 석방을? 죽음을?

해답은 곧 밝혀졌다. 지상민도 기다리는 중이었다. 마침내 우리 둘 다

기다리는 사람이 찾아왔다. 그제야 암흑이 빛으로 밝혀졌다. 내 손과 발 그리고 눈도 자유를 찾았다. 내가 갇혀 있는 공간은 개인 주택의 지하 창고였다. 꽤 넓은 창고에는 간단한 운동 기구과 오디오 시스템이 갖춰져 있었다. 그리고 내 앞에 오랜 친구가 앉아 있었다.

"그만하라고 했잖아. 널 다치게 하기 싫다고."

대웅의 목소리는 차분했다. 여전히 고급스러운 검은색 슈트에 하얀 셔츠 차림이었다. 옆에는 충실한 개처럼 지상민이 버티고 서 있었다.

"너였구나. 날 미행한 것도, 문자를 보낸 것도."

"내가 미행한 건 아니지."

"그럼, 네 부하?"

"부하라는 말은 이상한데? 직원 정도로 해두자."

"내가 왜 여기까지 왔는지는 알지?"

"궁금한 게 많겠지. 쓸데없는 호기심은 항상 이런 결과를 낳지. 뒤를 돌아보지 말라고 하면 앞만 보고 가야 하는 거야. 왜 소금 기둥으로 변할 줄 알면서도 뒤를 돌아다볼까? 그게 인간의 본성일까?"

"그래서 날 죽일 거야?"

"네가 나를 죽이지 않는다면."

"내가 널 어떻게 죽이는데?"

"꼭 목에 칼을 꽂아야만 죽이는 게 아냐. 말로도, 글로도 사람을 죽일 수 있어."

"네가 연희를 죽인 것처럼?"

304

내 말에 대웅의 미간이 꿈틀거렸다.

"난 진실을 알고 싶을 뿐이야. 너, 연희 그리고…."

나는 지상민에게 눈길을 주며 말을 이었다.

"지상민. 그동안 너희들 사이에서 있었던 일을 알고 싶어."

"왜?"

나는 대답하지 않았다. 대웅이 피식 웃으며 말했다.

"하긴. 호기심과 욕망에 이유가 있나."

긴 침묵이 흘렀다. 대웅이 내 앞으로 의자를 당겨 앉았다.

"잘 들어. 너에겐 세 가지 선택이 있어. 첫째. 호기심을 접고 원래 너의
평온한 삶으로 돌아가는 것. 이 선택이 제일 안전해. 다시 쓸데없는 호기
심만 갖지 않는다면 이렇게 험한 꼴을 당할 일도 없을 거야. 두 번째. 네
가 그토록 궁금해하는 진실을 말해줄 수 있어. 대신 그 진실을 무덤까지
혼자 가져갈 것. 이 경우에도 넌 살 수 있어. 하지만 삶이 늘 불안하겠지.
치명적인 비밀을 감추고 살아야 하니까."

대웅은 내가 본 그의 표정 중에서 가장 심각한 얼굴로 나를 노려보다
말을 이었다.

"쉽지 않을 거야. 비밀을 지킨다는 건 재채기나 눈물을 참는 것과는
차원이 다르니까. 그 비밀이 클수록 지키기가 더 어렵지. 너의 평온한 삶
과는 분명 다를 거야."

"세 번째는?"

내가 힘을 짜내 물었다.

"비밀을 듣고 누설하는 것. 이 경우엔 언제 어디서 죽을지 몰라. 자신이 떠맡을 수 없는 비밀에 욕심을 냈다가 파멸한 사람들 이야기는 인류의 역사와 신문 사회면에 숱하게 등장하지."

그러면서 그는 상민을 힐끗 돌아보았다. 그의 말을 증명이라도 하듯 상민이 미세하게 고개를 끄덕였다.

그래. 이 정도면 충분해. 어릴 때도 그랬듯 대응의 말이 다 맞아. 다시 방관자적인 도시의 삶으로 돌아가는 거야. 지금까지 행복하게 살았다고 장담할 순 없어도 불행하지는 않았잖아? 돌아가자, 우주야. 평온한 삶으로. 나는 고민 끝에 말했다.

"비밀을 말해줘. 무덤까지 갖고 갈게."

광란

Hysteria–Def Leppard

지상민의 아버지는 무역업을 하는 사업가였다. 사업 수완도 좋고 다른 장점도 많은 가장이었지만 한 가지 치명적인 결함이 있었다. 그는 알코올에 위험하게 반응했다. 술을 마시면 아내에게 폭력을 휘둘렀다. 그럴 때면 어린 상민은 옆방에 숨어서 덜덜 떨었다. 주먹과 발로 시작한 폭력은 점점 그 강도를 더해갔다.

지상민은 열 살도 안 된 꼬마 때부터 몸을 단련했다. 몸을 튼튼하게 하려고, 싸움을 잘하고 싶어서, 씩씩해지려고 태권도 학원에 다니는 아이들과는 목적이 달랐다.

몇 년 뒤 상민은 조금 커진 몸으로 아버지의 폭력을 막으려 했다. 그러나 아직 어른과는 상대가 되지 않았다. 아버지의 폭력은 아들까지 대상으로 삼게 되었다. 차라리 그 편이 나았다. 매를 나눔으로써 엄마가 조금이라도 덜 맞을 수 있었으니까.

열일곱 살 되던 해. 그는 마침내 아빠를 때려눕혔다. 술에 취해 야구 배트를 휘두르던 아버지를 맨주먹으로 상대해 이긴 것이다. 그 뒤로도 몇 번을 더 아들에게 맞아 뻗고서야 아버지는 무서운 습관을 고쳤고, 마침내 엄마는 길고 긴 폭력에서 해방되었다. 하지만 우울증은 그녀를 놓아주지 않았다. 얼마 뒤, 그녀는 지하철에 몸을 던져 자살했다.

상민의 가슴속에 씻을 수 없는 죄책감이 뿌리내렸다. 그는 자신이 충분히 강하지 못해서 엄마를 지켜내지 못했다고 생각했다. 스스로를 단련함으로써 그 죄책감을 씻으려 했다. 그는 체육관에서 샌드백을 두드리고 치열하게 스파링을 했다. 태권도에서 유도, 무에타이에 특공무술까지. 몸을 강하게 만들 수 있는 무술이라면 모두 연마했다.

나쁜 놈이라고 해도 여자들에게 매력이 없는 건 아니다. 그 반대의 경우도 종종 볼 수 있다. 상민의 아버지가 그랬다. 그는 아내가 죽은 뒤 6개월도 안 되어 여자를 만났다. 그리고 혼인 신고도 하지 않고 동거에 들어갔다.

여자는 형편이 어려웠다. 강남에 살긴 했어도 16평 아파트 한 채만 갖고 있을 뿐 수입은 거의 없는 강남 속의 빈곤층이었다. 평범한 가정이었지만 남편이 교통사고로 일찍 죽으면서 천천히 빈곤의 바닥으로 떨어진 경우였다. 여자는 동네 상가에서 반찬 가게를 하며 힘겹게 딸을 키웠다. 집을 팔고 좀 더 허름한 동네로 이사해 살 수도 있었다. 그러나 좋은 동네에서 좋은 학교에 딸을 다니게 하고 싶은 마음에 몸이 부서져라 일하며 버텼다. 그러다 우연히 남자를 만났다. 여자는 남자의 재력에 기댔을지도 모른다.

남자는 여자와 그 여자의 딸을 자기 집으로 들였다. 그렇게 34평 압구정동 미성아파트에서 네 명이 한 공간에 살게 되었다. 가족 아닌 가족으로. 그 여자의 딸이 연희였다.

동갑이었던 상민과 연희는 서로 어색했다. 처음 한 달간은 아예 말을 안 섞고 지냈다. 둘 다 말이 없는 편이기도 했다.

어느 여름날, 상민의 아버지와 연희의 엄마가 며칠 동안 외국 여행을 가게 되었다. 남매도 아니고 그렇다고 남남도 아닌 소년과 소녀는 종일 집 안에서 시간을 보냈다.

—비디오나 빌려 볼래?

말을 먼저 건 쪽은 소녀였다. 소년은 그러자고 했다. 소녀가 물었다.

—〈사랑과 영혼〉 봤어?

소년은 그 영화를 보지 못했다. 사실 소년이 본 영화는 열 손가락으로 꼽을 정도였다. 그는 소녀가 시키는 대로 비디오 가게에서 테이프를 빌려왔다. 그리고 거실 소파에 나란히 앉아서 영화를 봤다.

한창 시절의 패트릭 스웨이지와 데미 무어는 존재 자체만으로도 반짝반짝 빛나는 배우들이었다. 숨 막히는 러브신과 사랑을 지키기 위해 몸을 던지는 액션이 등장했다. 비극적인 현실을 넘어서는 사랑 이야기였다. 세상의 질서도 사람들의 상식도 넘어서는 사랑. 소년은 넋을 잃고 영화에 빠져들었다. 소녀는 그런 소년을 자꾸만 훔쳐보았다. 영화가 끝나고도 화면에서 눈을 떼지 못하는 소년에게 물었다.

—재밌어? 한 편 더 볼래?

그다음 영화는 〈보디가드〉였다. 휘트니 휴스턴과 케빈 코스트너. 슈퍼스타 여가수와 그녀를 지키는 경호원의 사랑 이야기였다. 소녀도 처음보는 영화였다. 둘은 대화도 거의 나누지 않고 두 시간 동안 영화에 몰입했다. 가수와 보디가드. 두 사람은 생과 사가 엇갈리는 아슬아슬한 순간을 넘어서 결국 사랑이라는 이름으로 함께했다.

영화가 끝나고 둘 다 배가 고팠다. 소년이 계란과 파를 곁들여 라면을 끓였다. 소녀가 냉장고를 뒤져 풍성하게 밑반찬을 깔았다.

—영화 재밌었니?

—응.

—재밌게 보더라.

—영화를 잘 안 봐서.

—그래. 영화라는 걸 처음 보는 사람처럼 보더라.

라면을 다 먹고 소녀는 외출을 제안했다.

—하루 종일 집에 있으니까 답답하지 않니?

둘은 딱히 뭘 할지 정하지도 않고 무조건 밖으로 나갔다. 소년은 말없이 오토바이에 시동을 걸었다. 뒷자리에 탄 소녀는 소년의 허리를 끌어안았다. 소년은 하나밖에 없는 헬멧을 소녀에게 씌워주었다.

—꽉 잡아.

그리고 밟았다. 소년의 오토바이는 여름밤 서울 시내를 쌩쌩하게 달렸다. 머리 위로 별이 날아다녔다. 소녀는 소년의 허리를 안고 가슴과 머리를 넓은 등에 기댔다. 소년이 물었다.

—조금 멀리 가볼까?

—좋아.

소년의 오토바이는 서울 경계를 벗어났다. 쉬지도 않고 내달리다 집으로 돌아왔다.

—맥주 마실래?

제안하는 건 항상 소녀의 몫이었다. 그리고 소년은 제안을 거절하는 법이 없었다. 술을 좋아하는 아버지 덕에 상민네 집 냉장고는 항상 캔맥주가 가득했다. 둘은 TV 쇼프로를 보면서 맥주를 마셨다. 문득 소년이 물었다.

—아빠랑은 왜 같이 안 사는데?

—돌아가셨어. 교통사고로. 워낙 어릴 때라 잘 기억도 안 나. 계속 엄마랑 둘이 살았어. 너는?

—나도 엄마가 사고로 돌아가셨어.

소년은 거짓말을 했다. 소녀는 고개를 끄덕이더니 이상한 제안을 했다.

—오빠라고 불러도 돼?

—우린 나이가 같잖아?

—항상 오빠가 있으면 좋겠다고 생각했어.

—왜?

―모르겠어. 그냥 그런 생각을 많이 했어.

―좀 이상한데?

―오빠처럼 나를 보호해주면 되잖아?

―보호?

―무슨 뜻인지 몰라? 아까 〈보디가드〉 봤잖아. 케빈 코스트너가 휘트니 휴스턴을 지켜주는 거. 그런 게 보호야.

소년은 말이 없었다. 다음 날부터 소녀는 소년을 오빠라고 불렀다. 그리고 소년은 정말 오빠처럼 소녀를 '보호'해주었다. 집적거리는 남학생을 혼내주고 가끔 소녀가 부탁할 때마다 오토바이에 태우고 마음껏 달려주었다.

어느 날, 소녀는 남자 친구가 생겼다고 말했다. 소녀 곁에 접근하는 아이들은 항상 소년의 주먹에 나가떨어졌기에 대웅에게는 그러지 말라고 미리 주의를 준 걸 수도 있었다.

―남자 친구를 좋아해?

―어떤 감정인지 모르겠어. 그 애는 나를 다른 의미로 보호해줄 수 있을 것 같아. 아주 부자고, 공부도 엄청 잘해. 내가 아는 친구 중에서 제일 강해. 오빠하고는 다른 의미에서.

―왜 그렇게 보호를 받고 싶어 하는데? 뭘 그렇게 무서워하는 거야?

―정말 이유를 듣고 싶어?

열여덟 살 소녀는 엄청난 비밀을 털어놓았다.

―작년에 잡지 모델 사진을 찍은 적이 있어. 학교에서 돌아오는 길에,

흔히 하는 말로 길거리 캐스팅이 된 거지. 별로 생각은 없었는데 돈을 주겠다고 해서. 그렇게 사진을 찍었는데 괜찮았나봐. 그달 표지 사진으로 나왔거든. 유명인도 아닌데. 그 뒤로 다른 잡지나 연예 기획사에서 매일같이 전화가 걸려왔어. 뭐랄까, 조금 붕 뜬 기분이었어. 병신같이 말이야. 게다가 내가 돈을 벌어서 엄마를 도울 수 있다는 생각에 무슨 일이라도 하고 싶었지. 그러다 매니저 한 명을 만나게 됐어. 기획사 사무실이란 곳에서 대표라는 사람도 만났어. 같이 저녁을 먹었는데, 술을 권하더라고. 여고생한테 말이야. 거절하니까 한 잔 정도는 괜찮다고 계속 권했어. 분위기를 흐트러트리기 싫어서 마셨어. 내가 바보였지.

소녀는 낯선 호텔 방에서 깨어났다. 옷은 벗겨진 채였고 침대 옆 테이블에는 1만 원짜리 지폐 열 장이 놓여 있었다. 택시 타고 집에 가서 쉬라는 쪽지와 함께.

거기까지 얘기한 소녀는 이를 악물고 눈물을 참았다. 소년은 소녀에게 어깨를 빌려주었다. 소녀가 누군가에게 그 일을 털어놓은 건 처음이었다. 소녀는 마음껏 울었다. 오빠의 품에 안겨서. 소년도 꺼내놓았다. 아무에게도 말하지 못했던 가슴 아픈 가족사를.

그렇게 둘은 아픔과 비밀을 공유했다. 죽음도 갈라놓지 못한 패트릭 스웨이지와 데미 무어가 된 것 같았다. 소년은 케빈 코스트너가 휘트니 휴스턴을 지켜냈듯 그 애를 영원히 지킬 수 있을 거라고 생각했다. 힘들고 외로운 시절은 끝났다. 서로를 알기 전까지 웃음이 없던 둘은 그 어느 때보다 밝게 지냈다.

소녀는 대웅에게 이별을 통보했다. 대웅은 이유를 캐물었지만 소녀는 사실을 말해줄 수 없었다. 단 한 번도 누군가에게 거절당한 적이 없던 대웅은 몹시 분노했다. 대웅에게 소녀는 갖고 싶지만 갖지 못한 유일한 존재였다. 대웅은 소녀를 떠나지 않았다. 실패라는 단어도, 포기라는 단어도 대웅의 사전에는 없었다. 헤어졌다는 연희의 생각과 달리, 대웅은 잠시 그 애를 놓아주었을 뿐이다.

얼마 후, 상민과 연희의 삶에 또 한 번 거대한 파도가 밀려왔다. 상민 아버지의 사업이 고꾸라진 것이다. 아버지는 막대한 빚만 남기고 행방불명이 되었다. 네 명이 함께 살던 아파트도 채권자들의 손에 넘어갔다.

모녀의 유일한 재산이던 반포아파트마저도 보증 관계 때문에 날아가고 말았다. 그 충격으로 쓰러진 어머니는 결국 일을 할 수 없는 몸이 되었다.

남은 세 명은 신림동의 월세방으로 숨어들었다. 몸이 안 좋아진 어머니 대신 상민이 일터로 나섰다. 상민은 수산시장에서 얼음을 나르며 세 식구가 겨우 굶어죽지 않을 만큼의 돈을 벌었다. 그러나 연희의 대학 등록금까지 버는 건 무리였다.

연희가 나섰다. 끔찍한 일을 당한 그때 했던 결심, 다시는 연예계 쪽으로 고개를 돌리지 않겠다는 결심을 뒤집었다. 독한 마음을 먹고 기획사를 찾아갔다. 몇 달의 연습 기간 끝에 연희는 마침내 공중파 프로그램에 신인 가수로 데뷔할 수 있었다. 성공적인 데뷔였다. 예상치 못한 속도로 연희의 주가는 치솟았다. 1년 만에 '스타'라는 수식어가 어색하지 않은 인기를 얻었다. 돈도 많이 벌었다.

—오빠도 대학에 다녔으면 좋겠어.

연희의 설득에 상민도 막일을 그만두고 대입 학원에 등록했다. 연희 어머니도 병원에서 제대로 치료를 받으며 조금씩 건강이 좋아졌다.

다시 희망의 불빛이 보이던 그때 악마가 나타났다.

—연희야, 안녕?

어느 날 걸려온 전화는 그녀를 얼어붙게 만들었다.

—오랜만이다. 그때보다 예뻐졌던데? 요즘 잘나가는 것 같더라. 근데 어쩌지? 오빠한테 네 사진이 몇 장 있어. 네가 고등학교 때 술 마시고 아무 남자한테나 몸을 주던 그때 사진인데. 아주 알몸이 제대로 나왔어. 경찰에 신고하면 알지? 바로 사진 풀어버릴 거야. 그리고 널 가만두지 않을 거야.

사내는 사진을 넘겨주는 대가로 1억 원을 요구했다. 액수는 문제가 아니었다. 이런 놈은 절대로 그냥 떨어지지 않는다. 1억을 주면 얼마 안 있어 또 돈을 달라고 할 것이다. 그리고 그렇게 계속 돈을 뜯어내다 결국은 사진까지 흘릴 놈이다. 연희도 그 정도는 알고 있었다.

연희가 믿을 수 있는 사람은 단 한 명. 오빠이자 비밀스러운 연인이 된 상민에게 털어놓았다. 그때 그 사람에게 협박을 당하고 있다는 사실을. 상민은 굳은 얼굴로 듣고만 있었다. 그로서도 딱히 방법이 없는 듯했다. 일단 시간을 벌자고 했다. 연희는 그놈에게 연락해서 열흘의 시간을 달라고 했다.

연희는 초인적인 의지로 공포와 싸우며 방송 활동을 계속했다. 상민은 그런 모습을 보며 어머니를 떠올렸을지도 모른다. 무슨 수를 써서라도 보호해주겠다고.

열흘째 되던 날, 연희는 현금으로 1억을 준비했다. 의심이 많은 놈은 일부러 사람 많은 시간과 장소를 택했다.

—혼자 와. 최대한 사람들 눈에 안 띄게 하고.

이른 저녁. 한강 시민공원에서 그놈을 만났다. 놈은 남색 소나타 2를 타고 나타났다. 선글라스까지 끼고, 주변에 누가 있는지 살피며 가방을 받았다.

—활동 잘해라. 오빠가 보고 있을 테니까. 그때 너 참 맛있었는데. 흐흐. 네가 이렇게 잘될 줄 알았으면 오래 데리고 있을 걸 그랬어, 그치?

놈은 연희의 팔을 슬쩍 만진 후 그곳을 떠났다. 놈은 집으로 돌아가는 길에 중국 식당에 들러 혼자 거하게 저녁을 먹었다. 한 방 제대로 잡았다는 호기로운 표정이었다. 주린 배까지 흡족하게 채운 놈은 자신이 사는 망원동의 반지하 방 현관문을 막 열었다. 뒤에서 소리 없이 따라온 상민이 놈의 목에 칼을 들이댔다.

—조용히 문 열고 들어가.

상민의 목소리는 낮고 차가웠다. 놈은 장난이 아님을 알았다. 조용히 문을 열고 들어갔다. 손에서는 돈 가방을 놓지 않고.

—사진 꺼내. 전부 다. 필름도.

―그런 것 없어. 다 거짓말이야. 그냥 협박한 거야.

―그럼, 넌 죽어. 사진, 필름. 빨리 꺼내.

―너 지금 실수하는 거야. 내가 누군지 모르지?

―네가 그렇게 대단한 놈이면 이런 반지하 방에서 살지는 않겠지. 기생충처럼 남의 피나 빨아먹는 짓은 하지 않겠지.

놈은 방에 있는 거울을 통해 상민의 존재를 확인했다. 거구인 놈은 상민이 자신보다 훨씬 작은 체구임을 알았다. 놈의 눈에 상민은 이제 갓 스무 살이 넘은 애송이로만 보였다. 놈은 여유 있게 설득하려 했다.

―어설프게 이러지 마라. 내가 혼자일 것 같아? 사람 잘못 봤어. 그냥 칼 내려놓고 조용히 나가라. 살고 싶으면.

―필름하고 사진 꺼내.

―아, 이 새끼, 말이 안 통하네.

그러면서 놈은 뒤로 돌아 상민을 밀쳤다. 그러나 상민의 몸과 닿을 수조차 없었다. 상민은 눈에 보이지 않는 속도로 몸을 비켰고, 놈은 자기 힘에 쏠려 바닥에 넘어지고 말았다. 다시 일어난 놈은 재빨리 상민을 향해 돌진했다. 상민은 단번에 놈을 제압했다. 칼은 쓰지도 않았다. 놈은 순식간에 머리가 뒤로 꺾인 채 상민에게 목이 졸렸다. 살아오면서 그 어느 순간보다 죽음의 공포를 느꼈다. 상민은 바닥에 굴러다니는 양말을 집어 놈의 입을 틀어막았다. 그리고 잡은 물고기를 놓아주듯 놈을 풀어주었다.

―입에서 양말 빼면 5초 안에 죽는다. 알아들었으면 고개로 대답해.

놈은 두 손을 모아 살려달라는 손짓을 하면서 고개를 끄덕였다.

—사진하고 필름 내놔.

놈은 그런 것은 없다는 표시로 고개를 세차게 내저었다. 이미 여러 가지 시나리오를 생각해본 상민은 머뭇거리지 않았다.

—딱 한 시간 준다. 만약 필름하고 사진이 다른 놈한테 있으면 전화를 걸어서 가져오라고 해. 허튼수작 부리면 바로 끝이다.

상민이 시간을 줬지만 놈은 아무런 액션도 취하지 못했다. 그저 잘못했다고 빌기만 할 뿐이었다. 놈에게는 지옥에서의 한 시간이었을 것이다. 상민은 부동자세로 놈 앞에 버티고 서서 기다릴 뿐이었다. 한 시간이 지난 후, 상민은 조용히 말했다.

—내가 보기에도 별 볼일 없는 놈인 것 같군. 그래도 같은 패거리가 있을지 몰라. 똥파리 주변에는 똥파리들이 많으니까. 그놈들을 닥치게 하는 방법은 한 가지밖에 없지.

말이 끝남과 동시에 상민의 발이 놈의 턱에 꽂혔다. 놈은 정신을 잃고 바닥에 쓰러졌다. 상민은 놈의 배에 증오심으로 번득이는 칼날을 꽂았다. 한 번 두 번 세 번. 그리고 돈 가방에서 1만 원짜리 지폐 한 장을 꺼내 놈의 입에 물려주었다. 만약 패거리들이 있다면 놈의 끔찍한 죽음을 알게 되리라. 그리고 자칫하다가는 놈과 똑같은 최후를 맞게 될지도 모른다는 걸 똑똑히 알게 될 것이다.

상민은 연희에게 돌아갔다. 그리고 돈 가방을 건네주었다. 그날 밤 연희는 어느 때보다 서럽게 울었다.

상민은 일본으로 출국했다. 그리고 연희는 가수 생활에 매진했다. 경찰에서 연희에게 연락이 왔다. 죽은 놈의 휴대폰에서 연희와 연락한 기록이 여러 건 있다면서. 피살된 당일에도 마지막으로 연락한 사람이 연희라면서. 연희는 특유의 높낮이 없는 목소리로 대답했다.

—예전에 알고 지내던 매니저 오빠예요. 그날 밤에 보기로 했는데, 무슨 급한 일이 생겼는지 갑자기 약속을 취소하더라고요.

—그날 밤에는 어디서 뭘 하고 계셨죠?

—안무 팀하고 안무를 짰어요. 거의 밤을 샜는데?

그 말은 사실이었다. 놈에게 돈만 전달하고 곧바로 연습실로 돌아와 저녁을 먹은 다음 안무 팀하고 연습을 했으니까. 연희의 알리바이를 증명해줄 사람은 열 명이 넘었다. 경찰은 상민의 존재를 짐작조차 못했다.

사건은 미궁에 빠졌다. 피살자의 사생활이 워낙 복잡하기도 했다. 전과 5범인 데다 도박 빚도 많았다. 원한 관계를 전부 따지려면 한참이 걸릴 인물이었다. 그만큼 중요한 인물도 아니고 경찰도 한가하지 않았다. 수사는 미결로 종결되었다.

연희는 앞도 뒤도 옆도 돌아보지 않고 가수 활동에 매진했다. 상민은 홋카이도에서 조용히 살았다. 조심해야 해. 인생의 함정이 얼마나 갑작스럽고 깊은지 둘 다 잘 알고 있었다. 둘은 누구보다도 신중하게 그런 삶을 유지했다. 연희는 틈이 날 때면 혼자 일본으로 여행을 가 상민과 시간을 보내곤 했다. 연희의 인생에서, 상민의 삶에서 가장 두려우면서도 가장 행복한 시절이었다. 그렇게 평생을 살아도 좋을 거라고 생각했다. 그렇게 몇 년이 흘렀다.

박대웅이 돌아왔다. 대웅은 압구정 소년들과 세화여고 3총사를 소집했다. 리츠칼튼호텔 레스토랑에서 만나 저녁을 함께 먹었다. 나만 빼고 모두 모인 자리였다. 다들 그동안 바쁘게 살아온 이야기를 했다. 화제의 중심은 당연히 슈퍼스타가 된 연희였다.

자리가 끝나고 대웅은 연희에게 따로 할 말이 있다고 했다. 다른 친구들과 호텔 로비에서 헤어지는 척하고, 둘은 다시 호텔 스카이라운지에서 만났다. 그는 바로 용건을 꺼냈다.

—상민이는 잘 있어?

—상민이를 어떻게 알아?

—연희야, 나는 다 알아. 모두 다.

그리고 대웅은 연희를 오랫동안 바라보았다. 연희는 깨달았다. 지금까지 빠져나온 인생의 덫과는 다르다는 걸. 대웅은 자신보다, 자신의 능력보다 월등한 차원에서 움직이고 있다는 걸.

—나한테도 연락이 왔었어. 네가 잡지 사진을 찍고 그럴 때, 내가 네 남자 친구라는 소문이 파다했잖아. 그놈도 그 얘기를 들었던 거지. '우리병원' 원장 아들이 서연희 남자 친구라고. 그리고 몇 년이 흘러 널 협박할 때 내 생각이 났던 거지. 병원장 아들이니 쉽게 돈을 뜯을 수 있을 거라고 생각했겠지. 널 협박하면서, 나한테도 연락을 한 거야. 난 그냥 간단하게 말했어. 헤어진 지 오래됐다고. 그러면서 어떻게 이 문제를 풀어야 할지 고민했어. 미칠 것 같더군. 너한테 연락을 해볼까 했지만 자존심

이 허락하지 않았어. 결국 아버지한테 부탁해서 돈을 마련하려 했어. 그런데 웬걸, 그놈이 죽었더라고. 알아봤더니 살해당했대. 상민이가 아니면 누가 그런 짓을 하겠어?

—내가 너랑 헤어질 때도 상민이 때문이었다는 걸 알았어?

—나는 네가 생각하는 것보다 꼼꼼한 성격이야. 어릴 때부터.

대웅은 고개를 끄덕이며 대답했다. 길고 긴 침묵이 흘렀다. 다시 연희가 물었다.

—그래서? 신고하려고? 상민이를 감방에 처넣고, 나를 파멸시키려고?

—아니. 그 반대야. 너희 둘 다 젊은 시절을 이렇게 숨죽이며 살 수는 없잖아. 안 그래? 잘 생각해봐. 이건 살인사건이야. 넌 살인을 방조하고 범인을 은폐하고 도주시킨 범죄를 저지른 거라고. 누군가가 이 사실을 알고 터뜨리면 어떡할래? 너희는 너무 허술했어! 비밀이란 그 크기에 비례해서 치밀하게 준비하고 막아야 하는 거라고. 이런 식으로 있다간 상민이는 조만간 붙잡혀 교도소에서 최소한 20년은 썩게 될 거야. 네연예 활동도 끝이고, 둘 다 뭘 하면서 살래? 네 인생도, 그 친구의 인생도 끝이라고.

연희는 시인하지 않을 수 없었다. 그동안 애써 외면해온 진실과 불안 앞에 무릎을 꿇었다. 대웅이 그런 연희의 손을 잡아주었다.

—내가 제안을 하지. 아니, 이건 제안이 아니라 통보야. 상민이를 한국으로 불러. 새로운 삶을 살 수 있도록 해줄게.

―어떻게?

―내 양손에는 법과 의술이 있어. 상민이를 다른 사람으로 태어나게 할 거야. 법적으로. 선거도 하고 혼인 신고도 할 수 있어. 그리고 성형 수술로 얼굴도 바꿔버릴 거야. 한 번의 수술로는 부족해. 몇 년 걸리겠지. 워낙 사람들하고 어울리지 않고 혼자 지낸 놈이라 더 쉬울 거야. 물론 이런 계획은 아무도 실현할 수 없지. 하지만 난 그렇게 할 수 있어.

―왜? 왜 그렇게까지 하는데?

―널 사랑하니까.

연희는 읽었다. 대웅의 눈빛에 담긴 진심을. 그는 또박또박 다음 말을 이었다.

―그리고 넌 상민이를 사랑하잖아. 상민이가 살인범이 되어 수십 년을 감옥에서 썩기를 바라진 않잖아?

―네가 원하는 건 뭔데?

―너.

연희는 온몸의 힘이 빠졌다. 그리고 막연하게 생각했을지 모른다. 이건 운명의 덫이 아니라 운명 그 자체일지도 모른다고.

상민은 연희의 연락을 받고 한국으로 돌아왔다. 오랜만의 귀향이었다. 소년은 소녀의 제안을 거절하는 법이 없었으니까. 대웅은 장담한 대로 그를 법적으로 다른 사람으로 바꾸어주었다. 교통사고로 죽은 혈혈단신의 남자와 신원을 완벽하게 바꿔치기한 것이다.

서류상으로 상민은 7번 국도에서 교통사고로 즉사했다. 운전 부주의로 해안도로 가드레일을 들이받고 아래로 추락했다. 대포차 1.5톤 트럭은 전소되었다. 그리고 유병찬이라는, 경북 영주 출신의 남자로 다시 태어났다.

그 뒤로는 나도 다 아는 이야기다. 상민은 몇 번의 성형 수술을 거쳐 얼굴도 유병찬과 가깝게 변했다. 그러면서 박대웅이 ESP 제국을 구축할 때 어두운 부분을 맡아 해결했다. 철저하게 박대웅의 그림자로 살았다. 어쩌면 연희를 보호하기 위해서는 그럴 수밖에 없다는 것을 인정했을지도 모른다.

연희는 묵묵히 일에만 몰두했다. 두 편의 영화를 찍으면서 자신의 커리어에 정점을 찍은 시기도 바로 그때였다. 박대웅의 왕국도 이제 정복을 위한 준비를 모두 마쳤다. 그리고 대웅은 연희에게 청혼했다. 연희는 오래 고민하지 않았다. 항상 그랬듯이 대웅은 원하는 걸 얻지 못하면 파괴해버리는 사람이었으니까. 그녀 자신도 중요했지만 더 이상 자신 때문에 상민이 궁지에 몰리는 것은 원치 않았다. 연희는 대웅의 청혼을 받아들였다.

결혼 생활은 밖에서 보기엔 더없이 화려해 보였다. 연예계 왕족끼리의 결혼이었다. 차라리 그렇게 형식적인 결혼이었다면 적당히 살아갔거나 적당한 방식으로 이혼하면서 끝이 났을지도 모른다. 그러나 박대웅은 그녀를 사랑했다. 자신이 말한 대로, 그가 원한 건 연희였다. 그녀의 마음, 그녀의 사랑이었다.

몸은 줄 수 있어도 마음은 줄 수 없다. 주고 싶어도 줄 수 없고 갖고 싶어도 가질 수 없다. 마음은 흘러가야만 한다. 연희의 마음은 흐르지 않았다. 그녀의 마음은 여전히 한 남자에게만 머물러 있었다. 동갑이면서도 오빠였던 가족, 자신의 아픔을 말없이 나눠준 친구, 틈 날 때마다 오토바이를 타고 도시를 누비게 해준 기사, 자기 인생을 걸고 자신을 지켜준 보디가드 그리고 이룰 수 없는 사랑을 힘겹게 지켜온 비밀의 연인. 그 모든 한 사람.

그렇다고 표를 낸 것은 아니다. 결혼한 뒤에는 철저하게 대웅의 아랫사람으로 상민을 대했다. 둘이 만날 일도 거의 없었지만, 가끔이라도 마주치면 말도 눈빛도 서로 섞지 않았다. 몰래 만나거나 연락한 적도 없었다. 그러나 마음은, 그 마음은.

첫 번째 결혼기념일에 대웅이 물었다.

—나를 사랑하니?

연희는 고개를 끄덕였다. 대웅은 바보가 아니었다.

—아직도 그놈을 사랑해? 아직도?

연희는 긍정도 부정도 하지 않았다.

그 뒤로 대웅은 더 무섭고 냉혹한 정복자가 되었다. 법적으로는 연희의 남편이었지만 그 역할은 일찌감치 포기했다. 해외 비즈니스에 몰입하면서 부부가 같이 지내는 시간은 1년에 일주일도 채 되지 않았다. 대웅 주변에는 항상 여자 연예인들이 머물렀다. 스타가 되고 싶은 욕망에 몸과 시간을 바칠 준비가 되어 있는 소녀들도 즐비했다. 그러던 중 태범과 세희가 엮인 스캔들이 터졌다.

대웅은 오랫동안 차분하게 과거를 회상했다. 모든 이야기가 끝났을 때, 나는 상민을 쳐다보았다. 과연 지금까지 대웅이 말한 이야기가 모두 진실인지, 그의 얼굴을 통해 확인해보고 싶었다. 상민은 조금의 동요도 없는 표정이었다.

"그럼, 태범이의 미니 홈피 글을 유지은 기자한테 알려줘서 기사화시킨 것도?"

내가 물었다. 대웅은 고개를 끄덕이며 시인했다.

"내가 시킨 거지. 밑에 있는 애들한테. 어린놈이 헛소문을 믿고 철없이 까불기에 기를 좀 죽여놓을 필요가 있었어. 유 기자한테는 감사의 의미로 사례를 좀 했지. 태범이 녀석, 끝까지 길들여지지 않아 놔줄 수밖에 없었지만."

"헛소문이라고? 네가 세희와 그렇고 그런 사이였다는 말이 헛소문이라는 거야?"

대웅은 무게감이 느껴지는 시선으로 나를 응시했다.

"이봐, 설마 그런 멍청한 증권가 찌라시를 믿는 거야?"

"세희가 너의 미국 집에 들락거리는 걸 봤대. 태범이가."

"맞아. 자주 왔었어. 세희는 G2G에서 고질적으로 가창력 논란에 시달렸어. 라이브 무대를 하고 나면 악플이 줄줄 달리곤 했지. 욕심이 많은 아이였어. 활동이 없는 날이면 우리 집에 와서 나에게 직접 보컬 트레이닝을 받곤 했어. 밤늦게까지 연습하다가 자고 가는 날도 있었지. 결국은 나와의 루머 때문에 스트레스를 받아서 연예계를 떠나야 했지만."

나는 잠시 숨을 고르며 고민했다. 믿을까? 말까?

어쨌든 이제 거의 모든 퍼즐이 다 맞아들어갔다. 마지막으로 하나의 조각만이 남았다.

"그럼, 연희가 죽던 날 밤, CCTV는 어떻게 된 거야? 넌 분명히 미국에 있었는데, 네 모습이 찍혔잖아?"

대웅은 대답 대신 상민 쪽으로 고갯짓을 했다. 순간 내 눈을 의심했다. 또 하나의 대웅이 거기 서 있었다! 어안이 벙벙한 내 앞에서 두 번째 대웅이 얼굴에 쓴 정교한 고무 가면을 천천히 벗었다. 다시 상민의 얼굴이 나타났다.

"내 얼굴을 그대로 본뜬 거야. 가까이에서 보면 이상한 점이 눈에 띄겠지만 카메라로는 잡아낼 수가 없지."

"왜 그렇게까지 한 거지?"

"연희를 죽이려고."

나는 귀를 믿을 수 없었다. 대웅은 나를 보며 또렷하게 말했다.

"더 이상 연희를 가질 수 없다는 걸 알았어. 참을 수 없는 분노가 치밀었지. 그래서 도박을 한 거야. 상민이를 시켜서 연희를 죽이라고 했어. 처음으로 내 명령을 거부하더군. 내가 그랬지."

―나도 다른 사람을 시켜서 처리하는 게 더 편해. 너한테 시키는 이유가 뭔지 알아? 네가 알고 있는 가장 편안한 죽음을 연희에게 선사해줘. 그게 네가 연희한테 해줄 수 있는 마지막 선물이야. 그리고 이젠 너도 놓아줄게.

"그 빌라는 대한민국에서 보안이 가장 철저한 빌라 중 하나야. 그 집에 편안하게 드나들려면 본인이 아니면 안 되지. 그래서 내 얼굴을 빌려 줬지. 게다가 그것만큼 확실한 알리바이가 어디 있겠어? 카메라에 분명히 용의자 얼굴이 찍혔는데, 그 용의자는 그 시간에 미국에 있었다. 경찰로서는 처음부터 수사가 막히는 상황인 거지."

그 대담함과 치밀함에 숨이 막히는 듯했다. 나는 떨리는 목소리로 상민을 보며 물었다.

"그럼, 연희는 어떻게 된 거야?"

"본인이 직접 최후의 방법을 결정했대. 상민이의 배웅을 받으면서."

긴 침묵이 흘렀다. 괴물이 된 남자와 괴물의 하수인이 된 남자. 두 사람은 어딘가 닮아 보였다.

"개자식들! 어떻게 그럴 수가 있어? 연희가 불쌍하지도 않아?"

"내가 아무렇지도 않은 것 같아?"

대웅이 되물었다. 그리고 처음으로 떨리는 목소리로 말했다.

"지구가 자전하는 소리 들리니? 소리가 너무 크면 들리지 않아. 슬픔도 마찬가지야. 슬픔이 너무 크면 밖에서는 보이지 않아."

그 순간만큼은 괴물의 두 눈에 진심의 빛이 보였다. 그러나 그것은 용서할 수도 동정할 수도 없는 이기적인 진심이었다. 대웅이 천천히 내 앞으로 다가왔다. 그리고 내 손을 잡으며 말했다.

"아직까지 넌 내 친구야. 하지만 여기서 한 뼘만 더 넘어가면 적이 될지도 몰라. 너도 그건 원하지 않겠지? 네가 원하는 건 결국 진실이었잖

아. 이제 원하던 진실을 알았으니, 다시 네 인생으로 돌아가."

　그리고 괴물은 창고를 떠났다. 괴물의 하수인은 여전히 내 앞에 우두 커니 서 있었다.

성난 얼굴로 돌아보지 말라

Don't Look Back in Anger-Oasis

평화로운 토요일 오전. 나는 거실 소파에 비스듬히 누워 책을 읽고 있다. 오래전에 한 번 읽은 적이 있는 책이다. 그냥 즉흥적으로 골랐다. 가볍게 샤워를 하고 혼자만의 시간을 즐기려다 문득 손에 걸린 것이다. 책표지의 카피 문구 때문이었을까.

— 젊은 날의 슬프고 아름다운 욕망. 단 한 번도 잊은 적 없는 첫사랑.

미국 소설의 걸작 반열에 오른 스콧 피츠제럴드의 《위대한 개츠비》.

책을 읽으면서 틀어놓은 음악이 거슬렸다. 시끄러워서가 아니라 지나치게 잔잔해서였다. 책을 읽기 전에, 편안하면서도 로맨틱한 분위기를 위해 로버타 플랙(Roberta Flack)의 앨범을 걸어놓았다. 자기 자신의 이름을 따서 'Roberta'라는 타이틀을 붙인, 재즈 스탠더드 곡을 다시 부른 앨범이었다. 그런데 책을 읽다 보니 어딘가 분위기가 맞지 않았다. 다시 CD를 골랐다. 클래식 앨범들로 눈이 갔다. 교향곡과 협주곡을 훑어보다 피아노 소나타가 눈에 들어왔다. 결국 피아니스트 김정원의 연주를 골랐다. 라흐마니노프(Rakhmaninov)의 '소나타 2번.'

소파로 돌아와 책을 펴고 오디오 리모컨의 플레이 버튼을 눌렀다. 한꺼번에 열정을 쏟아내듯 화려한 피아노 연주가 시작되었다. 이제야 책과 음악의 궁합이 맞는 느낌이다. 나는 크림색의 부드러운 책장을 넘기며 폭풍 같았던 밴쿠버 여행을 떠올렸다.

상민의 집 창고에 갇혀 있던 탓에 예정보다 이틀 늦게 서울로 가는 비행기를 타게 되었다. 공항으로 출발하기 전, 서울로 전화를 했다. 좀처럼 목소리를 높이지 않는 편집장은 국제전화에 대고 소리를 질렀다.

—야! 현우주! 너 도가 지나쳤어. 회사로 오는 즉시 정식으로 시말서 제출해. 알겠냐? 회사가 장난이야?

나는 얌전하게 죄송하다며 사과했다. 걱정하고 염려하는 문자 메시지를 열두 개나 남긴 소원에게도 연락을 했다. 소원에게 사실대로 털어놓을 수는 없었다. 급한 일이 생겨서 일정을 미뤘는데, 핸드폰을 잃어버렸다 찾는 바람에 연락이 늦었노라 둘러댔다. 소원은 안 믿는 눈치였지만 그냥 넘어갔다. 그러면서도 섭섭한 기색이 역력했다. 나도 미안하고 속이 상했다.

서둘러 밴쿠버 공항으로 향했다. 비행기 시간이 많이 남았지만 더 이상 밴쿠버에 머물고 싶지 않았다. 조금이라도 빨리 떠나고 싶은 마음에 공항에 도착하자마자 짐을 부치고 출국 게이트로 향했다. 그런데 또 거기서 걸음을 멈출 수밖에 없었다.

상민의 모습이 보였다. 그리고 그 옆에 한 사람. 마른 몸매의 젊은 여자였다. 단발머리. 평범한 감색 코트에 청바지 차림. 그리고 적당히 때가 묻은 운동화. 푹 눌러쓴 에드 하디의 초기 모델 모자. 두 사람이 멍하니 서 있는 나에게 다가왔다. 여자가 내 앞에 서더니 고개를 들었다.

맙소사! 서연희!

—요즘도 노래하니? 네가 쓰는 글은 매달 봐.

나는 대답하지 못했다. 겨우 맞춘 퍼즐 조각이 흔들리며 우르르 쏟아지려 했다. 연희가 조용히 말했다.

—네가 대웅이한테 들은 얘기, 다 맞아. 내가 이렇게 살아 있는 것만 빼고.

—뭐가 어떻게 된 거니? 넌 죽었잖아?

—나도 제2의 인생을 살게 됐어. 상민이하고 똑같은 방식으로.

연희는 대웅이 들려준 이야기의 결말 부분을 수정해주었다.

대웅은 연희를 죽이려 한 것이 아니었다. 그녀를 놓아주고, 그녀에게 진짜 인생과 진짜 사랑을 찾아주고 싶었다. 그런데 연희가 대웅과 이혼하고 상민과 함께 살게 되면 상민은 졸지에 기자들의 먹잇감이 될 터였다. 그러다 보면 어두운 과거와 살인사건 그리고 대웅까지 엮인 일들이 줄줄이 밝혀질 수도 있었다. 그럼 모두 끝. 그래서 대웅은 연희의 죽음을 미스터리한 사건으로 묻어버리기로 결심했다. 스타로서 그녀의 삶을 영구 보존하고, 새로운 인생을 깨끗이 다시 시작할 수 있도록.

대웅 쪽에서 매수한 사람은 두 명이었다. 수상 택시 기사와 부검 의사. 그리고 연희의 더미(Dummy)가 큰 역할을 했다. 더미는 주로 영화를 촬영할 때 신체를 훼손하는 잔인한 장면에서 쓰는 특수 분장의 일종이다. 왁스와 실리콘, 고무 등을 써서 실제 배우의 몸과 똑같이 만든 인형이다. 2주가 넘게 공을 들여 만든 연희의 더미는 자살 소동이 있기 전날 병원 영안실로 몰래 보내졌다. 그리고 다음 날 부검의가 사망 진단 확진 서류를 작성함과 동시에 경찰에 신고를 한 것이다.

경찰에서는 부검의와 시체를 최초 발견한 (사실 발견한 적도 없지만) 수상 택시 기사의 증언을 확인했다. 그리고 마지막으로 연희의 유일한 가족인 그녀의 어머니가 시신을 확인했다. 물론 연희가 어머니에게 미리 부탁을 해놓은 뒤였다. 파란만장한 인생역정을 겪은 딸의 행복을 위해 어머니는 기꺼이 거짓말을 했다. 제 딸이 맞아요. 시체 확인과 관련한 모든 법적 절차는 그렇게 끝났다. 그때가 언론의 보도가 나오기 시작한 시점이다.

부검의는 발인하기 전날에 마무리를 했다. 변사체로 발견된 지 3개월이 넘도록 신원이 확인되지 않고 시체보관실에 있던 신원 미상자의 시신과 연희의 더미를 바꿔놓은 것이다. 그러니까 지금 납골당에서 연희의 팬들에게 꽃을 받고 있는 뼛가루의 주인은 엉뚱한 사람이다. 죽은 뒤에도 처절하게 버려지고 외로웠던 누군가가 사후에나마 수많은 이들에게 사랑을 받고 있는 셈이다.

그렇게 다시 만난 소년과 소녀, 오빠와 여동생, 공주님과 기사, 슈퍼스타와 보디가드는 밴쿠버로 왔다. 동양인이 많아서 외국인에게 특별한 시선을 받을 염려가 없는 도시. 대웅의 ESP 인터내셔널 본사가 있는 시애틀에서도 멀지 않은 도시. 조용히 은둔하며 살기에 최적인 도시. 이제 둘은 그토록 바라던 둘만의 삶을 살게 될 터였다. 대웅은 자신의 치부를 모두 드러낸 나에게조차 둘의 남은 인생만큼은 비밀로 지켜주고 싶었던 것이다.

연희는 애절한 눈빛으로 부탁했다.

— 대웅이는 내가 이렇게 널 만나러 온 줄 몰라. 대웅이가 알면 난리가 날 텐데. 오늘 나를 만난 건 비행기를 타고 가면서 잊어버려야 해. 약속해줘. 사실, 상민이도 여기 오기 직전까지 나를 말렸어.

— 그런데 왜 이렇게 내 앞에 나타난 거야? 이런 사실을 알려줄 필요도 없었잖아. 네가 아니었으면 난 그냥 대웅이가 말한 그대로 믿었을 텐데.

연희는 잠시 침묵을 지키다 말했다.

— 그럴까봐. 네가 대웅이를 원망할까봐.

아! 나는 속으로 탄식했다. 연희야. 연희야…. 그녀가 내 손을 잡았다.

— 대웅이는 나한테 상민이만큼 특별한 존재야. 내가 사랑하는 사람이고, 나를 사랑해준 사람이고, 내가 미안해하는 사람이야. 그러니까 미움을 거뒀으면 좋겠어. 대웅이는 지금도 충분히 외로우니까. 압구정 소년들만큼은 곁에 있어줘야지.

가볍게 나를 안았다. 그러곤 어디선가 들은 적 있는, 기시감마저 들게 하는 작별 인사를 남겼다.

—이제 다 내려놓았어. 나도 상민이도 깃털처럼 가볍게 살아갈 거야. 잘 가. 또 볼 날이 있겠지.

그리고 둘은 손을 흔들며 떠났다.

라흐마니노프의 '피아노 소나타 2번'과 함께 개츠비는 비극적인 결말을 향해 나아가고 있었다.

첫사랑을 위해 인생을 건 도박을 한 개츠비는 결국 사랑을 이루지 못하고 최후를 맞았다.

—내일이 되면, 우리는 더 빨리 달릴 것이다. 그리고 더 멀리 팔을 뻗을 것이다. 운명의 물결 속으로 끊임없이 밀려들어가면서도, 그렇게 흐름을 거스르며 파도를 가를 것이다.

마지막 단락에서 오랫동안 눈을 떼기 힘들었다. 책을 겨우 덮었다. 어느새 음악도 끝났다. 리모컨을 눌러 CD 체인저 2번에 들어 있는 음악을 틀었다. 모던 록 밴드들의 노래를 모아놓은 MP3 CD였다. 스웨드(Suede)의 'Beautiful Ones'가 흘러나왔다. 그때 현관 벨소리가 들렸다. 올 사람이 없는데, 생각하며 현관으로 나갔다.

"누구세요?"

"페덱습니다."

페덱스? 현관을 열었다. 유니폼을 입은 배송 직원이 큼직한 소포를 들고 있었다. 수령증에 사인하고 소포를 받았다.

보낸 곳은 캐나다 밴쿠버. 거실 바닥에 앉아서 소포를 끌렀다.

그 순간, 18년의 세월이 초고속 되감기 버튼을 누른 듯 거꾸로 흘렀다. 나는 타임머신을 타고 18년 전 구정고등학교의 운동장에 서 있었다.

박스 안에는 일곱 개의 봉투가 들어 있었다. 그리고 투박한 글씨로 쓴 편지 한 장.

—그날 밤, 연희의 뒤를 따라갔다 너희들이 이걸 묻는 장면을 봤어. 지금 운동장에는 다른 물건이 묻혀 있을 거야. 나도 비밀을 묻어두고 싶었거든. 너희들의 추억을 훔쳐서 미안하다. 다시 원래대로 바꿔주길 바란다. 이건 연희도 몰라. 너하고 나. 둘만의 비밀로 하자. 이 글을 보고 있을 때쯤이면 우린 밴쿠버를 떠난 후일 거야. 운명이 허락한다면 다시 만날 일이 있겠지. 건강해라.

박스를 앞에 놓고 오랫동안 고민했다. 다시 운동장에 묻어둔다? 아니야. 벌써 타임캡슐 개봉 시한인 18년은 지나버렸어. 그리고 다 같이 합의했잖아. 누가 파내도 상관없다고. 자기들한테 전해주기만 하면 된다고 했잖아.

그때 강력한 호기심이 발동했다. 좋아. 내가 죽을 고비를 넘기면서까지 고생한 만큼 너희들의 은밀한 추억을 슬쩍 엿볼 정도의 권리는 있겠지? 그런 다음 전해주는 거야. 나는 그렇게 스스로를 합리화했다.

소포 박스에 들어 있는 차례대로 봉투를 열었다. 먼저 원석의 봉투. 녀석의 애장품은 검은색 VHS 비디오테이프였다. 라벨에는 선명하게 'Taboo'라고 적혀 있었다. 근친상간을 노골적으로 다룬, 그 당시 유명했던 포르노 영화였다. 그래. 그때 녀석은 포르노 마니아이자 수집가였지. 친구들에게 테이프를 빌려주기도 했으니까. 나도 몇 번이나 빌려 봤지. 헛웃음이 나왔다. 녀석은 18년 후의 자신에게 영어로 편지를 썼다. 그것까지 읽으면 닭살이 돋을 것 같아 다시 봉투에 넣었다. 마지막으로 열여덟 살 원석의 비밀을 적은 쪽지를 폈다.

—아빠 차 망가진 거 제가 몰고 나갔다가 그런 거예요. 죄송합니다.

이런 나쁜 녀석. 뭐 괜찮아. 네 아들도 그럴 거다.

그리고 다음은 윤우. 녀석의 애장품은 부적이었다. 아마도 어머니가 지갑에 넣어 다니라고 챙겨준 것 아닐까? 그리고 녀석의 비밀은 간단했다.

—나 키스해본 적 없어.

녀석의 쪽지를 보며 키득거렸다. 언젠가 키스 경험에 대해 얘기한 적이 있는데, 윤우는 분명히 고등학교 1학년 때쯤 해봤다고 큰소리를 쳤던 것 같다.

다음은 미진. 그녀의 애장품은 손수건이었다. 자신의 이니셜 'MJ'를 수놓은. 어머니가 주신 걸까? 할머니가? 편지를 꺼내 읽어보았다. 대학 입학을 앞두고 꿈에 부푼 소녀의 감상이 넘실대는 편지였다. 마지막으로, 서른여섯 살이 되었을 자신에게 이렇게 부탁했다.

—낭만을 잃지 않은 아줌마가 되어 있기를 빌어.

그녀의 비밀은 좀 놀라웠다. 아마도 손수건은 아빠가 준 선물인 듯했다.

—난 세상에서 엄마가 제일 싫어.

가족 간의 비밀을 알게 된 것 같아 미안했다. 재빨리 쪽지를 접어 봉투에 넣었다. 이어서 대웅의 봉투를 열었다. 녀석의 애장품은 드럼 스틱이었다. 스네어 드럼의 림에 부딪혀 곳곳에 상처가 난 드럼 스틱. 나는 스틱을 잡고 가볍게 돌려보았다. 순간, 연습실에서 합주를 하던 압구정 소년들의 모습이 눈앞에 떠올랐다. 대웅의 편지도 읽었다. 의외로 따뜻하고 서정적인 편지였다. 녀석은 서른여섯 살 자신에게 기도하는 말로 편지를 맺었다.

—너의 사랑을 이루었기를 바랄게. 기도하고 또 기도해줄게.

녀석의 비밀 쪽지를 펼쳤다. 내 쪽지와 같은 내용이었다.

—연희야, 사랑한다.

봉투를 괜히 열어본 것 같아 후회가 되기도 했다. 어쨌든 대웅의 봉투는 시애틀 본사로 부쳐줄 생각이었다.

이제 두 개밖에 안 남았다. 연희의 봉투가 기다리고 있었다. 상민의 됨됨이를 짐작게 하는 대목이었다. 이 봉투는 뺄 수도 있었을 텐데. 추억은 추억으로 남기고 싶었던 것이다. 또 나를 믿는다는 뜻이기도 했다. 마치 상민과 나, 우리 둘 사이가 돈독해진 기분이었다. 상민은 이 봉투들을 열어봤을까? 그도 인간이니까, 선악과를 먹고 싶은 욕망을 이길 수는 없었겠지?

연희의 애장품은 반지였다. 편지는 짧고도 간단했다. 상민이나 대웅에 관한 내용은 전혀 없었다. 서른여섯 살 자신에게 꼭 하고 싶은 말만 적어놓았다.

—기특하다고 생각해. 36년이나 살아왔다면 그건 정말 수고한 거잖

아. 잘했어, 연희야. 이 글을 읽고 있는 너에게 말해주고 싶어. 힘내라고. 포기하지 말고 꼭 버티라고. 지금 너는 어떤 모습일까? 얼굴엔 주름도 많이 생겼을까? 살이 찌진 않았을까? 외롭진 않지? 넌 혼자가 아닐 테니까. 사랑해, 연희야. 다시 한 번, 수고했습니다.

그리고 쪽지를 펼쳤다.

—이젠 내가 오빠를 보호해줄게. 영원히.

입 안에 침이 고였다. 잠시 멍한 채로 있다가 봉투를 수습해 따로 챙겼다. 상민의 말처럼 운명이 허락해서 다시 그녀를 만날 날이 온다면 전해줘야 하니까.

소원의 봉투가 제일 밑에 있었다. 다른 친구들에 비해 무척 얇았다. 우리보다 한 살 어린 그녀의 애장품은 성적표였다. 타임캡슐을 묻기 몇 달 전에 치른 2학년 2학기 전국 모의고사 성적표. '중앙학력평가원'이라는 모의고사 시행처 이름이 적힌 성적표였다. 거기엔 점수와 백분율이 쓰여 있었다. 헐. 대박. 레알 간지. 전 과목 만점이었다. 성적표에는 전국 석차 백분율 0.00퍼센트라는 숫자가 선명했다.

소원은 서른다섯 살 자신에게 쓰는 편지 대신, 서른다섯 살이 될 때까지 꼭 해야 할 일 일곱 가지를 적어놓았다.

1. 세계 일주(모든 나라를 다닐 필요는 없으나 각 대륙의 한 국가씩은 가봐야 함)

2. 치명적인 연애

3. 결혼과 출산(이혼은 해도 상관없음)

4. 평생 경제적으로 독립할 수 있는 직장이나 능력을 가질 것

5. 꾸준한 운동으로 건강한 몸을 유지할 것

6. 기타 마스터하기(어쿠스틱과 전자 기타 모두 다뤄야 함)

7. 자선과 기부의 생활화

지나치게 당찬 계획이었다. 꼭 물어보고 싶었다. 일곱 가지 중에 몇 가지나 해봤는지. 일단 3번은 확실히 아니고. 1, 2, 6번도 아닐 것 같다. 각 항목 괄호 안의 내용에서 다분히 건방진 사춘기의 취향이 묻어났다. 귀엽다.

바닥에 툭 떨어져 있는 소원의 비밀 쪽지를 펼쳤다. 열일곱 살 소녀가 설레는 마음을 누르며 쓴 글을 보았다. 순간, 돌체 앤드 가바나 라이트 블루의 향이 코끝에 맴도는 착각에 빠졌다.

─우주 오빠를 좋아해요.

다시 타임머신을 타고 현실로 돌아왔다. 오아시스(Oasis)의 노래가 거실에 가득했다. 토요일 낮의 햇살처럼 따스하게.

─밖으로 나와봐. 여름이 만개했어. 제발 그런 표정은 좀 집어치워. 그녀의 영혼은 널 떠나버렸지만 성난 얼굴로 돌아보지 마. 적어도 오늘만큼은.

〈끝〉

작가의 글

이 소설에는 많은 이야기와 다양한 정서가 얽혀 있습니다.

먼저, 제가 학창 시절을 보낸 1990년대의 압구정동 풍경을 꼭 그려보고 싶었습니다. 그래서 책 곳곳에 오래된 사진 같은 추억들이 비쳐 있습니다. 쓰면서도 소설인지 회상 에세이인지 헛갈리는 기분이었지요. 압구정고등학교 동창생들이 본다면 박장대소하며 웃거나 옛 기억에 울컥할 것도 같네요.

또 끝내주는 스릴러 소설을 쓰고 싶었던 욕망도 엿보일 겁니다. 미국이나 일본의 작가들이 솜씨 좋게 뽑아내는 스릴러 소설을 읽으면서 나도 꼭 해보고 싶다는 욕심이 많이 들었거든요. 말하자면 절반쯤 스릴러인 셈인데, 재미있게 읽으셨기를 바랍니다. 본격적인 스릴러 소설도 곧

출간할 계획입니다.

흔히 '강남 키드'라고 불리는 세대의 성장 소설 느낌도 많이 담겨 있을 겁니다. 성장 소설이라고 일컫는 책들은 많지만 그 배경으로 강남이라는 지역은 오히려 소외되었습니다. 경제적으로 넉넉하게 자란 아이들에게는 소설에 담을 만큼의 성장통이 없는 것처럼 보인 탓일까요?

이 책을 읽다 보면 연예계가 또 다른 배경으로 등장하지요. 10년째 방송국 PD 생활을 하다 보니 연예계의 생리에 대해 조금은 알게 되었습니다. 대중문화에 대한 제 나름의 의견도 생기고요. 그런 부분들도 재미있게 전해주고 싶었습니다.

연예계도 기본적으로는 다른 분야와 같은 질서를 따릅니다. 재능과 성실함에 따라 보상이 돌아가지요. 다만 화려한 스포트라이트와 막대한 돈이 오가는 곳이기에 유혹과 스캔들이 많은 게 사실입니다. 소설 본문에도 등장하듯이 말입니다.

'스타'의 속성에 관한 부분을 쓰면서는 비극적으로 생을 마감한 많은 스타들을 떠올렸습니다. 우리의 별이었다가 이제 하늘의 별이 된 그들. 그들을 향한 그리움이 이 책을 쓰는 데 많은 보탬이 됐음을 부정할 수 없네요.

독자 여러분들의 취향에 따라 각기 다른 연예인들이 소설 속 인물과 겹쳐 보일 수도 있습니다. 앞에서도 밝혔지만 연예계와 관련된 이 책의 내용은 실제 인물이나 사건과 전혀 연관이 없습니다. 저는 기자가 아니라 소설가니까요. 소설가는 있을 수도 있는 일들을 기록하는 역사가라고 생각합니다. 괜한 오해를 하지 않았으면 좋겠습니다.

마지막으로, 이 소설은 이루지 못한 사랑에 대한 이야기입니다. 과연 사랑에 완성이 있을까요? 결혼을 하고 같이 살게 되면 사랑이 완성되는 것일까요? 어쩌면 흐르는 시간처럼 사랑도 잡거나 가질 수 없는 것일지도 모른다는 생각을 해봅니다.

그러니 여러분, 마음껏 사랑하세요.^^

《압구정 소년들》은 저에게는 여섯 번째 책입니다. 가슴이 벅차네요. 어찌된 일인지, 책을 낼 때마다 느끼는 설렘과 행복감은 익숙해지지 않고 점점 더 커지는 것 같습니다. 바쁘다는 핑계로 자주 보지 못하는 압구정 소년들과 반포 브라더스(근화, 범린, 성빈, 성호, 정태) 그리고 나를 많이 사랑해주었던 소녀들과 출간의 기쁨을 나누고 싶습니다. 이 책은 너희들과 함께한 추억에 많은 빚을 지고 있어. 보고 싶구나.

끝으로 이 책에 그림을 싣도록 허락해주신 샤갈 재단에 감사드립니다. 표지에 쓰인 '도시 위에서'라는 그림은 샤갈이 아내 벨라와의 신혼생활 중에 넘치는 행복감을 담아낸 작품이라고 합니다. 비싸기로 유명한 그의 그림 중에서도 가장 비싼, 무려 1000만 달러에 달하는 천문학적인 가격에 거래되기도 했습니다. 물론 아무리 큰돈으로도 살 수 없는 감동을 주는 그림이지요.

곧 다시 인사드리겠습니다. 더 재미있는 이야기와 함께 돌아올게요.

Tommy, I'm Always Proud of You!

- 2010년 가을과 겨울 사이, 별빛 가득한 밤하늘을 보며

압구정
소년들

1판 1쇄 발행 2010년 12월 1일
1판 2쇄 발행 2010년 12월 10일

지은이   이재익
발행인   허윤형
마케팅   김창희
펴낸 곳   황소북스
주소   서울 마포구 서교동 375-37번지 303호
전화   02)334-0173 팩스 02)334-0174
홈페이지   www.hwangsobooks.co.kr
블로그   blog.naver.com/hwangsobooks
트위터   @hwangsobooks
등록   2009년 3월 20일(신고번호 제 313-2009-56호)

ISBN 978-89-963287-6-6(03810)
ⓒ 2010 이재익

* 이 책은 황소북스가 저작권자와의 계약에 따라 발행한 것이므로
  본사의 서면 허락 없이는 어떠한 형태나 수단으로도 이 책의 내용을 이용하지 못합니다.
* 잘못된 책은 구입하신 서점에서 바꾸어 드립니다.
* 책값은 뒤표지에 있습니다.